ラスト・プロポーズ

Tamami & Toshinari

吉桜美貴

Miki Yoshizakura

EB
エタニティ文庫

目次

ラスト・プロポーズ

第一章　嫌われ者が思うには

「おい、いい加減にしろよ！　この仕事舐《な》めてんのか？」

凄味《すごみ》のある低い声がフロアに響く。眼前の男に、今にも刺し殺されそうだ。

「も、申し訳ございません！」

彼のデスクの横に立つ小椋珠美《おぐらたまみ》は、床に頭突きする勢いで頭を下げた。

「ふざけるな！　謝って済む問題か！」

伊達俊成《だてとしなり》は、刃物より鋭《するど》い眼差《まなざ》しを向けながら怒鳴《どな》った。社内ナンバーワンのイケメンと称される伊達が凄《すご》むと、かなり迫力がある。彼の怒りオーラで、その辺のオフィス家具が一センチぐらい浮きそうだ。

うわぁ……めっちゃ怒ってるよ……

珠美はもう泣きたかった。

伊達は二十九歳で、珠美は二十四歳だから、五歳しか歳の差はない。なのに、超優秀な伊達を前にすると珠美は、なにもできない幼稚園児みたいになってしまう。緊張して、委縮《いしゅく》して、普段しないような初歩的なミスを連発してしまうのだ。

　怒られて当然だ、と珠美は思う。

「送金額の桁《けた》数打ち間違えなんて、今どきバイトの学生でもやるかよ」

　伊達は、吐き捨てるように言った。

「す、すみません」

　頭を下げた珠美の視界に、椅子《いす》に座った彼のスーツに包まれたたくましい脚が映る。伊達の身長は一八〇センチ以上ある。長い脚がデスクの下で窮屈《きゅうくつ》そうだ。シンプルなダークグレーのスーツとピカピカに磨《みが》かれた黒の革靴は、彼の真面目な人柄を表しているようで、珠美は好きだった。

「派遣だからって、テキトーにやってんのか?」

　伊達の叱責《しっせき》は続く。

「そんなことは……」

「これが処理されたら、どうなってたかわかってんのか?　甚大《じんだい》な損害になるんだぞ!」

「申し訳ございません……」

「ったく、ガキの遊びじゃねぇんだよ」

　これ以上謝罪の言葉が思い浮かばず、珠美はひたすら恐縮する。反省の気持ちでいっぱいなのに、うまく表現できない。

「もういい」

　伊達は、珠美が持っていた伝票をひったくって自《みずか》らのデスクへ放り投げ、こう続けた。

「これは二階堂《にかいどう》君にフォローしてもらう」

「すみません……」

伊達はもう、珠美など存在しないが如《ごと》く、パソコンを睨《にら》んで英文メールを読みはじめている。

こんなときなのに珠美は、彼の精悍《せいかん》な横顔に見惚《みと》れてしまう。高い鼻梁《びりょう》に、彫りの深い整った顔立ち。どこか憂《うれ》いのある黒い瞳に、切れ長の目元が、強く印象に残る。キリリとした薄い唇が、魅力的だ。あまりお洒落《しゃれ》に興味がないらしく、伸びかけの黒髪はくしゃくしゃに乱れ、浅黒い肌は野性的で、抜群《ばつぐん》に格好よかった。

どうしよう……

立ち去るタイミングを逃し、でくのぼうみたいに立ち尽くす。

「……なにボサッと突っ立ってんだよ？」

随分《ずいぶん》経ってから、伊達は険悪な顔で告《つ》げてきた。冷たすぎる視線に、ハートが叩き割られた心地がする。

「どけよ。邪魔《じゃま》だ」

伊達は冷酷《れいこく》に言い放つ。

「す、すみませんでした」

最後に深々と頭を下げ、踵《きびす》を返す。フロア中から注《そそ》がれる同情の眼差《まなざ》しが、痛い。

『またタマちゃん、伊達に怒られてるよ……』

『伊達の奴、タマちゃんにだけは容赦《ようしゃ》ないよなぁ……』

そう噂する、社員たちの声が聞こえてきそうだ。『鉄鉱石の伊達俊成は派遣の小椋珠美を毛嫌いしている』というのが、月花商事《つきはなしょうじ》の金属グループ鉄鉱石資源部の通説だった。

しかし、この会社の総合職の男性社員が、一般事務の女性社員にこれほど厳しくするのは珍しい。優しくしないと、事務処理が円滑《えんかつ》に運ばないからだ。業務をサポートしてくれる者に嫌われれば、それだけ居心地も悪くなる。だから、伊達の珠美に対する当たりのキツさは際立《きわだ》っていた。まるで、珠美が会社を辞めようが構わない、と言わんばかりのあからさまな態度だ。

……辛い。

涙が溢《あふ》れそうになり、唇を噛んで足を速める。

興味本位の視線をかわして化粧室に駆け込み、個室に入って鍵を締めた。

独《ひと》りでしゃがんで、膝《ひざ》を抱える。

照明を反射した大理石調の床が、ゆがんでぼやけた。

悪いのは自分だと重々承知《しょうち》しているが、悲しみが込み上げる。おそらく同じミスを他の社員がしても、こんなに怒られることはない。同じ事務の二階堂が先日やらかした、荷為替《にがわせ》手形の引き受け忘れのミスも、彼は咎《とが》めなかった。それどころかそのとき伊達が二階堂に『こんなミスぐらい、誰でもあるさ』と慰《なぐさ》めていたのを見て、珠美はショックを受けた。

伊達は珠美のミスを決して見逃さないが、優しくフォローしてくれることなんてない。そのたびに舌鋒鋭《ぜっぽうするど》くこき下ろされ、人格を否定され、軽蔑《けいべつ》される。いくら鈍感な珠美でも、どうやら伊達は自分のことが特別嫌いなのだと、すぐにわかった。嫌いというレベルではなく、憎悪《ぞうお》すら抱《いだ》かれていると感じる。

——私、そこまでのことをした？

ここまで嫌われる理由が思い浮かばない。

それとも理由なんてないの？　私の容姿が生理的に受け付けないとか？　性格がとにかく大嫌いとか？　それならそれで、余計に凹《へこ》む。

とはいえ、いつまでもこうしているわけにはいかない。涙を拭《ぬぐ》い、個室を出て、広々した洗面台の前に立った。化粧室はひんやりしていて、人気《ひとけ》がない。よく磨《みが》かれた鏡に映った自分が、じっとこちらを見返している。下がり気味の眉は臆病《おくびょう》そうで、二重まぶたの目は涙で濡れていた。

珠美はよく人から『童顔で色白だね』と言われる。自分としてはもっと大人の、スタイリッシュな女性になりたいのに。奮発《ふんぱつ》して、有名美容室でイメチェンした今の髪型は、シルエットの丸いショートボブだ。薦《すす》められるまま、色を明るいブラウンにし、前髪をぱっつんと切ったが、やはり幼く見える。このイメチェンは失敗かもと、密《ひそ》かにがっかりしていた。それにメイクは苦手で、控《ひか》え目なピンクのリップを塗るのが関の山なことも垢抜《あかぬ》けない一因とわかっている。

派遣社員用の制服を、きっちり着込んだ姿は、我ながらいかにも真面目そうだ。月花商事に派遣されて二年と少し。ようやくルーティンワークがこなせるようになり、職場には慣れ、友達もできた。今のところ、特に問題はない。

伊達の前でミスを連発してしまうことと、彼にひどく嫌われている、ということ以外には。

――私、どうしてこんなに嫌われちゃったんだろう？

洗面台のヘリを掴《つか》んでうつむいた珠美は、深いため息をこぼした。

◇◇◇

「鉄鉱石の伊達ねぇ～」

一条《いちじょう》リカは、肩にかかった巻き髪を掻《か》き上げた。それから艶《つや》やかなネイルでアイスコーヒーのグラスにささったストローをぐにゃりと曲げると、言葉を続ける。

「あの、いっつも眉間《みけん》に皺《しわ》寄せてる堅物《かたぶつ》ね。どー見ても、あんたのこと嫌ってるよね。完全に嫌ってるよね」

「うぅ……」

珠美はカフェテリアのテーブルに突《つ》っ伏《ぷ》した。

ここは地上三十階にある、月花商事自慢の社員食堂。月花商事本社ビルは渋谷区神宮前《しぶやくじんぐうまえ》の表参道《おもてさんどう》沿いにあり、全面ガラス張りの窓から西側を覗《のぞ》くと、鬱蒼《うっそう》とした森が見渡せる。さらに南側には閑静《かんせい》な大学のキャンパスと都心のビル群が広がり、ロケーションは素晴らしかった。

時刻は十四時過ぎ。昼休みはとうに終わり、人はまばらだ。

珠美は午前中、トラブルの対応に追われていたため、昼食が今の時間になった。ブラジルの鉱山で事故があったとの連絡を受けたのである。現地時間で二十時前後の出来事だ。幸い怪我《けが》人も出ず、採掘《さいくつ》重機の破損もなかった。しかし、輸出港から出る鉄鉱石運搬船が一日遅れるため、通知書を直したり関係会社へ連絡したりと、そこそこのインパクトはあった。いっぽう、人事部のリカは時間の融通《ゆうずう》が利《き》くので、いつも珠美に合わせて昼休みを取っている。

「あんた物好きだよねぇ。あんなに嫌われてるのに、まだ好きなんでしょ？　伊達のこと」

そう言ってリカが首を傾《かし》げると、小粒なダイヤのピアスが、キラリと光る。

「と、とんでもない！　好きだなんて！　伊達さんはずっと憧《あこが》れの人で、雲の上の人っていうか……その、好きとかじゃなくて」

珠美は慌《あわ》てて言葉を並べ、ブンブンと手を振った。

リカと珠美は同じ時期に月花商事に派遣された、いわゆる同期である。入社説明会のときに、珠美はリカに声を掛けられ、帰りに二人でご飯を食べた。それ以来なんとなく気が合い、今は友達として仲良くしている。

「あんたが入社してあたしと初めてランチしたとき、目ぇ輝かせてたもんね。伊達さんカッコイイ。超カッコイイって」

リカは珠美の本当の気持ちを見透《みす》かしたように言う。

「う、ううぅ」

「あんな堅物《かたぶつ》のどこがいーのかしら。すっごいつまんなそう。付き合っても常に怒られてさ。キスとかしたら、けしからんとか言われそう。武士かよ」

「伊達さんは仕事に対して一生懸命《けんめい》なだけだよ」

「一生懸命《けんめい》ねぇ〜。まー仕事はできるわな」

リカは中空を睨《にら》みながら、言葉を続ける。

「伊達って帝都《ていと》大卒でまず財務部に配属、そっから生活資材部行って、ブリストルに駐在でしょ？　そんで帰国して花形部門の鉄鉱石資源部だもんね。超出世コースだと思うよ。うちの会社、やっぱ鉄鉱石がダントツだもん。歴史もあるしね」

「そうだよね、スーパーエリートだよね……」

「あと顔もイケメンだしね。しかも超がつく。マッチョで背高いし、凛々《りり》しくてワイルド系っつーか。うちの社内ナンバーワンイケメンと言えば繊維《せんい》アパレル部の西大路《さいおおじ》か、鉄鉱石の伊達か、どっちかでしょうね」

「伊達さんのほうが断然カッコイイよ！」

珠美は思わずムキになって言う。

「まー属性が違うわな。伊達は硬派で西大路は軟派《なんぱ》ってカンジ」

リカはグロスのたっぷり塗られた唇で、ストローを咥《くわ》える。それからアイスコーヒーを一口ごくりと飲むと、こう言った。

「けどさ、あたしら派遣は総合職の男になんて、とてもじゃないけど相手にされないっしょ」

やっぱりそうなのかなぁと、珠美は暗くなる。

それどころか私の場合、相手にされるとかされないとか以前の問題よね？　そもそもスタートラインにも立ててないよね？

「私、どうしてこんなに嫌われちゃったんだろ？　好きになってくれなくてもいいから、せめて嫌われてないレベルになりたい」

珠美は泣きたい気分で言った。

「嫌われる理由に心当たりはあるの？」

「失敗が多いからかも……」

「それくらいのことで、あんなに嫌われないでしょ。それにどっちかっつーと、二階堂さんのほうが盛大なミスやらかしてるでしょ。第一キツく当たられはじめたのって、珠美が入社して割とすぐだよね？」

珠美はしょんぼりしながらうなずく。

するとリカは考え込みながら言う。

「たぶん、理由なんてないんじゃない？」

「えっ？」

「これあたしの直感なんだけど、伊達ってなんかあると思う。つか、尋常《じんじょう》じゃないじゃん。伊達の、あんたの嫌い方って。大嫌いな人でも、大人のたしなみとしてあそこまであからさまな態度、取らないと思うんだよね、フツー」

「うんうん」

「伊達ってさ、どう言えばいいのかな、なんか逆に…………あっ！　見て！　噂をすればホラ……」

リカが指差す方向を見ると、ちょうど伊達と西大路が連れ立って、カフェテリアに入ってくるところだった。

「来た来た。来やがったよ。わが社のツートップイケメンが。伊達俊成と、西大路頼嗣《よりつぐ》」

リカが声を潜《ひそ》めて言う。

「なんかあの二人ってよく一緒にいる気がする……」

「えっ。ヤダ、珠美知らないの？　西大路と伊達って帝都大学時代から同期なんだよ。しかも学部も一緒」

「そうなの!?」

「西大路は初等部からで、伊達は高等部からだったかなぁ、確か」

「リ、リカちゃん詳しいね」

「まぁね。人事ですから、一応」

長身でスタイル抜群《ばつぐん》の男二人は、ハリウッドスターの如《ごと》くきらびやかなオーラを放っている。食事をしていた社員たちも自然と手を止め、二人に目をやった。

華があるのは西大路さんのほうかも、と珠美は思う。繊維《せんい》アパレル部はさまざまな衣料品を扱う、ファッション・アパレル部門の花形。彼は、そこにおいて他の追随《ついずい》を許さない、圧倒的営業成績を誇る若手エースだ。我が社の繊維《せんい》部門が、四大商社の中でトップなのは、彼の貢献《こうけん》が大きいと言われている。この男なしに繊維《せんい》業界は語れない、とも。

「西大路って黙って立ってりゃ、死ぬほどイケメンなのにねぇ」

リカは残念そうに言う。

「西大路さんって色白で肌、綺麗《きれい》だよね」

珠美は感想を述《の》べるが、西大路の傲慢《ごうまん》そうな感じが苦手だった。あの垂《た》れ気味の目に見つめられると、小馬鹿にされた気分になる。女性のように美しい唇にも、嘲笑《ちょうしょう》されているようで。

西大路はいつもモード系高級ブランドのオーダーメイドスーツをパリッと着こなし、ブラウンの髪を奇抜《きばつ》な七三《しちさん》に梳《す》いていた。

「うっはーすごい。見てよ、あの西大路の勝ち組オーラ。後光が差してるわ」

リカは皮肉たっぷりに言う。

「う、うん」

「仕事の出来と人格って、イコールじゃないのね」

リカは頬杖《ほおづえ》をつきながらこぼした。

「そんなことないよ。比例する人もいるよ」

珠美は伊達に目を遣《や》りながら言った。

伊達さんはやっぱり野性的って言葉が似合うなぁ、と珠美はしみじみ思う。彼は一見、冷たい顔立ちで、どこか憂《うれ》いを帯《お》びている。体格は西大路より一回り大きく、本格的にスポーツをやっていたらしく、鍛《きた》え上げられている。脚が長いうえに体幹《たいかん》がパーフェクトに作られているので、どんなスーツを着ても洗練《せんれん》されて見えた。

「やっぱり私は伊達さんかなぁ……。あの、陰のある感じが素敵だよね」

珠美も頬杖《ほおづえ》をつき、うっとりした。

「まーねぇ……。あの雰囲気はちょっと日本人離れしてるよね。それによく鍛《きた》えられてて、相当イイ体してると思う」

リカはそう評する。

月花の若手トッププレイヤーはと問われれば、誰もが伊達俊成と答える。伊達は世界各国に眠る金属資源の採掘権《さいくつけん》を獲得し、輸出入のルートを確保し、需要元に供給する、という一連の取り引きを担《にな》っている。仕事振りは正確で緻密《ちみつ》、専門性の高い知識を有し、各国の言葉をネイティブ並みに操り、泥臭《どろくさ》い交渉も粘り強く続けて必ず成約を勝ち取る。また、利益重視をよしとせず、クライアントの、果てはその国の利益となるようなアイデアを次々に提案しているそうで、コンサルティング能力の高さも評価されていた。その誠実な人柄で、国内外より人望を集めつつあるらしい。

「月花の鉄鉱石って他社を圧倒してるもんね。全社利益の三十パーセントって言われてんだよ、鉄鉱石の貢献額《こうけん》って。繊維《せんい》が八パーだから、やっぱすごいよね」

リカは、ストローをもてあそびながら言った。

「ああ、カッコイイなぁ！　伊達さんのあの、名実ともに若手ナンバーワンプレイヤーって感じ」

「あたし思うんだけどさー、西大路ってすっごい軽いじゃん？　ふわっふわじゃん？　女と見れば誰彼構わず口説くし」

「う、うん」

私は口説かれたことなんてないんだけどな、と思いつつ珠美はうなずく。

「そんでさ、伊達ってアタマ固いじゃん？　カッチカチじゃん？　一ミリもジョークが通じないっつーか。女関係の噂も一切ないし」

「まあ。ふざけたことが嫌いな人なんだと思うけど……」

「それってさ……繊維《せんい》と鉄鉱石みたいだと思わない？」

リカは笑いが堪《こら》えられない様子で、こう続けた。

「ふわっふわの繊維《せんい》の西大路に、カッチカチの鉄鉱石の伊達とか。マジうけるー！」

リカの大きな笑い声が、フロア中に響く。周りの社員たちが、なにごとかと顔を上げた。伊達と西大路も、こちらを見ている。

「ちょっ、ちょっと、リカちゃん！　まずいって！」

しかしリカは「今、初めて気づいたー！　ウケるー！」と言いながら大笑いしている。そうこうしているうちに、西大路が大股で近づいてきた。珠美は申し訳ない気持ちになりながら、西大路を見上げる。

「一条さん、楽しそうだね」

西大路は、ニコリともせず言った。

「あははっ、あはっあはっ……！　あー、お腹イタイ。西大路さん見てたら笑い止まんなくなっちゃって」

リカは涙を拭《ぬぐ》いながら言う。

西大路は軽蔑《けいべつ》したような目で、口角を上げ「で、今週末は大丈夫なの？」と尋ねた。

「もちろん」

と、リカはうなずく。

「小椋さんは？」

「あ、はい。一応、空《あ》けてあります」

と、珠美は答えた。

実は、今週の金曜日にリカと西大路が幹事の合コンが予定されている。珠美はそういうのが苦手なものの、リカになかば強引に誘われ、メンバーに入れられてしまった。いつも、リカに対しては強くＮＯと言えない珠美なのだった。

「小椋さんは、必ず来てよ。君だけにはどうしても来てほしいんだ。じゃないと、意味がない」

西大路の言葉に、珠美は「えっ」と目を丸くした。

――なんでそんなこと言うんだろ？　こんなことを言われるほど彼と仲よくもない……というか、西大路さんはリカちゃんとは話すけど、私には全然興味なさそうだから。

「絶対、来てくれるね？　約束してほしいんだ。必ず来るって」

妙に真剣な顔で、西大路は念を押す。彼からは、甘ったるい香水の匂いがした。

「は、はい。そこまでおっしゃるなら、行きます。必ず」

真意はわからないまま、珠美は答えていた。

「よかった。安心した」

そう言って西大路は悠然《ゆうぜん》と微笑み、伊達のいるテーブルへ戻っていった。伊達はこちらを見向きもせず、もくもくと食べている。また伊達に存在を無視された気がして、珠美は胸に痛みを覚えた。

「……ちょっと、今のなんなの？　意味深じゃない？」

リカが顔を寄せて言う。

「あ、うん。そうだね。なんなんだろ？」

珠美は首をひねった。

「またアイツ、なにか企《たくら》んでるのかしら?」

「さあ。リカちゃんのが仲いいでしょ、私にはわからないよぉ」

リカの視線の先には、向かい合って座る西大路と伊達がいる。西大路があれこれしゃべっているのに、伊達はひたすらオムライスを見つめて食べている。しばらくすると、西大路が面白いことを言ったのか、伊達が顔を上げ、おかしそうに微笑んだ。

珠美は、はっと胸をつかれた。

その笑顔がとても柔《やわ》らかく、優しそうで。普段の不機嫌な仮面が剥《は》がれ、彼の素顔が見えたようで。

あんな風に笑うんだと、なぜか泣き出したくなる。きっと、私には見せてくれない笑顔なんだ、一生。

そのとき、ふと、伊達がこちらを見た。

目が合うと、視線の強さに、ドキリとする。

……………あ。

伊達は怒ったような、険《けわ》しい表情でまっすぐ睨《にら》んでいる。間違いない。伊達はリカではなく、珠美だけを見ていた。

珠美は悲しいような、不思議な気持ちで見返す。そんな顔をされる理由が、本当にわからない。どうして、自分だけが嫌われているのか。どうして、そんな風に憎悪《ぞうお》を向けられるのか。

……どうして？

珠美がしばらく見つめていると、伊達はフイッと視線を逸《そ》らし、立ち上がってカフェテリアを出ていく。珠美は呆然《ぼうぜん》と、広い背中を見送った。

——どうしてなの？　私、なにかした？

壊れたプログラムみたいに、思いはループし続ける。答えの出ないまま……

◇◇◇

そして迎えた金曜日。珠美はスマートフォンを取り出し、ＳＮＳの画面を開いた。

リカぽよ：というわけで、今夜はよろしくね！

小椋珠美：了解！　私、合コン慣れてないけど、大丈夫かなぁ？

リカぽよ：大丈夫大丈夫。珠美は座ってニコニコして呑んでるだけでいいから♪

小椋珠美：ＯＫ！

リカぽよ：場所は渋谷の『ガナパティ・サムサラ』で二十一時スタートだからよろ

しく！

——わーん。場所全然わかんないよー！

リカから届いたSNSのメッセージを眺《なが》め、心の中で絶叫する。

全身めかし込んだ珠美は、渋谷の街を早足で歩いていた。気合いを入れて履《は》いてきた七センチヒールのせいで、足が痛い。

スマートフォンに表示させた地図を確認する。

もう近くにいるはずなんだけど……

地図を読むのが苦手な珠美は、完全に迷っていた。店の近くに、目印になるものはなにもない。約束の二十一時は、もう五分ほど過ぎている。大通りから外れたこの辺りは寂しく、雑居ビルやホテルばかりで、シンとしていた。二月のこの時期、夜はひどく冷え込む。

珠美は不意に、だらりと両腕を垂《た》らし、がっくりうなだれた。

……私、なにやってんだろ？

今年でもう二十五歳になるのに。ハケンなんて不安定な身分で、毎日毎日仕事して家に帰るだけの日々。貯金もない。彼氏もない。スキルも資格もない。私と同い年で成功してる人はいっぱいいる。結婚して子供産んでる人もいっぱいいる。なのに私は夢も希望もやりたいこともなにもない。しかも処女だし。好きな人には嫌われてるし。状況はかなりひどい。

本当は、合コンなんて行きたくないのにな……

出会いの場に行かなきゃ恋は始まらない、とリカは言う。それはそうだと思う。けど、やっぱり苦手だった。合コンで出会う男の子たちは皆ガツガツしているし、そうじゃなくてもノリがよくて軽くて……とてもじゃないけど、あの場からなにかが始まるなんて、想像がつかない。自分が不器用なんだと思うものの、うまくついていけない。

——なにもかもが虚《むな》しく映る。仕事も合コンも恋愛も勉強も、やることなすことすべてが。それらは、私たちが本当に求めているけど得られない、なにものかの代わりに過ぎないように思う。

けど、本物を掴《つか》むことはできない。それどころか、その正体を知ることもない。だから、代用で済ますしかない。なにもかも偽《いつわ》りだと薄々知りながら。そのことについて誰にも言えないまま。

体の芯《しん》まで冷え込んだ気分で、夜空を見上げた。ビルとビルの隙間《すきま》に、ぽっかり白い月が浮かんでいる。

——このままで、いいんだろうか？

そんな疑問は、何気ない瞬間に去来《きょらい》する。駅のホームで電車を待っているときや、夜道の街路灯に照らされた、自《みずか》らの影を見たときに。私はとてつもない大事なものを見落としているんじゃないか。今すぐそれを探しに行くべきなんじゃないか。

だけど、それは実体のない幽霊のように通り過ぎ、珠美もすぐに焦《あせ》っていた気持ちを忘れ去ってしまう。変わりない退屈な毎日がまた始まり、あっという間に日常に埋没《まいぼっ》してゆく。

それでも、私たちはきっといつか、何者かになれるんじゃないかと希望を抱く。だから、生きていける。

それはたとえて言うなら、蝶《ちょう》の生態に似ている。卵から生まれた芋虫はやがて蝶《ちょう》になる。そういう変体が、自分の身に起こることを人は期待している。だけど人間の中には、蝶《ちょう》にもなれず、サナギになる方法さえわからず、芋虫のまま一生を終える者もいる。本物の蝶《ちょう》はいい。彼らは本能的に蝶《ちょう》になる方法を知っている。けど、私たち人間は知らない。誰も教えてくれない。だからずっと芋虫のままということも有り得るのだ。

私、このまま、死ぬまで〝芋虫のまま〟なのかな？

そこまで考えて、小さく首を横に振った。

やめよう。

きっと、考えてもしょうがないことなんだ。こんなこと。

さあ、約束した合コンに行こう。リカちゃんにならってニコニコお酒を呑んで、晩御飯をしっかり食べよう。もしかしたら素敵な出会いがあるかもしれないし？　それで家に帰った後はドラマの続きでも見よう。明日は早く起きて洗濯して掃除して……そうやって小さな目標を達成していけば、きっとうまくいくよね？　たぶん。

よしっと気合いを入れ直し、足を踏み出した。

そのとき。

「つーかまーえたー！」

異様に明るい声とともに、いきなりうしろから羽交《はが》い締《じ》めにされた。

うわっ……なっ、なに!?

珠美はジタバタもがいた。しかし背後から回された両腕は頑丈《がんじょう》で、びくともしない。

「確保ーっ！　確保ーっ！」

でかい声が路地に響き渡る。五人の男がゲラゲラ笑う。

「やだっ……ちょっと！　離してくださいっ！」

「おーよしよし。ジタバタしないのぉ～」

一人の男が野卑《やひ》な声でささやくと、さらに周囲の笑い声が高くなる。すると、四人の男たちがふらふら歩いてきて、珠美の眼前に立った。

……まずい。

珠美は一瞬で状況を悟《さと》り、恐怖に凍りつく。

男たちはまだ若かった。二十歳になっているかも怪しい。若者特有の鬱憤《うっぷん》を溜め込んだ表情に、正体不明の苛立《いらだ》ちで目はギラギラしていた。一人は坊主頭、一人は白に近い金髪、一人は奇抜《きばつ》なモヒカンで、最後の少し年配の男は長髪で、鼻と唇に鋲《びょう》のようなピアスをしていた。羽交《はが》い締《じ》めしている男の顔は見えないが、かなり屈強《くっきょう》な体をしている。

「おい、車回して来いよ」

「いや、無理。ここイッツウだし」

「知るかよ。いいよ、車を突っ込め」

「やっやめてっ……！　うぐぅ」

「お姉さん、静かにね？」

——嘘でしょーっっ⁉

口を塞《ふさ》がれた珠美は心の中で絶叫した。まさか街中で、こんな人さらいまがいのことが起こるとは！　油断してた。こんな夜更けにミニスカートで独《ひと》りふらふら歩くなんて。平和ボケしていた自分を呪う。けど、もう遅い。

珠美は全力で抵抗した。拘束《こうそく》されている両腕は動かせず、懸命《けんめい》に脚をばたつかせた。膝《ひざ》を上げ、鋭《するど》いヒールで男の足を踏み抜こうとした。しかし、別の男に横から脚を絡められ、思うように身動きが取れない。

「大人しく、しろよ」

金髪の男はふらつきながら言った。

なんだか変だ。全員、ひどく酔っぱらっているのにアルコールの臭いがしない。なんなんだろう、この異様なテンション。すごく変な酔い方だ。

……クスリでもやってるの？

思い当たって、さらに絶望的な気分になる。そんな状態の男たちに説得なんて絶対無理だ。

「早く持ってっちゃおうぜ」

「車、すぐそこだし」

男たちは暴《あば》れる珠美を押さえ込んで、引きずりながら移動し始めた。

珠美は懸命《けんめい》に頭を回転させる。どうしよう？　どうする？　とにかく隙を見つけて、どうにかしなきゃ！　助けを求めたいのに、辺りは腹が立つぐらい静まりかえっている。

「ガムテ、持ってきた？」

「あるある」

「第一発見者の俺が最初な」

珠美は一気に血の気が引いた。

嘘でしょ？　私、処女なのに？　初めてがこんな男たちと………

絶対嫌ーーーーーーーーーー!!

珠美は口を塞《ふさ》いでいる男の指を思いっきり噛んだ。骨まで折ってやる勢いで噛んだ。顎《あご》が砕けてもいいと思った。

「ぐわあっ！　痛ぇっっっっ!!」

男が手を放し、一瞬、自由になる。珠美はそのまま駆け出そうとした。しかし、すぐに腕を掴《つか》まれ、引きずり倒される。尾骶骨《びていこつ》をコンクリートに打ちつけ、パンプスが脱げた。

「テメーぶっ殺すぞっっっ!!」

男の怒号《どごう》が夜気を切り裂《さ》く。

珠美はとっさに頭をかばった。

……神様っ!!

次の瞬間。

突然、目の前の男が横ざまに、三メートルほど吹っ飛んだ。

「えっ？」

珠美は目を丸くする。

男は自動販売機に腰から激突し、隣にあったゴミ箱が勢いよく倒れた。蓋《ふた》が外れ、けたたましい音を立てて、空き缶が転がる。

一瞬の出来事で、なにが起こったのかわからず、その場にいた全員が硬直する。

恐る恐る見上げると、珠美の前に真っ黒で巨大な影が立ちはだかっている。その影は男たちより、ひと回りもふた回りも大きかった。街路灯が逆光になり、顔はよく見えない。

……ヒ、ヒーロー!?

脳裏《のうり》を、特撮映画のアクションシーンがよぎる。

フリーズしていた男たちが動き出す。

「舐《な》めてんじゃねぇぞ！　ゴルアァァァァッ!!」

激昂《げきこう》したモヒカンが、右ストレートを繰り出す。長身の影は、ゆらりと体を斜めにしてかわし、モヒカンの左肩を、がしっと掴《つか》んだ。その直後、一瞬、長身の男が微《かす》かに笑うのが見えた。真っ白に輝く歯がこぼれるのが。

次の瞬間、長身の男は至近距離から、強烈なボディーブローを叩き込んでいた。強力な拳《こぶし》がモヒカンのみぞおちに刺さり、背中まで貫通する勢いでめり込む。素人《しろうと》の珠美でもわかるほど、激烈な一撃だった。

——プロボクサー級かも。

モヒカンの体がくの字に曲がり、口から唾液《だえき》と吐瀉物《としゃぶつ》が落ちる。長身の男は拳《こぶし》をみぞおちに入れたまま、反対の手でなだめるように、モヒカンの背中をトントンさする。その余裕が逆に怖いと、珠美は思った。モヒカンはずるずると、膝《ひざ》から崩れ落ちる。気絶したのかもしれない。

次の瞬間、坊主と金髪が早足で長身の男との間合いを詰め、同時に襲い掛かる。素早く身を翻《ひるがえ》した長身の影を、街路灯が照らす。

このとき、珠美は初めてその正体に気づいた。

――だ、伊達さんっ!?

見間違いかと思ったが、そうじゃない。フード付きの黒いモッズコートを羽織《はお》った、伊達俊成だった。頼もしい身のこなしは、目眩《めまい》がするほどカッコイイ。

伊達は殴《なぐ》りかかってきた金髪を、流れるような所作で避ける。すると、反対から飛んできた坊主頭のアッパーカットが、伊達の顎《あご》にクリーンヒットした。けど、珠美の目には伊達が、わざと殴《なぐ》られたように映った。

伊達はゆっくり首を横へひねり、ペッと唾《つば》を吐いた。街路灯が逆光となり、精悍《せいかん》な横顔に影が差す。

はっと、珠美は息を呑んだ。

伊達は少し首を傾《かし》げて目を細め、微《かす》かに口角を上げた。

その一瞬、今いる状況をすべて忘れた。完全に心を奪われていた。伊達の表情がひどく艶《なま》めかしく、胸に迫ってきて。映画のスクリーンに大写しになったヒーローみたいで。

珠美はいまだ立ち上がることができず、その場で乾《かわ》いた唇を舐《な》める。

いきなり伊達が、目にも留まらぬ速さで、鋭《するど》い左ストレートを繰り出した。コートの裾《すそ》が死神のマントみたいに、翻《ひるがえ》る。男たちとは、明らかにスピードが段違いだ。拳《こぶし》がどこに当たったのか目視できないまま、坊主頭の首が不自然にねじれ、吹っ飛ぶ。

珠美は座り込んで口を開けたまま、坊主頭が道路に転がるのを見つめた。

そのまま伊達は振り向かずに、電光石火《でんこうせっか》の裏拳《うらけん》で、背後の金髪を殴《なぐ》りつけた。まるで頭のうしろに目がついているみたいに正確なパンチだった。パシッと乾《かわ》いた音が響き、血液らしき液体が飛び散り、金髪は仰《の》け反《ぞ》って尻もちをつく。気づくと、長髪の男以外の全員が、アスファルトに転がっていた。ほんの一瞬の出来事だ。

――えええ、強すぎる。

一目瞭然《いちもくりょうぜん》だった。若者たちとは体の構造が、鍛《きた》え方が全然違う。

残りは長髪の男一人。伊達が乱れたコートの襟《えり》を直しながら振り返ると、長髪男は「お、覚えてろよ！」と言いながら、大通りへ向かって駆け出した。その後を、バラバラと倒れていた男たちがついていく。

伊達は小さく笑って「覚えてろよなんて、今どきB級映画でも言うかよ」とつぶやいた。

気づくと、暗い路地には伊達と珠美の二人だけだ。

伊達がこちらに向き直り、おもむろに腕を伸ばす。

……殴《なぐ》られるっ！

なぜか珠美はそう思い、恐怖で身を硬くした。

「大丈夫？」

柔《やわ》らかく響く、低い美声。

「あ………」

見ると、伊達は珠美を助け起こそうと、手を差し伸べている。珠美はとっさに手を取って、立ち上がった。大きくて温かい手だ。優しくて、安心できる。

「あっあっあっ……あのっ」

珠美は言葉に詰まった。よかったという安堵《あんど》と、今さらながら恐ろしくなったことから、ボロボロ涙が出る。

「あっ……ありがとうございました」

珠美はようやくそれだけ言った。

泣くつもりなんてないのに。

いつも以上に、どもっちゃって恥ずかしい。

嫌われてるのに助けてもらって、申し訳ない。

さまざまな思いが頭をよぎり、涙が激流のように押し寄せてくる。珠美は伊達の手を握《にぎ》りしめたまま、しゃくり上げた。こんな風に泣くべきじゃない……頭はひどく冷えているのに、勝手に涙が溢《あふ》れてくる。

――こんな瞬間、思う。

私の中にはこれが私だと思ってる表面上の自分と、そうじゃない奥底の自分がいるのかなって。冷えた私と、熱い私と。

いつもモノを考えて決めているのは表面の冷えた私。けど時折、こうして奥底の熱い私がその存在を主張する。

伊達は、慰《なぐさ》めるでもなく、声を掛けるでもなく、ただ黙って立っていた。手を振り払わないでいてくれて、ありがたかった。いつもなら「邪魔《じゃま》だ」と怒鳴《どな》ってもおかしくないのに。

心の奥底にいる彼は優しいのかな、と珠美は思う。

なにもしないで立ってるだけで「優しい」ってのも変だけど。けど、嫌ってるのに助けてくれた。きっと、放っとけなかったんだ。

仕事でも、他の社員が困っていると、伊達がさり気なく助けていることに、珠美は気づいていた。トラブルが起きれば、彼の担当じゃなくても、必要な人員を集めたり助言をしたりする。彼は仕事を振るにしても、メール一本書くにしても、相手の負担が増えないよう、最大の注意を払っていた。いつだったか珠美が、翌朝までに必要なファイルを誤って削除してしまい、作り直しをしたときも、伊達は一緒に残業して手伝ってくれた。めちゃくちゃ怒りながらだけど。

——伊達さんが、本当は優しいのは知ってたよ。

そう思うと少しうれしくなって、珠美は微笑んだ。それを見た伊達は「大丈夫？」と聞き、珠美は「大丈夫です。ありがとうございます」と答えた。

「伊達さんてなにか、やってたんですか？　その……すごく強いから」

「……ボクシング。ライセンスも持ってるけど、今はやってない」

伊達は、ぼそぼそ答えた。

「なるほど。だからすごいんですね」

プロボクサー！　そりゃ強いはずだわ。男たちとは、明らかに差があったもん。

ふと気づくと、伊達の手の甲から血が流れている。

「これ、痛そうですね。大丈夫ですか？」

珠美は落ちていた自分のハンドバッグを拾い上げ、ハンカチを取り出しながら言った。

「手加減したつもりだったんだが」

伊達は傷を見て眉をひそめ、こう続けた。

「グローブしてないし。それに本気で殴《なぐ》ると骨が折れる」

なるほど。あれで手加減してたんですね。

珠美は内心苦笑いしつつ、ハンカチで傷口を押さえた。

こんな強いサラリーマンがいるなんて、世の中って恐ろしい。伊達さんって何者なんだろ？　仕事もむちゃくちゃできてイケメンで頭もよくて喧嘩《けんか》も強いなんて、スーパーヒーローかなにかなの？

「もういいよ」

伊達は嫌そうに、パッと珠美の手を払った。

「あ……。すみません」

また拒絶され、胸に鈍い痛みが走る。

「……これからどうする？　送って行こうか？　家まで」

伊達は儀礼的に言った。その声に、特別な感情は感じられない。

珠美は少しがっかりしながら「いえ、これから予定があるんで」と答える。伊達の事務的な態度に、だんだん心が冷えていった。

「帰ったほうが、いいんじゃないか？」

「大丈夫です！」

珠美は少し強めに答えた。伊達は呆気《あっけ》に取られた顔をする。

「君がそこまで言うなら……」

伊達は目の前の雑居ビルを指差し、さらにこう言った。

「行くなら、入り口はここだけど」

「へ？」

「ガナパティ・サムサラ」

珠美はびっくりして目を見開く。

「なんで知ってるんですか？　私が探してるお店……」

「俺もメンバーなんだ」

「え？」

「だから……」

伊達は言いにくそうに言葉を続けた。

「今夜の……その、合コンのメンバーに、俺も入ってるんだ」

◇　◇　◇

どうしてこんな展開に。

伊達と連れ立って店に入った珠美は、ワイングラスに唇をつけ、ちらりと彼の様子をうかがう。

伊達は不機嫌そうに生ビールを呑んでいる。

珠美はテーブルの端にいて、伊達はテーブルを挟んで対角線上の端に座っている。

　ガナパティ・サムサラは不思議な空間だった。中は薄暗く、それぞれの席が完全な密室で、靴を脱いで上がって、ふわふわした絨毯《じゅうたん》の掘りごたつ式になっている。クッションがあちこちに置かれていて、なんだか妖《あや》しい雰囲気。

　この店はちょっと怖いけど、伊達さんと同じテーブルでお酒呑むなんて……！

　珠美は浮かれていた。席はものすごく遠いけど。

「それでは、性癖をカムアウトしながらの自己紹介ターイム!!　イエェア！」

　西大路がハイテンションで仕切っている。女性陣がどっと笑う。

「じゃ、僕から。僕は月花商事の西大路頼嗣。アパレル部門。特技は人妻寝取り」

　言いながら西大路はキメ顔を作り、こう続けた。

「SとMの両刀使いだから、Sな子もMな子もどっちも愛してる。フェイバリット体位は騎乗位」

　やだー！　人妻とかヤバイ！　エロい！　と言いながら女子が、きゃあきゃあ盛り上がる。

　西大路さん、相変わらずスゴイな……

　こんなに容姿端麗《ようしたんれい》な男がおどけると、そのギャップも相まってこちらは笑ってしまう。

　珠美は劇場の客席にいる気分で、彼の見事な進行を見守る。西大路と伊達以外は知らない男たちだ。けど、全員只者《ただもの》じゃないオーラを放っている。

「はーい！　次は僕」

珠美の前に座っている、眼鏡《めがね》に顎《あご》ひげの男が勢いよく手を挙げた。もちろん、顔は珠美ではなく美女たちのほうを向いている。

「僕は華井物産《はないぶっさん》の宍戸雄平《ししどゆうへい》！　部門は天然ゴムね。ゴム。ゴムって大事だよね……」

下ネタばっかり！　やめてー！　と言いながらも、女性陣はニコニコ楽しそうだ。

テーブルには五対五で男女交互に座っていて、男性陣もさることながら女性陣も華やかだ。リカの友達の元モデルと、地方局アナウンサーまでいる。皆、一様《いちよう》にはっとするほどの美女で、四大卒でミスコン常連で育ちのよいお嬢様。どの女性も、容姿も境遇も珠美とは格が違う。

——こういう場に来るには、本来なら資格がいるのだ。

どことなく白けた気分で、珠美はワインを啜《すす》る。

いつもこうだ。所詮《しょせん》、私は人数合わせで呼ばれただけ。

珠美は短大卒で、どちらかと言えば貧乏な家庭で育った。容姿だって不細工じゃないけど美人でもない。リカはああ見えて、タレント事務所に所属していた過去があるし、実家は都内でも有数の資産家だ。商社勤務はお遊びのようなもの。

要は住む世界が違うんだよね、と珠美は思う。彼女たちと美やステータスを競おうとは思わない。けど、なにも感じないほど鈍感じゃない。華やかな世界に憧《あこが》れがないと言ったら、嘘になる。これは嫉妬《しっと》だってわかっているけれど。

女の子たちも含め、順番にソツなく自己紹介をこなしてゆく。伊達の番になり、珠美は少し緊張して座り直した。

伊達はおもむろに話し始める。

「あー……月花の伊達です。主に鉄鉱石の取引を。西大路とは同期で……。今夜は楽しみますんで、よろしく」

声もとびっきりカッコイイ。女性陣も一様《いちよう》に『きゃ〜カッコイイ』という眼差《まなざ》しに変わる。

「性癖は？　言えよ」

西大路がニヤニヤしながら煽《あお》る。

「性癖？　あー……」

伊達は目つきをガラリと変え、その効果を試すように、セクシーに微笑む。そして、こう言った。

「巨乳愛好家。カップはEかFがベスト」

きゃーっヤダー！　と女性陣の歓声《かんせい》が上がる。マジですか、と珠美は驚きの目で伊達を見た。

普段の真面目な彼からは、そんなこと言うなんて想像つかない。伊達さんってちゃんと、その場に合わせて冗談を言うんだ。

それに、Eカップですって？　こっそり自分の胸を見下ろす。その点においてなら、私も条件を満たしてるかも？

「じゃ、次。タマちゃんどうぞ」

西大路が唐突《とうとつ》に振ってきた。しかもいきなり呼び方も変わっている。

——わ、私!?

ドキリとして辺りを見回すと、全員の視線が珠美に集まっている。伊達も含めて。

ど、どうしよう??　えーっと、なにするんだっけ？　そうだ、自己紹介……

「あっあの……えーっと、小椋珠美、です」

自分でもおかしいぐらい、キョドってしまう。それでもどうにか言葉を続けた。

「月花商事で派遣社員やってます。今は鉄鉱石資源部所属です。よろしくお願いします……」

「性癖もお願いしまーす！」

正面の席の宍戸が楽しそうに声を上げる。

「せっ性癖!?」

どうしよう？　処女なのに性癖もなにもないよ！　他の女の子はなんて言ってたんだっけ……

伊達の顔ばかり見ていて、なに一つ聞いていなかった。

「ダメだよ、タマちゃん。逃がさないよ。せ・い・へ・き♪」

西大路が意地悪く笑う。

「性癖は、性癖は……」

変な汗で、ニットがべっとり背中に張りつく。

なんでもいい。とにかくなにか言わなきゃ。

「性癖は、処女です」

この一言で、場がブリザード級に凍《い》てついた。

そして、長い沈黙が下りる。

皆、ショジョ？　と首を傾《かし》げ、珍種の動物でも見る顔をしている。

――ああああああもおおおおおお死にたいいいい………

今すぐこの場を飛び出したい衝動にかられた。完全負け戦《いくさ》の合コンだわ、来るときに変な輩《やから》に襲われるわ、好きな人の前で処女だと露見《ろけん》するわで、今すぐ消えてなくなりたい。お母さん、帰りたい。

大量の矢が飛んできて、脳天にブスブス刺さった気分。落武者《おちむしゃ》の心地で、がっくりとうなだれた。

凍りついて固まっていたメンバーの中で、立ち直りがもっとも早かったのは、さすがの西大路だ。驚愕《きょうがく》に上げた眉をさっと戻し、いつもの笑みを浮かべ「タマちゃんはピュアで貴重なんだから、おまえら簡単に持ち帰るなよ」と男性陣に言った。

「そうよー。やめてくださいよー、珠美はプレミアなんだから」

リカがすかさずフォローする。

その言葉を皮切りに場の盛り上がりが戻り、珠美はほっと胸を撫《な》で下ろした。

――西大路さんとリカちゃんにフォローしてもらって、情けない……。でも、よくよく考えたら、なんで私がほっとしなきゃいけないんだろ？　処女のなにが悪いの？　真実より、場の盛り上がりが大事なわけ？　おかしくない？　と、心の中で吼《ほ》えてみても虚《むな》しい。

そこからの商社マンたちは、スイッチが入ったようだった。

伊達も、西大路と組んで巧《たく》みな話術を繰り出し、笑いは取るわ酒はガンガン呑むわで、場は大いに盛り上がった。珠美はすっかり度肝《どぎも》を抜かれてしまった。

――すごい。

超絶イケメンコンビが本気を出すと、場がものすごいことになる。しかも伊達と西大路の場合、徹底的にやる。その日聞いた二人の話によると、接待では平気で全裸になったり天井から吊《つ》るされたり、とても口では言えないことをするらしい。総合商社の営業は非常識なんて言葉が霞《かす》むほど、珠美にとって信じられないことの連続だった。徹底的にタフに、クレバーに、そして道化になれないと務まらないようだ。

一つの熟練されたショーを見ているみたいだった。

会話のキャッチボールのスピードが半端《はんぱ》ない。頭の回転が尋常《じんじょう》じゃない。振りも、返しも、素人《しろうと》には、とてもついていけない。出してくるネタは時事問題が絡んでいたり、流行の最先端だったり、ちょっぴりセクシーだったり、エンタメ性に満ち溢《あふ》れている。彼らは生き生きと笑い、エネルギッシュにおどけ、抜群《ばつぐん》のトークで魅了《みりょう》した。

これが商社マンなのかぁ。

珠美は終始、圧倒されっぱなしだった。

「ねぇ、タマちゃん」

見ると、いつの間にか隣に座った西大路が、シャンパンをグラスに注《つ》いでいる。

「僕さ、伊達とは古い付き合いなんだよね。だから奴のこと、よく知ってんの」

「らしいですね。リカちゃんから聞きました」

答えつつも、珠美は落ち着かない。

この人、ちょっと苦手なんだよね……。さっきまでモデルの子とイチャイチャしてたのに、どうしてこっちに来たんだろ？

「実はさ……伊達にさ、ものすごい秘密があるんだけど、知りたい？」

「えっ？」

西大路は唇を寄せ、耳元でこうささやいた。

「僕にキスしてくれたら、教えてあげてもいいよ」

珠美は飛び上がった。

なんですって!? キス?? とんでもない!

「ほら、早く。伊達に興味あるんでしょ？ 唇にキスはハードル高いなら、頰《ほお》でもいいよ」

西大路は至近距離で、意地悪く微笑む。

伊達さんの秘密……知りたい。知りたくないわけない。でも……

「あ、えと……え、遠慮《えんりょ》しておきます」

西大路は驚いて、身を引いた。

「そんなに僕が嫌？」

「あ、いえ。西大路さんが嫌とかそういう問題ではなく。その、伊達さんの秘密は、きっと伊達さんが誰にも知られたくないと思うから」

「ソレ、本気で言ってんの？ かわいこぶってんの？」

「そういうわけでは。私も人に知られたくない秘密とか、ありますし……」

「ふーん」

西大路はつまらなそうに頰杖《ほおづえ》をつく。珠美はそれを横目に、シャンパンを一口呑んだ。

たぶんこのシャンパンも超高級なんだよなぁ、とボトルのラベルを眺《なが》めつつ思う。

　虚《うつ》ろな気分で、グラスを見つめた。

「いいよねぇ。タマちゃんの、その表情」

　隣の西大路がつぶやく。

「え？」

「僕は無性《むしょう》にうれしいんだ。君みたいな純粋《じゅんすい》なタイプが、夜の王国に堕《お》ちてくると」

「夜の王国？」

「そう。つまり、こういう世界のこと。夜の王国は、なにもかも二元的なんだ。成功と失敗、勝ち組と負け組、美しさと醜《みにく》さ、金持ちと貧乏、善人と悪人、男と女……」

　西大路はシャンパングラスを片手に、芝居《しばい》がかった様子で個室のフロアを見渡し、こう続ける。

「すべて二元的で、それしかない。実にシンプルだと思わない？」

　珠美もつられてフロアを見回す。合コンのメンバーたちは、いつの間にか二人組のカップルになり、ひそひそと会話を交わしていた。

　西大路さん、ちょっと酔ってるのかな、と珠美は思う。

「ただ、いつまでも夜の住人をやってるのは、少々疲れる。僕も、もう二十九だからね。合コンで馬鹿騒ぎなんて、そろそろ卒業だ」

「そうなんですか」

「そうなんですよ。今いるレールの上を走り続けるには、それだと都合が悪いからね。僕はレールに乗った、成功の人生を歩むんだ」

その言葉に違和感を覚え、珠美は眉根《まゆね》を寄せた。

西大路はそれには気づかず、饒舌《じょうぜつ》に語り続ける。

「だから、そろそろ地盤を固めないとね。僕のスペックに群《むら》がる、ハイエナみたいな女は御免《ごめん》だ。おっとりした、ピアノの先生みたいなタイプと結婚して、子供作って、タワーマンションに住まないと」

「……なんで、そんなこと、私に言うんですか？」

「なんでだろうね。君がそれをうらやましいと、思っていないからかな」

思ってますよ、と言おうとして、思っていない自分がいることに気づき、珠美は口をつぐむ。

「夜の王国の住人でいるのは、今夜で終わり。僕は昼の明るい世界へ、イチ抜けするから」

西大路はにっこり笑って、ポン、と珠美の肩を叩いた。

西大路の笑顔を見つめながら、ある疑問が頭をよぎる。

この人は、そんなに簡単に抜けられるかな？　夜の王国を。

シャンパンの表面が照明を反射し、シルクの光沢みたいにきらめく。グラスの底から泡が一つ一つ上《のぼ》ってゆき、小さな魂みたいに見えた。

◇◇◇

さっきは少し、やりすぎただろうか？

伊達俊成は、西大路と組んでひとしきり場を盛り上げた後、誰としゃべるでもなく一人酒を呷《あお》った。右手の甲の骨が浮き出た部分を擦《こす》る。そこは皮膚が少し裂《さ》け、にじんだ血が固まっている。

普段から、厄介事《やっかいごと》には極力近づかないようにしている。『嫌だなと感じることに近づかない』という実にシンプルなライフハックだ。これを守るだけで、そこそこ幸せな人生が歩める。

——だが、絡まれているのが小椋さんだとわかった瞬間、もう体が勝手に動いていた。しかも、うまく感情のセーブがきかず、ほぼ全力で殴《なぐ》ってしまった。正当防衛とはいえ、彼らには気の毒なことをした。

「それ、痛くないですか？」

小椋珠美が、心配そうに言う。彼女はさっき、西大路に押し出されるようにして隣に座ったのだ。

「いや、別に」

なるべく、感情を押し殺して答える。

「でも伊達さん、すごいですね。めちゃくちゃ強いだけじゃなくて、こういう場を盛り上げるのも上手だし」

「誰でもやれるだろ」

「そんなことないです。おかげで、楽しい時間が過ごせましたし。私、実はこういう場所に来るのがすごく苦手で……」

そんなこと、知ってるよ。

伊達は心の中でそう答え、ウィスキーのロックを舐《な》めた。

——ちなみに俺がもっとも苦手なのは小椋さんだ。仕事では、かなりキツく当たっているると思う。というか、彼女に関しては心を鬼にして意図的《いとてき》に攻撃し続けてきた。仕事のためではない。百パーセント私情だと、自分でもわかっている。たぶん、泣かせたのも二回や三回じゃ済まないだろう。なのに、まったくひるむことなく、俺に対して尊敬や好意を露《あら》わにして接してくる。

「あの、伊達さんて、合コンとかにもよく来るんですか？」

全然まったく。合コンなんて大嫌いだし、新卒以来、接待以外で参加したことは一切ない。今回は特別だ。

……なんてことを、彼女に言う必要はないだろう。余計なおしゃべりは、身を滅《ほろ》ぼす。

「たまに」

伊達はそれだけ言った。

二人の間に、沈黙が下りる。

他のメンバーたちはそれぞれ二人組になり、お互いの情報交換に余念がない。これからデートするのか、また別の合コンを開くのか、スマートフォンを取り出してはいじくっている。ゴージャスな内装と、妖《あや》しい間接照明に照らされた男女のそんな姿は、まるで秘密結社の会合みたいだ。

そんな様子を見ていたら、伊達は周りの喧騒《けんそう》が遠のくような感覚に襲われた。珠美と伊達の二人を、薄い空気の膜《まく》が包み、そこだけ外界から遮断《しゃだん》されたような。

珠美はきらきらした瞳で、じっとこちらを見上げている。彼女は色素が薄いせいか、ゴールドに近い褐色《かっしょく》の虹彩《こうさい》が、美しい鉱石のように輝いていた。そこには……こちらの思い過ごしでなければ……思慕《しぼ》の情のようなものが、はっきり表れている。

伊達の鼓動が、強く胸を打つ。

こういう澄んだ目をした女の子は苦手だ、と伊達はつくづく思う。

瞬時に、心の深いところまで見透《みす》かされる気がする。心の硬い殻《から》の部分に、音もなく浸透《しんとう》してきて、奥の柔《やわ》らかい部分にそっと触れられる。そんな弱さはひた隠しにしてきたのに、なぜか彼女には知られている。こちらは強く、格好良くあろうとするのに、この目を前にすると無防備な丸裸にされた気分になる。

だから、嫌なんだ。

チラリと横目で見ると、彼女は少し目を細めて微笑んだ。柔《やわ》らかく包んでくれるような眼差《まなざ》しに、またしても鼓動が乱れる。こんなにも優しい瞳で、見つめられたことがなくて。

——彼女がこんな目をするのは、俺に対してだけなのか……？

そんなことを考えていたら、いつの間にか絆創膏《ばんそうこう》を取り出した珠美が、おずおずと伊達の右手に触れる。伊達は飛び上がりそうになった。

「後でちゃんと消毒したほうがいいと思いますけど……」

そう言いながら、珠美は手際よく絆創膏《ばんそうこう》を貼りつけた。伊達は、その手をうまく振り払えないまま、身を硬くしていた。

手の甲に触れた、つるりとした指先の質感が妙にクリアで、伊達は唾《つば》を呑む。視線を落とすとテーブルの下にある、ミニスカートから伸びた太腿《ふともも》が目に入った。パッと目を引くほど白く、見るからにすべすべしていて、触り心地がよさそうだ。

今夜の珠美はピンク色の薄いニットを着ていて、ボディラインが傍目《はため》からもよくわかった。腰も肩も細く華奢《きゃしゃ》な印象なのに、バストはボリュームがある。美しい鎖骨《さこつ》からつんと突き出たバストが、大胆《だいたん》にニットを押し上げている。ドキドキするような柔《やわ》らかい曲線を、つい視線でなぞってしまい、伊達は慌《あわ》てて目を逸《そ》らした。

臍《へそ》の下が、疼《うず》くような感じがする。

少し、酔ったみたいだ。

それでなくても今夜の彼女はいつもより唇は赤いし、まつ毛に色気があるし、なるべく近づきたくなかった。女を感じさせるときに接近するのは危険だ。

それでも、彼女の気配をすぐ傍に感じているのは、そこまで悪い気分じゃない。手の甲と指先の皮膚が触れ合う感触は、心地よい刺激だ。伊達はウィスキーを一口呑み、ひたすら自分の心臓がポンプみたいに血液を送る音に、耳を澄ませていた。

「ご、ごめんなさい。勝手に手を触ったりして……」

石像のように動かない伊達を見て、珠美が消え入りそうな声で言った。

「嫌ですよね、私に触られたり、話しかけられたりするの」

「悪いけど」

今の俺には余計なおしゃべりをする余裕が一ミリもないんだ、と続く言葉は呑み込む。

珠美は端的な伊達の言葉に傷ついた顔をした。しかし伊達はそれ以上なにも言えず、耳の奥の心音に意識を集中する。心のどこかで、珠美をうらやましく思った。尊敬や好意や、傷ついた気持ちさえも、そんな風に素直に表現できる彼女を。

珠美がパッと手を引っ込め、触れていた指先が離れた。それをひどく寂しく思う自分に、伊達は戸惑う。

もう一度、彼女の手に触れたい衝動に駆られた。

そのとき。

「はいはーい！　お楽しみのところ、ごめんねー！　そろそろお開きにしましょ〜！」

西大路が言いながら、伊達と珠美の間を裂《さ》くように、なだれ込んできた。

「はい、じゃあ、男性陣は女性陣を送っていってね。伊達っ！　おまえはタマちゃんをお送りしろ！」

「西大路さん！　そんな、私は……」

珠美が体を斜めにして西大路の体を避けつつ、目を丸くする。

「大丈夫大丈夫。タマちゃんは、なんも気にしなくていいから。伊達ね、コイツ、酒に強いの。ものすごく、強いの。むちゃくちゃ強い僕でさえ、酒の強さだけは、こいつに敵《かな》わない」

「らしいですね。噂では、聞いたことありますけど……」

「スピリッツのボトルをストレートで空けても、ケロッとしてさっさと帰り、翌日朝イチの便に搭乗《とうじょう》して、その足で余裕で商談まとめてくる、そういう男だ」

「頼嗣、酔ってんのか？」

伊達が言うと、西大路はニシシと笑い、こう言った。

「おまえは、僕に感謝しろよ？　ほら、さっさと帰るぞ。二人とも、立って立って」

まったく。余計なこと言ったら、一発ブン殴《なぐ》るぞ。

伊達は内心舌打ちしながら、立ち上がった。

◇◇◇

伊達と、読者モデルの杏奈《あんな》とともに、珠美はタクシーに乗り込んだ。タクシーの後部座席には奥から、杏奈、伊達、珠美の順番で座っている。すると、両腕で二人の女の子の肩を抱きながら道に立つ西大路が言った。

「じゃ、伊達、責任持って二人を送れよ？　特にタマちゃんは特別天然記念物で、超希少種なんだからな。地球生態系の未来のためにも、丁重《ていちょう》に送り届けろよ？」

「わかったよ。うるせぇな」

タクシーのシートにもたれた伊達は、不機嫌そうに返す。

「タマちゃんは、家どこだっけ？」

西大路は、タクシーの車内に上半身を乗り入れて聞いてきた。

「私は、三軒茶屋《さんげんぢゃや》のほうで……下馬《しもうま》です」

伊達の隣に座った珠美は答える。

「で、アンナちゃんは？」

西大路が微笑む。

「私も同じ方向、三茶《さんちゃ》の駅前です♪」

杏奈も微笑み返した。

「わかったから、とっととそこどけよ。車出せないだろうが」

伊達は声を荒らげた。

それを聞いて西大路はニヤッと笑うと「ちょっとちょっと、タマちゃん」と手招《てまね》きをした。珠美が「なんですか？」と聞き返すと、こっちへ来いとさらに手招《てまね》きをする。

ん？　なんだろう……??

少し身を乗り出すと、不意に西大路が顔を寄せてきた。

そして――

あっ、と思ったときにはすでに、西大路にチュッとキスされていた。左頬に、冷たい唇の感触。

なっ……なっ……なっ……いきなりなにするんですかーーーーーーーーーー!!

西大路は素早く身を引いて歩道に立ち、手を振っている。伊達が忌々《いまいま》しそうに舌打ちすると同時に、タクシーのドアが閉まった。

「三軒茶屋駅前までお願いします」

伊達が言うと、タクシーがゆるやかに動き始めた。

ちょ、ちょっとおおおおおおおおおおお!!

珠美は袖《そで》で左頬をゴシゴシ拭《ぬぐ》った。さらにバッと振り返り、ガラス越しに西大路を睨《にら》みつける。……も虚《むな》しく、西大路はすでにこちらを見ておらず、二人の女子とともに、繁華街へ消えていくところだった。

「伊達さんって、いつも何時ぐらいまでお仕事されてるんですかぁ?」

苛立《いらだ》つ伊達と激怒する珠美を無視し、杏奈がきゃぴきゃぴ言った。

声が三オクターブぐらい高いっての！　と、内心ツッコまずにはいられない。

杏奈は明らかに伊達狙いで、珠美の存在完全無視で彼を落としにかかっている。伊達の太腿《ふともも》を触ったり、しなだれかかったり、媚《こび》を売るのに必死だ。伊達は杏奈のほうを見つつもビジネスライクに受け答えしているが、真顔だから本心はわからない。本当は喜んでいるのかもしれない。珠美は横でイライラハラハラしながら、二人のやり取りを見守るしかない。

もうっ！　ちょっとぐらい、こっち見てくれたっていいじゃない!!

合コンはさんざんだったし、処女だってバラしちゃったし、西大路にはおちょくられてキスされたし、本当に泣きたかった。

まるで世界中が、私のことを馬鹿にして、嘲笑《ちょうしょう》してるみたい。杏奈ちゃんだって、なによ。初対面で女だからって、そこまで無視することないじゃない。そもそも西大路さんが悪いのよ。この二人と同じタクシーに乗せるなんて、ヒドイ！　伊達さんが私のこと大嫌いなの、知ってるくせに。伊達さんも伊達さんだよ。デレデレしちゃってさ。バッカみたい。

思わず、深いため息が出てしまう。

——私、邪魔《じゃま》なんじゃないのかな。もしかしたら伊達さんは、杏奈ちゃんをお持ち帰りしたいのかも。

普段の姿からは想像もつかないほど、合コン慣れしている伊達を見て、ますます距離を感じた。たぶん伊達は、思っているほど真面目でも堅物《かたぶつ》でもない。職場で見せる姿は一面に過ぎず、珠美は伊達のことをなにも知らないに等しい。合コンの失敗よりもなによりもそのことに、ひどく落ち込んでしまう。

隣に目を遣《や》ると、杏奈は伊達の腕に絡みついて、耳元でささやいている。

珠美は一人することがないので、ぼんやりと合コンでのことを思い出していた。

……伊達さんの秘密って、なんだろう？

窓の外を見ると、街路灯が次々とやってきては通り過ぎた。高速道路がするりとカーブを描いて果てしなく伸びてゆき、彼方《かなた》には暗闇に沈んだビル群がそびえ立つ。

東京は、とても綺麗《きれい》だ。

そこにはゴージャスなブランド品よりも、高級なダイヤモンドよりも、もっとずっと輝かしいワクワクするなにかが、じっと息を潜《ひそ》めて待っている……そんな気がした。それは高層オフィスビルの一室にあるかもしれない。あるいは、ミステリアスな薄暗いバーに。あるいは、古い雑居ビルの冷えた鋼鉄《こうてつ》のドアの向こうに。

私はそこへ行きたいと願う。だけど、行く方法がわからない。チケットなり、鍵なり、資格なりが必要なんだと思う。だけど、持ってない。どこを探していいのかさえわからない。

深い疲労を覚え、シートにもたれたまま脱力した。

今はひどく暗い場所に、独《ひと》りで座っているように感じられる。

過ぎゆく都会の小さな灯りを、手の届かない場所から眺《なが》めているだけ。明るい昼の世界に帰るには、どうすればいいんだろうと考えながら。心のどこかでもう戻れないんじゃないか、と薄々気づきながら。

そのとき。

右手になにかが触れた。

思わず、暗闇で目を見開く。

あ……。これって…………

それに、ぎゅっと右手を握《にぎ》られる。

……え？　これって、伊達さんの……手？

鼓動が、跳ねた。

一気に目が覚める。間違いない。伊達さんの手だ。

な、なんで？　ど……どうして？

伊達のほうを振り向くものの、彼は反対側を向いており、表情がわからない。伊達の羽《は》織《お》ったコートの下で、彼の手は珠美の指先を握《にぎ》っていた。

耳の奥で響く脈拍が、どんどん速くなる。

もしかして……伊達さんは私の手をシートベルトのバックルと、間違えてるのかも。

理性が冷静に解説する声を、心臓の音がうるさく掻《か》き消してしまう。声を出すことも呼吸することもままならず、頭に血が上《のぼ》ったまま石像の如《ごと》く動けなかった。車内が急激に非現実的な空間に変わり、音声は消え失せ、右手のぬくもりだけで心がいっぱいになる。

頭の中の、言葉も消えた。

いつの間にか杏奈の自宅付近に到着していた。タクシーのドアが開き、いったん珠美と伊達が降りて、杏奈がアスファルトに両足を下ろす。

そのとき、杏奈がなにか言って、伊達が首を横に振って答えた。たぶん、珠美を先に帰してあたしは後でいいとか、そう言ったように思う。伊達はそれに対して、もう遅いからとなだめ、タクシー代は俺が払うとかなんとか言っていたような気がする。とにかく頭の中が真っ白で、うまく状況が把握《はあく》できなかった。

気づくと、車内で伊達と二人きりになっていた。

広がったコートの下で、ふたたび指先を絡め合う。

ドキドキ心臓の音がうるさい。伊達はシートにもたれたまま物思いに沈んでいる。珠美は姿勢を正し、前方を見つめたまま、微動だにできなかった。

――たぶん、シートベルトと間違えてるんだと思う。絶対そうだってわかってる。だって、私は伊達さんにむちゃくちゃ嫌われてるんだもの。わかってる。わかってるけど、好きな人に手を握《にぎ》られたら……。

めちゃくちゃドキドキするよおおおぉぉぉーーー!!

鼓動が胸を打ち、血液が生々しく体を巡《めぐ》る。

こういうときに限って、馬鹿みたいに渋滞《じゅうたい》していて、なかなか辿《たど》り着けない。

早く着いてほしい。……いや、ずっとこの時間が続けばいい。けど、この時間が続いたら、ドキドキしすぎてほんとに死んじゃうかも。

頭の表面をどうでもいい思考が、ツルツル滑《すべ》っていく。

不思議な沈黙だった。居心地がよくも悪くもないような。タクシーのウィンカーだけがカチ、カチ、と静寂《せいじゃく》を切り刻む。風船みたいにどんどん膨《ふく》らんでいく期待と、いやいやダメダメ勘違いだという自分自身への警告。ただ一つ確かなのは、このまま彼と二人で薄闇に紛《まぎ》れていたいという想い。なにも考えず、彼の手の熱だけを感じたまま、どこまでも行きたい。

ありったけの勇気を掻《か》き集め、少しだけ手に力を込めた。『これはシートベルトのバックルじゃないんだよ。私の手なんですよ』ということを伝えるために。

すると、伊達は優しく握《にぎ》り返してきた。

——その後のことは、ほとんど覚えていない。

気づくとタクシーは、珠美のアパートの前に横付けされていた。伊達と手を繋《つな》いだまま車を降りる。本当はこんなボロアパート、見られたくなかったのに。頭がふわふわして、なにも考えられなかった。

やっと、玄関ドアの前で我に返った。

長身の伊達が珠美を見下ろして立っている。珠美は息を詰めて、美貌《びぼう》の彼を見上げた。彼の眼差《まなざ》しは冷静で、感情が読み取れない。

いつ、手を離したんだっけ？

うまく思い出せない。

「じゃ、ここで」

伊達は短く言った。声も、気絶するほどカッコイイ。

そのとき、珠美の頭のギアが突然「常識」というモードに入った。いけない。こんなボサッとしてちゃ。社会人として、ちゃんと御礼を言わなきゃ！

「あっあっあのっ、送って頂いて、ありがとうございました」

頭を深々と下げ、さらにこう続けた。

「それに怪我《けが》もさせちゃったし……。その、狭くてなにもありませんけど、お茶でも飲んでいきますか？」

どうしよう!?　誘ったはいいけど、部屋がひっ散らかってるよ!!　脱ぎ捨てたダサいパジャマとか、干しっぱなしのブラジャーとか、お気に入りのゆるキャラの巨大ぬいぐるみとか、どうしよう!?

密《ひそ》かに、軽いパニックに陥《おちい》る。

「いや、いい」

伊達はコートのポケットに両手を突っ込み、なんとなく横を向いて、部屋のドアを眺《なが》めた。

——横顔もむちゃくちゃ素敵。至近距離で見て、胸が高鳴る。鼻が高くて、唇は薄くて綺麗《きれい》で。ボロアパートの廊下が、やたらキラキラした特別な場所に変わる。これがイケメンオーラのなせる業《わざ》ってやつかな。

伊達はそれじゃ、と軽く一瞥《いちべつ》をくれて歩き去っていく。大きな背中を見送りながら、ファー付きフードのあるコートが、男らしくてすごく似合うな、としみじみ思った。

ただのシンプルな黒のモッズコートなのになぁ。伊達さんが着ていると、とても洗練《せんれん》されてる感じ。西大路さんのみたくいかにも高級ブランドって感じじゃないけど、こっちのほうが俄然《がぜん》素敵かも。

伊達は長い脚で軽やかに階段を駆け下りると、少し身を屈め停車していたタクシーに戻っていく。珠美は、タクシーが発車して赤いテールランプが見えなくなるまで、自室のある二階から見送った。

熱に浮かされたまま、鍵を取り出し、ふと首を傾《かし》げる。

——今日は一度も怒られなかったし、むしろ優しくて、手も握《にぎ》ってくれた。……もしかして私、自分で思ってるよりは嫌われてないのかな？

◇◇◇

それから二日後の、日曜夜。

珠美は、折れそうになる心を奮《ふる》い立たせ、スマートフォンにメッセージを入力していた。

時刻は二十一時過ぎ。閑静《かんせい》な住宅街のため、辺りは静まりかえっている。

世田谷区《せたがやく》下馬のこのアパートは1Kで八畳しかない。けれど、一人で暮らすには充分だし、珠美は気に入っている。女性限定のアパートだから安心だし、三軒茶屋駅まで自転車で十分ぐらいで、交通の便もいい。三茶《さんちゃ》のあの、下町っぽい雰囲気も残しつつ、今どきの若者が身を寄せ合って暮らしている空気が、珠美は好きだった。近くのカフェやバーに入ると、アーティストやクリエイター志望の子たちの『いつかデカイことをやってやる！』というエネルギーみたいなものが、渦巻《うずま》いている。きっと珠美と同じように、地方から上京してきた子も多いだろう。

珠美のアパートの家賃は六万円。生活はギリギリだけど、どうにか自力で生きていける。珠美は概《おおむ》ね、東京での一人暮らしに満足していた。

珠美はいつも家にいるときは、パイル地のパジャマに身を包んでいる。見た目はかなりダサいけど、ふわふわもこもこして着心地は最高だった。

……昨日の夜も、一昨日《おととい》の夜も、うまく眠れなかった。伊達とのタクシーでの出来事が、気になって。

リカに金曜夜の顛末《てんまつ》を話したところ、リカは鼻息を荒くして『それは伊達に近づく大チャンスだよ！』とアドバイスしてきた。御礼を口実に、彼を食事に誘えとも。その助言に対してとてもそんなことできないと、珠美が泣きつくと、リカは冷めた口調でこう言い放ったのだ。

『どうしてもほしいものがあるんなら、時には必要よ。捨て身のチャレンジってやつが』

珠美は深刻な顔で、スマートフォンの小さな液晶画面を見つめる。

メッセージを送るなら今がチャンスだ。御礼を言うなら、あまり遅くなり過ぎたら失礼だし。

伊達も社内のグループSNSに登録しているので、直接連絡先を交換したことがなくともプライベートメッセージが送れるのだった。

小椋珠美：突然のメッセージ失礼致します。
先日助けて頂いた小椋珠美です。その節はありがとうございました。
あと、家まで送ってくださってありがとうございました。
手の怪我《けが》は大丈夫でしょうか？
御礼と言ってはなんですが、今度晩御飯でもおごらせてください。
お忙しいとは思いますので、お時間があるときで大丈夫です。
ご恩返しができればと思います。返信お待ち申し上げます。

絵文字を入れようかどうしようか悩むも、伊達さんはそういうのが嫌いかも、と思い直す。何度も何度も文面を読み直し、誤字脱字のチェックをする。これじゃ少し文章が硬すぎるかも……と思い、軽い感じに修正し、やっぱり失礼だなと考え直して、元の文章に戻した。

たかがメッセージ一本打つだけなのに、私、気持ち悪くない？　ストーカーっぽくない？

トホホな気分でうなだれる。きっとリカなら、迷わず十秒で送れるはずだ。

もう一度、文章を読み直す。

さすがにいきなり「好き」とは書けなかった。けど、メッセージを送るだけでも自分としては飛躍的《ひやくてき》進歩だ。

これって、明らかに誘ってるよね？

やっぱ下心、ミエミエかな？　ウザい女って、思われるかも。

頭の中の声が、次々とブレーキを掛ける。そんな無駄なことはやめておけ、と。

うわぁーん、怖くて送れないよ!!

珠美は、部屋の中央に置かれた小さなテーブルに突っ伏《つっぷ》す。

……怖い。拒絶されるのが。

スマートフォンを握《にぎ》りしめたまま、身震《みぶる》いした。

本当に、なにをこんなに恐れてるんだろう?

膝《ひざ》を抱えたまま顔を上げ、壁時計をぼんやり見つめる。

心底、不思議だった。

伊達さんに拒絶されたからって、死ぬわけでもない、血を流すわけでもない。お腹が減るわけじゃないし、貯金が減るわけじゃない。そもそも拒絶とは実体があるものじゃない。人はなぜ、目に見えないお化けみたいなものを、こんなにも恐れるんだろう?

ふと、伊達に手を握《にぎ》られたときの、あの温度を思い出した。

それをはずみに、珠美は無心で送信ボタンを押した。

押してしまってから、「ひっ」と小さく声を上げる。慌《あわ》てて取り消そうとするものの、メッセージにはもう「既読《きどく》」のマークがついている。

この私が、あの伊達さんに、お誘いメッセージを送ってしまった……!?

画面を凝視《ぎょうし》したまま、石像のように固まった。

◇◇◇

メッセージの受信音が鳴り響き、伊達俊成は「おや」と顔を上げた。

寝室兼書斎《しょさい》で資格試験の勉強をしていたら、いつの間にか夜になっていたらしい。時計を見ると、二十一時十五分だった。伊達はテキストを閉じて立ち上がり、スマートフォンを探す。

伊達は、月花が借り上げた独身用のマンションに住んでいた。ＪＲ恵比寿《えびす》駅の西口から歩いて八分ほどの立地で、間取りは２ＬＤＫ。二十三区内ならどこでもすぐ出られるので大変便利だ。実家も都内なので職場まで余裕で通えたが、三十前の独身男が実家に寄生しているのも気が引けて、一人暮らしを選んだ。

まぁ、束《つか》の間《ま》の仮住まいだな、と伊達は思っている。いずれ海外駐在に飛ばされる身だ。というか、本来ならとっくに駐在に行っていてもおかしくない。つい最近、月花は原油価格の大幅な下落を受け、新エネルギー事業から撤退《てったい》した。実はこのとき、北米にある関連子会社の役員就任の打診を受けていたが、そのゴタゴタで話はなくなり、日本にいる期間が少し延びてしまった。

伊達がまだ東京の本社にいるのには、そんな事情がある。

お目当てのスマートフォンは、ベッドの脇に落ちていた。拾い上げ、ＳＮＳの受信ボックスを開く。見ると、小椋珠美からのメッセージだった。

ドキリとして、小さく息を呑む。

なんてことはない。金曜日の御礼のメッセージだ。社会人なら、よくあるやつ。けど、あの夜の親密な空気と、こちらを覗《のぞ》き込む澄んだ瞳が思い出され、落ち着かない気分になる。

合コンなんか行かなければよかった。

苦い後悔が込み上げる。やはり彼女との必要以上の接触は、避けるべきだった。だが、行かなかったらそれはそれで、気になって仕方なかっただろう。いずれにしろ、集中力を欠く状態に陥《おちい》り、最悪な気分になるのは間違いない。

まったく、忌々《いまいま》しい……

自分を恨《うら》むべきか、珠美を恨《うら》むべきか、よくわからないまま伊達はリビングまで移動した。もちろん、珠美がなに一つ悪くないのはわかっている。これが八つ当たりだということも。

リビングは十畳ほどの広さで、簡素なソファとテーブルとテレビだけがある。テレビは洋画と証券のマーケット情報を観る以外は、使っていない。日本の番組は今ひとつ感性が合わず、ほとんど見なかった。

伊達はソファにどさり、と腰を落として脱力した。反動で、スプリングが少し軋《きし》む。

小椋さんと、二人っきりで食事か……

口元に、乾《かわ》いた笑みが漏《も》れる。そんなこと、できるわけないじゃないか。まったく、こちらの気も知らないで、能天気な誘いだ。

それでも、喜んでしまっている自分に、ふと気づく。さっきよりなんとなくウキウキして、ニヤニヤが止まらないような。いや、これはなにも特別な感情じゃない。年頃の女性に誘われた一般男性が、一般的に抱く感情だ。

伊達は真顔を作り、浮き立つ気持ちを抑えつける。

そして、西大路頼嗣が全部悪い、とここで結論づけた。

いつもそうだ。あいつは野生の狐みたいに勘が鋭《するど》くて、俺の気持ちを察知してからかってきやがる。とにかく人をおちょくっていないと、気が済まない奴なんだ。あんな奴の思うツボに、はまってたまるか。俺はもう決めたんだ。くだらんことに気を患《わずら》ってないで、仕事に集中しようと。今はとにかく試験勉強が最優先だ。

伊達はよし、と気合いを入れ、背筋を伸ばす。

だから、とっとと返信してしまおう。どこまでも、ビジネスライクに。

◇◇◇

伊達にメッセージを送ってから、五分も経たずに受信音が鳴り、珠美は飛び上がった。はずみでテーブルに膝《ひざ》を強打し、涙目でうずくまる。

……伊達さんから返事が、きた!?

一気に血圧が上昇し、パニックに襲われかける。

あ、あああああどうしよう!? 怒られる? 断られる? キレられる? それとも奇跡が起こって、もしかしたら……OKかも!?

口から心臓が飛び出しそうになりながら、震える手でメッセージを開いた。

伊達俊成：社会人として当然のことをしたまでです。
御礼等は一切不要です。

一瞬で、頭がすっと冷却していった。

珠美は立ち上がると、ふらふらとベッドまで歩いていって、顔面からダイブする。しばらく、そのまま動けなかった。

……素っ気ないなぁ……

ショックを通り越して無性《むしょう》に馬鹿馬鹿しくなり、ふふっと自嘲的な笑いが漏《も》れる。

思いっきり、フラれちゃった。けど、思ったよりダメージは受けてないぞ。……うん。

意外と私、平気だな。もっと泣いたり傷ついたりするかと思ったけど。不思議。結果は最悪だったのに、予想外に傷が浅くて驚くレベルだ。

想像するのとやってみるのとでは、大違いだった。その違いが、ちょっとうれしいぐらいに。たとえ断られたとしても、伊達本人からメッセージをもらえるなんて、夢のようだった。

やっぱり伊達さんは、誠実だなぁ。

嫌いな女が相手でも、ちゃんと意思表示をしてくれるなんて。ウザイと無視したり、ブロックしたりすることもできるはず。けど、ちゃんと正直な気持ちを伝えてくれる。それは、一つの誠実さだと思った。

このように、珠美は伊達になにをされても、脳内でポジティブ変換してしまえる自分に気づいた。

倒れたまま顔だけ横に向け、スマートフォンの画面をじっと見つめた。やっぱりメッセージを送ってよかった、と思いながら。

行動を起こせば、人は一つ強くなるのかもしれない。

◇　◇　◇

「お先に、失礼しま～す」

翌日、仕事を終えてショルダーバッグを手にした珠美は、鉄鉱石資源部の島に向かって、声を掛けた。

時刻はちょうど十九時。一時間半残業し、窓の外はとっぷり日が暮れてもまだ、鉄鉱石の面々は席についている。静寂《せいじゃく》の中、カタカタとキーボードを打つ音だけが、響いていた。

「お疲れ様」

二階堂朝美《あさみ》がパソコンの画面から目を逸《そ》らさず言った。

二階堂は珠美より三歳年上の、二十七歳。一般職採用の正社員で、主に営業事務を担当している。珠美は二階堂の下につき、営業事務のサポートをしていた。

珠美は派遣の立場ゆえに、長くても残業は二時間までと決められている。けど、皆が頑張っている中、こうして一人だけ帰るのは罪悪感が伴った。派遣だから仕方ないと、わかってはいるけれど。

「お疲れ」

「お疲れさん」

鉄鉱石のメンバーたちが、口々に声を掛けてくれる。しかし、二階堂の隣に座っている伊達は、珠美を無視した。

珠美は、つい習慣で、壁に掛けられたホワイトボードを見てしまう。『伊達俊成』のプレートの横には『二月十四日〜三月二日　ＹＭＱ』と書かれていた。

ＹＭＱとは、空港などでよく使われる都市コードで、モントリオールを表す。珠美は彼の予定を頭の中にメモする。伊達の担当するプロジェクトは主にブラジルだが、カナダのケベック州にある鉄鉱山プロジェクトもサポートしていた。今日は二月九日だから、伊達の顔がしばらく見られなくなるまで、あと一週間もない。

「いいなー。早く帰れて」

連日残業続きの二階堂が、しみじみとつぶやいた。

珠美は、申し訳ないような、腹立たしいような、複雑な気分に襲われる。

二階堂は、なにかにつけて『ハケンは楽チンでいいよね』と、嫌味を言ってくるのだ。しかしそんな珠美を置きざりにして、二階堂がすぐに切り替え、甘えた声で伊達に話しかけた。

「伊達さぁーん、エンピエ社の案件なんですけど……」

二人はもう珠美の存在を忘れ、仕事の話に集中している。その姿を背に、珠美はエレベーターホールへ向かった。

疎外感《そがいかん》。もしくは、孤立感。

珠美はエレベーターを待ちながら、切ない気持ちで窓から外を見下ろす。こちら側はちょうど表参道の裏側で、雑居ビルに挟まれた細い路地が見えた。向かいのオフィスに灯った青白い蛍光灯は、残業中の見知らぬ人々を照らしている。

あの人たちはどんな仕事をしてるのかな、と珠美はぼんやり考える。

雨が降ってきたのか、八角形に広がった傘が眼下を行き交っていた。それを目で追いながら、寂しさか虚《むな》しさのようなものが、じわじわと込み上げてくるのを感じた。

このままで、いいのかなぁ？

派遣だから、仕方がない。勤務時間が短い代わりに、給料も安い。責任が軽い代わりに、立場は不安定だ。その代わり、自由だけは保障されている。

ないものねだりかな、と思う。自由でいたい癖に、チームの皆と連帯感がなくて、寂しいだなんて。派遣が嫌なら、正社員になればいい。けど、そこに辿《たど》りつくまでのハードルの高さを思うと、心が折れてしまう。それに正社員になることが幸せだとも、信じられなくて。

そうして、退屈で変わらぬ毎日が続いてゆく。芋虫から蝶《ちょう》になる方法が、わからないまま。このままでいいのかと、ずっと思いながら。

鉄鉱石資源部のフロアがある二十二階から、エレベーターで十五階の更衣室まで下り、制服から私服に着替え、リカに連絡を取る。退社時間が重なったリカと珠美は、地下鉄の駅まで一緒に帰る約束をしていた。

一階のロビーでリカと待ち合わせ、社員通用口から肩を並べて外に出る。守衛《しゅえい》を横目に鋼鉄《こうてつ》のドアを開けると、雨交じりの突風が吹きつけてきた。首に掛けていた社員証を外し、ショルダーバッグの内ポケットにしまう。

夜の表参道は、雨に濡れて黒く光っている。渋滞《じゅうたい》した車のヘッドランプがずらりと並び、白い手袋をしたブランドショップの店員は、暇そうに通りを眺《なが》めていた。都会の雨の匂いは、埃《ほこり》っぽくて濃度が薄い。田舎の雨の匂いを思い出そうとしたのに、うまくいかなかった。

帰る道すがら珠美は、伊達にメッセージを送って拒絶された顛末《てんまつ》を、リカに話した。

「新しい恋でも、してみたら？」

一部始終を聞き終えたリカは、紫色の傘を差しながら言った。襟《えり》が三角に広がったトレンチコートが、大人っぽくてよく似合っている。

「それができればいいんだけど……そんな気分になれなくて。とてもじゃないけど」

珠美は隣を歩きながら、うなだれる。珠美の着ているコートは紺のダッフルで、リカと比べると自分が幼く思えた。

「もしくは、キャリアを積むことに集中するかだなぁ。ま、あたしはあんまりオススメしないけど。女の幸せは仕事にはない、と思っている派なんで」

リカの吐く息が、少し白くなった。

「キャリアかぁ……。学歴も職歴もないし、資格もスキルもないし」

「珠美の場合はそれ以前に、やる気も野心もないでしょ？　仕事バリバリ、出世してやろうみたいな向上心、ゼロでしょ？」

「はい。おっしゃるとおり。それが一番の問題です……」

「あたしはそんな珠美が好きだけどね。ありのままで」

さらりと言ったリカの横顔を見つめ、不思議な気持ちになった。

そう言えば、なんでリカちゃんは私みたいなのと友達なんだろう？　同期っちゃ同期だけど、他にも同期はいるのに、なぜ……

リカと珠美はタイプが全然違う。リカは基本的には彼女と同じような、メイクがうまくて綺麗《きれい》な女の子を選んで友達になっている。同じ種類の女の子たちで周りを固め、他は一切寄せつけず、自分を守っているのだ。唯一、珠美を除いては。

リカは以前『あたしは〝偏見《へんけん》の世界〟を生きているの』と言っていた。

商社マン、外資系コンサル、帝都、旧帝大、年収……といったワードに代表されるステータスによって、あれが勝ち組、これが負け組といった明確な勝敗がある世界を。誰が決めたともわからない、そんな偏見《へんけん》に満ちた競争社会の中で、負けないように必死になっている。誰かに見下される前に、全速力で階段を上がっていって、先に見下してやるために。『絶対に負けたくない』という高いプライド、言い換えれば、力強いエネルギーに衝《つ》き動かされているのだと。

少し疲れそうだな、と珠美は思う。しかしそれでは、珠美はそういうものとまったく無関係かと聞かれれば、そうじゃない。珠美だってその偏見《へんけん》の世界に、片足を突っ込んでいる。華やかな職業、高い学歴に憧《あこが》れ、それが素敵なことだと思う気持ちは、偽《いつわ》りのないものだ。

かと言って、それを取りに行く気はない。負けるのは嫌な癖に、勝つための努力もできない。偏見《へんけん》の世界を生き抜くこともできず、かと言ってそこから抜け出せない。すごく、どっちつかずだ。

伊達に対する気持ちもそうだ。容姿や職種といったステータス部分を除いた、純粋《じゅんすい》な彼が好きなのか、それともステータスに憧《あこが》れているのか、わからなくなる。結局、どちらもなんだ。この好きという気持ちは、少し不純なものを孕《はら》んでいる。やはり、どっちつかずだ。

だからリカみたく、偏見《へんけん》の世界のど真ん中を生きていると言い切れる人を見ると、素直にすごいと思う。彼女たちは、しれっと「百パーセント、ステータスが好き」と断言する冷徹《れいてつ》さがある。そのことを恥《は》じないし、格好つけて誤魔化《ごまか》したりもしない。現実の厳しい烈風《れっぷう》を、一身に受けて歩いていくような。

彼女たちをくだらない、低俗だと批判する人は多い。現に、派遣社員の間でリカの評判は悪く、陰口を何度も耳にした。けど、珠美の目には、リカはとても正直に映った。負けたくないというプライドに、正直に生きている人たち。ほしいものをまっすぐ取りに行く、欲望に忠実な人たち。彼女たちはとても綺麗《きれい》だし、削ぎ落とされ洗練《せんれん》されて見える。純粋《じゅんすい》さと冷酷《れいこく》さが、危ういバランスで、その身に共存しているような。

そんな勝敗がすべての世界に身を委《ゆだ》ねた彼女たちの行く先に、幸福があるのかは、わからないけれど。

時折、リカに聞いてみたくなる。「どうして私と友達でいてくれるの?」って。けど、そう聞くのはすごく変な気がして、うまく聞けないのだった。

「はああ。会社、辞めようかな……。この先、伊達さんと同じ部署に居続けるのも、辛いし」

珠美は遠い目をして言った。

「ま、うちらハケンの特権だわな。勤務先を比較的楽に変えられるのは。束縛《そくばく》はなく、自由だけがある」

「自由だけがあって、他にはなにもないんだよ」

「束縛《そくばく》されるのも、なかなかキツイわよ。報酬《ほうしゅう》がよくても、責任は重いわ、身動きは取れないわ。どっちが幸せなんだか」

「プライベートがもっと充実してれば、自由を満喫《まんきつ》できるんだけどなー」

「そう言えば、今週の金曜日、石炭部の新井《あらい》さんの送別会なんだって?」

「あ、そうだった!」

すっかり忘れていた。新井は入社二年目で、珠美の隣の部署である石炭部に所属している。鉄鉱石資源部とはなにかと仕事で絡みがあり、伊達とも懇意《こんい》にしていた。新井は四月一日付けで、オーストラリアに駐在が決まっている。

「伊達も来るんでしょ？」

「うん」

そっか。また、伊達さんに会える！

少し気分が上がった。二人で食事できなくても、同席できるだけでうれしい。もちろん、誘いを断られ、がっかりはしているんだけれど。

そこまで話して、気づくと、地下鉄の駅の入り口に到着していた。ＯＬやビジネスマンたちが、傘を畳みながら次々と階段を下りてゆく。二人もその流れに乗って、ブーツが滑《すべ》らないように注意しつつ、無言で階段を下りた。

「珠美、今日はまっすぐ帰るの？」

「うん。リカちゃんは？」

「あたしはこれから銀座《ぎんざ》でお食事会。女子大時代の友達と」

「なら、乗る線が違うね。じゃあ、ここで」

珠美は手を上げて挨拶《あいさつ》し、定期券を取り出しながら改札に向かう。その背中に向かって、リカはこう声を掛けてきた。

「また明日。金曜の送別会、気合い入れて行ってきなね！」

◇　◇　◇

珠美のように、総合商社の派遣社員をやっていると、とにかく歓送迎会が多い。社員たちは駐在に行ったり戻ってきたり、なにかと異動が多い業種だからである。加えて、仕事がなかなかハードなのもあり、派遣社員の離職率も高く、送別会はしょっちゅう開催《かいさい》された。同じチーム内、同じグループ内、営業事務というくくりや、派遣社員というくくりなど、縦横の繋《つな》がりもあるので呑みの席も多くなる。

誰かが海外駐在に行くときは、営業事務のメンバーで花束を買い、色紙の寄せ書きを添えて渡すのが、月花のしきたりとなっていた。

二月十三日金曜日。石炭部のメンバーに鉄鉱石資源部のメンバーも加わり、新井の送別会は西麻布《にしあざぶ》のダイニングで開催《かいさい》された。

バレンタイン前日なのもあり、新井は女性社員からチョコレートも受け取っていた。同時に、なぜか伊達のところにもチョコレートが集まっていたのを、珠美は目ざとく発見した。長身で眉目秀麗《びもくしゅうれい》な伊達は、当然ながら女性社員にモテる。実は珠美も、先日の金曜日の御礼にかこつけて渡したいと思い、ラッピングしたチョコレートをショルダーバッグに忍ばせてきたが、うまく実行に移せずにいた。

――御礼等は一切不要です。

伊達の拒絶が脳裏《のうり》をよぎり、渡す勇気が出ない。なんだかんだで、去年も一昨年も渡せなかった。

『なにビビってんのよ。義理チョコでーすって顔して、さくっと渡せばいいじゃない』

以前、その話をしたらリカは呆《あき》れたようにそう言った。けど、珠美はそんな風に、軽い嘘が吐けない。

だって、義理チョコじゃないわけだし。

うじうじ悩む自分が、つくづく嫌になる。今年も渡すのは無理だろうな、となかばあきらめていた。もし、伊達に嫌そうな顔をされたらと想像すると、怖くて身動きが取れない。「迷惑だ」とバッサリ斬《き》られる可能性は、限りなく百パーセントに近い。

一次会はそこそこ盛り上がり、家庭のある人たちがまず抜けた。二次会には他部署の新井の同期が加わり、三次会には他のグループのメンバーが飛び込みでやってきた。リカも三次会に姿を現し、珠美は思わず声を上げてしまった。

「実は繊維《せんい》の人たちと、すぐそこのバーで呑んでたんだよね」

リカは少し酔った顔で言った。見ると確かに、繊維《せんい》の西大路の姿もある。

「新井さんと同期の子が呑んでたメンバーの中にいたから、呼ばれたついでに合流しようってことになったわけ」

伊達も含め、三次会はほぼ若者だけになり、大いに盛り上がった。ラウンジを貸し切り、あちこちでコールが飛び交い、皆カラオケやミニゲームを楽しんでいる。珠美も合わせて手を叩きながら、なんとも言いようのない、虚無感《きょむかん》に襲われていた。

いたたまれなくなって、珠美は「ちょっと失礼します」と言って、化粧室に立つ。

広い化粧室は、無人だった。珠美は入り口のドアに鍵を掛け、ほっと息を吐く。

特にすることもないので、冷たい水で手を洗った。ペーパータオルを引きずりだし、丁寧に手の水気を拭《ふ》き取り、丸めてゴミ箱に捨てる。

顔を上げて鏡を見て、ドキッとした。

そこには、見たことのない女性が、こちらを見ていた。

えっ……!?

びっくりして、思わず鏡に手をつく。顔を近づけて、しげしげと、自《みず》らの顔を眺《なが》めた。

……私、こんな顔してたっけ……？

よくよく見たら、いつもの珠美だ。けど一瞬、まったく別の人間のような、そんな気がしたのだ。

鏡には、少し険《けわ》しい表情をした女性が、じっとこちらを見ていた。その彼女は、あまり幸せじゃなさそうだった。

私、なにやってんのかなぁ？

つくづく虚《むな》しくなってしまう。こうして、トイレで鏡を見るたびに、毎回同じことを思う。居酒屋で、あるいはダイニングで、いつかのバーで。私、こんなところで、なにやってるのかなって。

「夜の王国、か」

以前の西大路の言葉を思い出す。こういう場所でこういうことをしていると、自分は本当に「夜の王国」に堕《お》ちてしまったのかもしれないと思う。

いつになったら抜け出せることやら、と思いつつ、化粧室を後にする。

——その後も一時間以上席にいたけれど、ついに最後まで、伊達と同じテーブルにつくことはなかった。そろそろ帰ろうと、ラウンジの外に出て冷たい空気を吸い、珠美は自己嫌悪《じこけんお》に陥《おちい》る。

伊達さんがいるからって、ずるずると三次会までついてきちゃって……情けないな。お酒なんていくら呑んだって、その先になにもないのに。

「タマちゃん、タマちゃん。ちょうどよかった！　ちょっと、こっち来てよ！」

顔を上げると、停車したタクシーの前に西大路が立ち、手招《てまね》きしている。

「西大路さん。どうしたんですか？」

「タマちゃん、もう帰るんでしょ？」

「あ、はい。帰ります」

「なら悪いんだけどさ、伊達のこと送ってやってくんない？　僕ら、これから四次会行くんだけど、伊達が潰《つぶ》れちゃって」

伊達の二文字に、珠美はドキリとする。

「すみません、僕のせいなんです。僕、酒に弱くてダメなこと、皆に言えてなくて……。だから伊達さん、僕を庇《かば》って、代わりにウォッカ全部呑んでくれて……」

本日の主役、金属グループ石炭部の新井が青い顔して言った。

「そういうことでしたら、いいですよ。あの、私でよければ……」

言いながら珠美は、タクシーの後部座席に目を遣《や》る。

いつの間に潰《つぶ》れたのか伊達は、シートにぐったりもたれたまま、微動だにしない。すごくお酒臭いけど、生きてはいるようだ。

うわ……。伊達さん、大丈夫かな？

時刻は深夜一時過ぎ。眠らない街には、酔っぱらったパーティー客がうろついている。

冷え込んだ六本木通りを、車が次々とやってきては通り過ぎた。

「ささ、タマちゃん。一緒にタクシーに乗ってくれるだけでいいから。同じ鉄鉱石のよしみで、頼むよー」

「あ、はい。わかりました……」

そう言って珠美は、開いたドアから伊達の隣に乗り込もうとする。

「あ、やっぱり、僕が送っていきますよ！　すべての責任は、僕にあるわけですし……」

新井が恐縮して走ってきて、珠美を押しのけてタクシーに乗ろうとした。

そのとき。

西大路が出し抜けに、バシッと新井の頭を叩いた。かなり大きな音が響き、新井は痛そうに顔をしかめる。

「おまえはゴチャゴチャうるせぇよっ！　いいから、僕の言うとおりにしろよ」

西大路がすごい剣幕《けんまく》で言う。

「しかし、小椋さんは女性ですし、家の方向もちょっと違いますし……」

「ああ？　この僕に意見しようなんざ、百億年早いんだよ!!　根性叩き直してやろうか？」

「そ、そんなぁ。さ、西大路さん、すみませんっ!!」

新井はでかい体を丸め、ペコペコと頭を下げる。

「いいから、おまえは死ぬまで黙ってろ」

西大路は新井に凄《すご》んでから、くるりと珠美のほうへ向き直り、こう言った。

「というわけで、タマちゃん。しくよろー」

「承《うけたまわ》りました。けど、体を支えるのは無理なので、駅まで送ることしかできないんですけど」

珠美は丁重《ていちょう》に答えた。心の中で、新井さんガンバレ、と応援しながら。

「それで、充分」

「伊達さんのお家、恵比寿でしたっけ？」

「そ、西口ね。駅前だから、その辺に転がしといて。これ、タク代ね」

西大路は一万円を珠美に渡すと、意味深に微笑む。すぐさまタクシーのドアはバタン、と閉じた。すると彼は、新井の首根っこを脇に抱えると、引きずるようにラウンジの入り口へ戻ってゆく。

西大路さん、ありがとう！　お釣りは後日、返します。

思わぬ幸運に心の中で手を合わせ、正面に向き直り、ドライバーに「ＪＲ恵比寿駅の西口までお願いします」と告《つ》げた。

「いや、下馬で、お願いします」

伊達はむくり、と起き上がると、いきなり言った。

「伊達さん！　大丈夫なんですか？」

「下馬でいい。君を先に送っていく」

「でも……」

「君を送って、一人で帰れる」

「……そうですか」

バックミラー越しに、ドライバーが「どっちだよ?」という視線を投げてくる。珠美はしばらく考えたものの、伊達が一切引きそうにないので「すみません、下馬でお願いします」と言い直した。

タクシーが発進すると、伊達はどさり、とシートにもたれ込み、苦しげな息を吐いた。

「大丈夫ですか?」

「大丈夫じゃない」

「酔ってますか?」

「酔ってる」

伊達はぐったりと目を閉じて、黙り込んでしまった。規則正しい呼吸が、微《かす》かに聞こえてくる。

……寝ちゃったのかな?

真夜中の六本木通りは、少しだけ渋滞《じゅうたい》していた。タクシーは時折停まりながら、のろのろと進んでいく。珠美は幸せな気分で、車窓の外に目を遣《や》った。

不意に、右肩に重みが掛かり、飛び上がるほど驚く。横を見ると、眠りこけた伊達の頭が、肩に寄り掛かっていた。

び、びっくりしたっ!

一人、暗闇で息を吐く。驚きでドキドキした心臓が、今度は別のドキドキで、なかなか収まらない。そんな珠美を尻目に、伊達は無邪気《むじゃき》に眠りこけていた。

伊達の頬《ほお》を、街路灯の細い影が次々と滑《すべ》ってゆく。黒髪が凛々《りり》しい眉にかかる。閉じられた目を縁取《ふちど》るまつ毛は長く、鼻筋はすっと通っていた。寝顔は意外と可愛らしくて、珠美はきゅんきゅんして、萌え死にそうになる。

全身が心臓になったみたいだ。前回、手を握《にぎ》られたときより、もっとずっと症状が悪化している。

次の瞬間、タクシーが停車し、珠美は我に返る。

「着きましたよ」

ドライバーが言った。

伊達がおもむろに起き上がると、寝惚《ねぼ》け眼《まなこ》のまま珠美を見て「送ってく」と言った。

「あ、ここで大丈夫です。伊達さんは、このまま乗っていってください」

「いや、送ってく」

「でも……」

「送ってく」

根負けして、一万円をドライバーに渡そうとすると、伊達が手を伸ばしてそれを阻《はば》んだ。

結局、西大路から預かった一万円は財布に入ったまま、部屋の前まで送ってもらった。

「あの……。お茶でも飲んでいきますか？」

おずおずと、伊達を見上げて言う。

「いや、ここでいい」

伊達は短く言った。表情からは、やはり感情は読み取れない。

前回と同じ展開だぞ、と頭の中でチラッと思う。

「じゃ」

そう言って、伊達は踵《きびす》を返そうとする。

珠美は慌《あわ》てて「待ってください！」と呼びとめた。

「あの……これ、これ……」

言いながら、ショルダーバッグから、ピンクの包装紙に包まれたものを取り出す。

「今夜、バレンタインなんで。これ、どうぞ。チョコレートです」

伊達は少し驚いたように受け取る。そして、珍しい化石でも見つけたみたいに、しげしげとチョコレートの包みを眺《なが》めた。

珠美は、好きです、とも言えず、かと言って他の言葉も出てこずに、もじもじと押し黙る。

ややあって、伊達はおかしそうに微笑んで、こう言った。

「俺には、くれないのかと思ってた」

細められた目が、優しい。

その爽《さわ》やかすぎる笑顔に射殺《いころ》された心地になりながら、珠美は「そんなことないですっ」とやっとの思いで言う。

「……俺のこと、もう嫌ってるのかと」

「き、き、嫌ってるなんて、とんでもない！　嫌ってないですっ!!」

かと言って「好きです」とは、やっぱり言えず、珠美は漫画みたいに目をぐるぐる回している気分だ。

伊達はチョコレートをポケットにしまうと、珠美の顔の横の壁に、そっと手をついた。

珠美の顔を挟むように、もう片方の手もつき、じっと見下ろす。

珠美はごくっと、唾《つば》を呑んだ。

……キタ！　壁ドンッ!!

全身の血が、顔に集結する。

伊達の熱い眼差《まなざ》しに射すくめられ、石像のように固まった。呼吸することも、声を出すことも、できないまま。

伊達は瞳を覗《のぞ》き込んだまま、ため息を吐くように、つぶやいた。

「……綺麗《きれい》だ」

言葉がまっすぐに伸びてきて、珠美のハートをガシッと、鷲掴《わしづか》みにした。

ゆっくりと、影が下りてくる。

自然と、まぶたを閉じてしまう。

伊達の唇が、ふわりと唇を塞《ふさ》いだ。

その予想外の柔《やわ》らかさに、胸がきゅんとなった。

何度か優しくついばまれる間、されるがままになりながら、ひたすら耳の奥で自分の心音を聞いていた。

……あっ。

伊達が、少し唇を離す。珠美は、そっと目を開けた。

至近距離にある漆黒《しっこく》の瞳に、炎が燃え上がる。

ドキッとした瞬間には、強く抱きすくめられていた。

「だ、伊達さんっ、わ……んんっっ！」

噛みつくような、キス。

息もできず、彼に圧倒される。

苦しくて唇を少し開けたら、熱い舌がぬるりと滑《すべ》り込んできた。舌先で甘くくすぐられ、つつかれる。

舌遣いが、切なくなるほど、優しい。

チョコレートみたいなキスに、脳がとろけた。彼への気持ちが、溢《あふ》れてくる。

……あなたが、好きです。

想いを込めて、舌を絡めた。すると、堰《せき》を切ったように激しく舌を舐《な》め回され、口腔《こうこう》を蹂躙《じゅうりん》される。

「はっ、は、はぁっ」

荒い息が、漏《も》れた。

シンと静まりかえった深夜のアパートの外廊下に、くぐもった声と、微《かす》かな唾液《だえき》の音が響く。

ちゅ、ちゅく。

……す、すごい。伊達さん、激しくて、わっ……

珠美は眉をひそめ、懸命《けんめい》に彼を受け入れた。口を開け、舌を絡め、唾液《だえき》を啜《すす》る。濃厚な絡みで、体中に電気が走った。ウォッカに混じり、得も言われぬよい香りが、鼻孔《びこう》を掠《かす》める。

な、なんか、伊達さん、めっちゃイイ匂いがするんですけどっ……!

伊達は少し顔を離してから、珠美の耳たぶに、そっと唇で触れた。

「……この間の合コンの時、手に触られてドキドキした」

掠《かす》れた声でささやかれ、珠美は気を失って、ぶっ倒れそうになった。

伊達は顔を傾け、飢《う》えた野獣のようにまた珠美の唇を貪《むさぼ》ってきた。たくましい体躯《たいく》に包まれながら、温かい舌が、とろとろにとろけてゆく。体の芯《しん》が、つぅーんと痺《しび》れ、脚の間がとろりと潤《うるお》う。

腰を強く抱かれ、仰《の》け反《ぞ》りながら、映画のキスシーンみたい、とチラッと思う。

抑えきれない劣情が、絡めた舌から流れ込んできて、下腹部が疼《うず》いた。

あ、な、なんかお腹がヘン……。

舌で深く繋《つな》がっていると、肉体が燃え上がる。人知れず、胸の先端がきゅっと硬くなった。

伊達の体に縋《すが》りつくと、厚手のコートに阻《はば》まれ、物足りない感じがした。

しばらくして、ようやく珠美は解放される。

二人同時に、肩で息をする。白い息が、風で流れた。すぐまたキスできる距離で、見つめ合う。

伊達の紅潮《こうちょう》した頰《ほお》と、獰猛《どうもう》な眼差《まなざ》しに、胸がジリジリ焼かれる気がした。

突然、伊達は自分で自分に驚いたように、パッと体を離す。

「ご、ごめんっ！」

伊達は慌《あわ》てた様子で、謝罪した。

「い、いえ」

珠美は完全に頭がポーッとなり、なにも考えられない。

伊達は、自分のしたことを恥《は》じているらしく、苦しげに眉根を寄せた。まるで自分自身に、ひどく脅《おび》えているようだ。

「ごめん。酔ったみたいだ」

伊達はそれだけ言うと、さっと踵《きびす》を返し、逃げるように階段を下りていった。そのまま、振り返りもせずタクシーに乗り込む。やがて赤いテールランプが遠ざかっていった。

珠美は、へなへなと廊下にへたり込んだ。

日付は変わって、二月十四日、午前二時少し前。

珠美にとって、忘れられない夜となった。

第二章　夜の王国とその住人

——アナタ、キモチワルイノヨ。

気道に、空気の塊《かたまり》が詰まり、うまく息ができない！

伊達俊成は、モントリオールへ向かう飛行機のビジネスクラスのシートで、バッと目を覚ました。

「はあぁっ……！」

がばっと身を起こし、死ぬ思いで、どうにか肺に空気を入れる。

「はっ、はぁ、はぁっ……」

鼓動は轟《とどろ》き、喉は焼けつき、シャツがべったり背中に張りつく。こめかみから頬《ほお》へ、ぬるい汗がたらり、と伝い落ちた。

……夢か……

それでもうまく現実感が取り戻せなくて、伊達は喉を押さえながら、慎重《しんちょう》に周囲を見回した。機内の灯りはすべて落ち、斜め前の小さな読書灯だけが、ぼんやり光っている。あちこちに設置された、飛行経路を映した真っ青なモニターが、深海みたいに暗闇に沈んでいた。

それらがにじんで見え、初めて自分が涙を流していることに気づく。伊達は涙を拭《ぬぐ》い、顎先《あごさき》に落ちた汗の粒を、指先で弾いた。

間断なく続く、シュォーーッという鈍い音で、飛行中であることがわかる。空気は乾燥し、微《かす》かな冷気が足先から、じわっと這《は》い上がってきた。

……随分《ずいぶん》長い間、忘れていたのに、今ごろになってまたあの夢にうなされるなんて……

熱い汗が、急速に冷えてゆく。

残酷《ざんこく》なことに、夢の中で人は歳を取らない。

現実世界で築き上げたはずの、自《みずか》らを守る要塞《ようさい》……高いプライド、建前と肩書き、大人の常識……それらがすべて雲散霧消《うんさんむしょう》し、十九歳の瑞々《みずみず》しい感性のまま。その場で、過去のトラウマが再演されれば、心の柔《やわ》らかいところを容赦《ようしゃ》なく抉《えぐ》られ、傷口が血を噴く。

一人の女性の姿が、フラッシュバックする。

安西麻友香《あんざいまゆか》。

化け物を見る眼差《まなざ》し。蔑《さげす》んで、嘲笑《ちょうしょう》する赤い唇。強すぎる力で、振り払われる手。

魂の奥深いところまで土足で踏み込まれ、渾身《こんしん》の力で鉈《なた》を振り下ろされる……

ゾクリ。

伊達は、深い恐怖で、身震《みぶる》いした。

鼓動が強く胸を打ち、脈が速まる。

落ち着けよ。とっくに終わったんだ！　もう、十年以上前の話だ。

両手で顔を覆《おお》い、うなだれた。

もう、忘れたい。二度と思い出したくない。なのに、夢の中であの瞬間に、引きずり戻される。何度も何度も。

「大丈夫ですか？　なにか、助けが必要ですか？」

いきなり声が降ってきて、はっと見上げると、薄闇に客室乗務員《CA》の瞳がきらりと光っている。

「水を……」

伊達が答えると、CAは「承知《しょうち》しました」と言って、踵《きびす》を返した。

もらった冷たい水で喉を潤《うるお》す。しばらくすると、少し気分が落ち着いてきた。

なぜ、あんな夢を、今になって見たのか？　理由は明白だ。

まぶたの裏に、小椋珠美の面影《おもかげ》が浮かぶ。

昨晩の感触が、この手に、唇に、生々しく蘇《よみがえ》った。腕の中にすっぽり収まる、小さな体。華奢《きゃしゃ》な割に、大きく膨《ふく》らんだ乳房の、丸みと弾力。綿菓子のように柔《やわ》らかい唇と、おずおずと絡められた、舌の温かさ。抱きしめた瞬間に、ふわりと漂《ただよ》った、石鹸《せっけん》みたいな清純な香り。彼女の指先から、吐息から、まばたきの仕方から、なにもかもが可愛らしく、どうしようもなく情欲を煽《あお》られた。

うずうずと、臍《へそ》の下を虫が這《は》う心地がした。目を閉じて、虫の蠢《うごめ》きに意識を集中させる。

体中の血流が、股間に集まっていく。

小椋さんと、セックスしたい。

彼女の奥深く入り込み、包まれるのは、どれほど甘美な体験だろう。きっと、想像を絶するに違いない。

あのキョトンとした純粋《じゅんすい》な瞳が、情欲で潤《うる》むのが見たい。穢《けが》れを知らない無垢《むく》な体を、奏《かな》でるように愛撫《あいぶ》して、甘やかに溶け合いたい。彼女が俺に抱《いだ》いている幻想を、めっちゃくちゃに叩き壊して、犯してやりたい。力強く勃《た》ち上がったもので、奥深くまで貫き、何度も何度も突き上げて、彼女をよがらせて、疲れ果てて眠るまで……

気づくと、毛布の下で硬く勃起していた。

——おかしくもなるさ。当たり前だ。もう何年も、セックスしていない。でも、できない理由がある。

どんなに抑え込もうとしても、それは無限に噴き出してくる。地殻《ちかく》をどろどろに溶かし、噴き出す、マグマみたいに。人類が何百万年経っても排泄《はいせつ》をやめられないように、それを消すなんて、物理的に無理なんだろう。

伊達は硬くなったそこを覆《おお》い隠すように、毛布をたくし上げる。

西大路頼嗣みたいに、気軽にそういう女を相手にできればいい。奴の真似《まね》をして、昔、ナンパした子を相手にしたこともあった。が、結果は散々だった。当然ながら、相手には驚かれ、呆《あき》れられ、さらには自《みずか》らもすり減らしたような、なんとも言えない惨《みじ》めな感じ……二度と味わいたくない。俺が、神経質すぎるんだろう。あるいは、臆病《おくびょう》なのか。どちらにしろ、向いてない。

——ここ最近、噴き出すほどの衝動を覚えるようになったのは、仕事のストレスもある。

正直、激務だと思う。

鉄鉱石の商売の規模は広大で、華やかなイメージを持たれる。しかし、その実態は、雑役夫《ざつえきふ》みたいなものだ。日々、情報を集め、ひたすら取引先の御用《ごよう》聞きに奔走《ほんそう》する。

ブラジルの鉱山から取れる鉄鉱石の量、各国の港から入ってくる情報、輸送船の状態、それらを調べ、客先や駐在員に連携《れんけい》する。この業界において、製鉄会社の権威は絶大だ。商社はその、遥《はる》か下。情報を得るため、鉱山、港湾、工場……さまざまな方面で平身低頭《へいしんてい》しなければならない。パシリ、家来、舎弟《しゃてい》と言っても、過言じゃない。いつも機嫌を取り、無理難題を押しつけられ、トラブル処理に駆り出され、解決のために粉骨砕身《ふんこつさいしん》する。問い合わせや調査事項は常に山積みで、永久に終わらない。泥臭《どろくさ》く、地道で、華やかさの欠片《かけら》もない。

データ収集能力と、交渉力。

これさえあれば、最悪どうにかなる。時に、交渉相手を恫喝《どうかつ》したり、脅迫《きょうはく》されたり、ギリギリのラインでやり合う。なにせ、相手にする奴らには日本の常識など一切通用しないことが多い。相当な胆力《たんりょく》と、忍耐力が必要だ。

入社前の想像とだいぶ違ったが、もう慣れた。どこの部署に配属されても、同じようなものだろう。すべてに通底するものを、押さえてさえいれば。

——なにも知らない学生の頃は、よかった。大学時代、バックパッカーとして世界中を旅した。その時は途上国で見かける、巨大重機に印《しる》された月花のロゴを見て、胸を躍《おど》らせた。世界を動かしている企業だと、憧《あこが》れた。

そしていざ入社してみて感じる、理想と現実の、ギャップ。

この世に、思い通りになるものなど一つもない。自分の体や、感情さえも。

シートにもたれ、深呼吸した。機内の温度は、少しずつ冷えていっている。目はすっかり覚めていた。

——ギャップに苛《さいな》まれてはいるが、俺は、恵まれているんだろう。第一志望の総合商社に入社し、地下鉄に乗る感覚で、航空機に搭乗《とうじょう》し、世界中を飛び回っている。報酬《ほうしゅう》も悪くないし、福利厚生も充分過ぎる。

しかし、商社マンとしては、失格かもしれない。

周りの先輩のように、心から鉄を愛せない。鉱山ビジネスに心酔しきれないし、日本の製鉄業界を動かしていることに対してロマンも感じていない。どこか冷めて、心を殺し、ロボットのようにタスクをこなしている。もちろん、軍隊みたいなこの組織で、そんな発言はご法度《はっと》だ。

そんな状況下にあって、しかし洗脳されたフリを続け、もう七年も経った。

「起きてらっしゃいますか？」

見上げると、先ほどのＣＡが立っている。

伊達は少し警戒して、「なにか？」と答えた。

実は、何度もＣＡからプライベートな連絡先を渡された経験がある。こちらがサービスを受ける側なのに、フライト中に妙な気を使う羽目になるのは、御免《ごめん》こうむりたい。

「窓の外をご覧ください。今、ちょうどオーロラが見えるんですよ」

ＣＡは秘密を打ち明けるように、ひそひそと言った。

言われるがまま、右手にあるブラインドを引き上げる。フライトレーダーを横目で見ると、搭乗機《とうじょうき》はちょうど、オーロラ出現率が高いと言われるイエローナイフ上空を飛んでいた。機窓に顔を近づけ、外側の暗闇を覗《のぞ》き込む。

「真横に、うっすらと、見えるでしょう？」

じっと目を凝《こ》らし、ようやくその輪郭《りんかく》らしきものを捉《とら》えた。緑っぽい白色で、幽霊のように、ぼんやりと浮いている。縦長の平行四辺形に近い形で、よく写真やテレビで見る、カーテンのような形とはだいぶ違う。

それでも充分、幻惑的な美しさがあった。

「ラッキーですね。どうぞ、ごゆっくり」

ＣＡがクスリと笑い、シートテーブルに名刺をさっと置くと、コックピットのほうへ去っていく。『Call《コール》 Me《ミー》』と書かれた後にある、ふざけた赤いハートマークが、視界に入った。

伊達は、名刺をよく見もせずに、ぐしゃっと握《にぎ》り潰《つぶ》す。思いっきり舌打ちしたい気分だった。

シューーッという、風を切るような音だけが響く。それに耳を澄ませながら、じっと白い幽霊に見入った。ガラスに近い鼻先が、冷たくなってゆく。

なんだかCGみたいだ。あれがオーロラだという、現実感がない。

――小椋さんがこれを見たら、どんなリアクションをするだろう? きっとすごく、感動するんじゃないか。

世界中の都市で、珍しいもの、綺麗《きれい》なものを見るたび、いつも彼女に思いを馳《は》せる。そんなことをするようになり、もう二年以上経つ。自分はもう、感動する心を失ってしまった。けど、彼女が同じものを見たのなら、子供みたいに喜ぶはずだ。そんな人のほうが、美しいものを観賞するのに、ふさわしい。

初めて珠美に会った日を、ありありと思い出す。真新しい制服をきちんと着て、頬《ほお》を紅潮《こうちょう》させ、緊張した声で自己紹介をしていた。

ひと目見た瞬間、はっと目を奪われた。

むちゃくちゃ好みのタイプだと思った。

まさに俺の理想を具現化《ぐげんか》した、百パーセントの女の子がいるとしたら、小椋さんだ。純粋無垢《じゅんすいむく》で、素直で、いつも一生懸命《けんめい》だけどおっちょこちょいで、でもそこが可愛くて。

肌が白くて、目が大きくて、表情が生き生きと変わる。抱きしめずにはいられない、生まれたての子猫みたいで。

豊満なバストが窮屈《きゅうくつ》そうにブラウスをぐっと押し広げていたのも、最高に好みだった。あのこぼれ落ちそうな曲線を見ると、体の芯《しん》が、ぞろりと疼《うず》く。

伊達はシートにもたれたまま、まぶたを伏せ、指先で自《みずか》らの唇に触れた。それは氷のように、冷え切っている。

シュォーーーッ。

機内に響く音が、ひときわ大きく聞こえる。

臍《へそ》の下辺りが、ずっしりと重みを増す。どす黒い衝動が渦巻《うずま》きながら、脚の付け根に集まってゆく。

封印していた重い蓋《ふた》が、少しずれる。そこから、ドロリ、と灼熱《しゃくねつ》の黒いものが溢《あふ》れてきて、体のすみずみまで行き渡る。自《みずか》らの肉体が、人ではないなにかに、じわじわ乗っ取られてゆく。それに身を任せるのは、嫌じゃない。たとえようもなく、蠱惑的《こわくてき》で。

……小椋さん……

俺を慕《した》っているのが丸わかりの、キラキラした瞳。俺と話すときはいつも、ぽっと頬《ほお》を染め、もじもじと口ごもる。仕事中も、なにをしているときでも、彼女の熱い視線に晒《さら》されるのは、得も言われぬ快感だった。

昨晩のキスは、想像以上だった。柔《やわ》らかくて、官能的で、その先にある、途方《とほう》もなく甘美なセックスを想起させる。魂も肉体も深く繋《つな》がって、気が遠くなるほどの、圧倒的な悦楽《えつらく》……

毛布の下のものは硬度を増し、鼓動に合わせ、微《かす》かに震えた。それは強く張りつめ、解放を求め、喘《あえ》いでいる。

はっきりと感じる。このシートに座っている俺と背中合わせに、真っ黒な影みたいな分身が、膝《ひざ》を抱えて座っているのを。その影は、野蛮《やばん》な衝動と、とんでもない量の性的エネルギーを溜め込んで、虎視眈々《こしたんたん》と狙っている。隙あらば、俺と入れ替わり、凌辱《りょうじょく》の限りを尽くそうと。

『あなた、気持ち悪いのよ』

かつての麻友香の声が、耳元で聞こえた気がした。

何気ない一言だ。今聞けば、別に無視して終わるだけの。しかし、多感な時期に深く刺された傷は、生涯《しょうがい》つきまとう。完全に癒《い》えることはなく、じくじくと膿《う》んだまま。

自我が、蹂躙《じゅうりん》される恐怖。

拒絶が、まっすぐに心臓を貫く。他者に裁《さば》かれ、レッテルを貼られ、もうこれ以上生きていけないと、全身が凍りつく。

——絶倫コンプレックス。あるいは、強すぎる性欲保持者。

簡単に言えば、そういうことになるんだろう。まったく、救いようのないひどいレッテルだ。まるで馬鹿みたいだし、自己嫌悪《じこけんお》なんてレベルじゃない。自分でもどうしてこんな体質になったのか、わけがわからない。間抜けで、愚《おろ》かで、気味が悪い。麻友香の言ったとおりだ。俺は、本当に化け物なんだ。他人を犯し、傷つけることしかできない。

……怖い。

胃の裏側で、ごぼり、と恐怖が湧き起こる。冷たい手が、肋骨《ろっこつ》の内側を這《は》うように、恐怖が広がってゆく。

ドクン、と鼓動がいやに響いた。

自分の欲望が、怖い。

他人の拒絶が怖いんじゃない。それ以上に、自分が怖い。衝動を抑えきれない自分が怖い。

それは、理性や思考も呑み込んで、俺を闇の中に引きずり込もうとする。本当に、俺自身が抹殺《まっさつ》される、生々しい感触がある。

どんなに抑え込んでも、知らない間に溢《あふ》れだし、俺に関わる人たちを傷つけようとする。それは、姿を変え、形を変え、擬態《ぎたい》して、他人を致命的に貶《おとし》める。それはヒトではない、醜悪《しゅうあく》で異常な化け物だ。その動きを見張っているだけで精一杯で、もう、限界が近い。見張りきれないし、抑えきれない。

胸が苦しくなって、長い息を吐いた。両手で顔を覆《おお》い、撫《な》で下げる。伸びかけのひげが、手のひらにざらついた。

——小椋さんを、守りたい。いや、守らなければならない。だから、心を鬼にして、遠ざけてきたんだ。その尋常《じんじょう》じゃない労苦を、一瞬の油断で、水の泡にするわけにはいかない。

俺は、とんでもなくヤバイ奴なんだ。頼むから、近づかないでくれ！　これまで、冷淡にあしらったことで、彼女は傷ついているかもしれない。申し訳ないと思ってる。だが、それが小椋さんのためなんだ。

彼女の腕を素早く捉《とら》え、骨の髄《ずい》までしゃぶろうとする自分と、それを全力で阻止《そし》しようとする自分。長きに亘《わた》る、身の内の激しい葛藤《かっとう》で、心身ともに疲弊《ひへい》していた。もうなにもかもあきらめて、思うさま衝動に身を任せようかと、魔が差すぐらいには。

窓の外の白い亡霊に、もう一度、目を遣《や》る。暗黒の中、それは誘うように、わずかにゆらめく。

不意に、ロダンの地獄の門のイメージが、脳裏《のうり》をよぎった。

Lasciate ogne speranza, voi ch'intrate.'

（この門をくぐるもの、一切の望みを棄《す》てよ）

ダンテの『神曲《しんきょく》』地獄篇によると、地獄の門の上には、銘文《めいぶん》が刻まれているらしい。

そうだ。これぐらいで、へこたれてたまるか。もう、とっくの昔に覚悟を決めたんじゃないか。結婚も、恋愛も、温かい触れ合いも、普通の人が手にするなにもかもをあきらめようと。心を殺し、欲望を圧殺《あっさつ》し、ひたすら仕事に邁進《まいしん》しようと。それが、この世を生きる化け物にできる、最低限のことなのだと。

ポーン、と呑気《のんき》な音が響き、搭乗機《とうじょうき》が間もなく乱気流に入るという、アナウンスが流れる。昏《くら》い気分で、シートベルトを締めた。その頃にはざわついていた心は落ち着き、周りの世界は平穏を取り戻す。真っ暗で乾《かわ》いた、色のない世界。

だけどそこは危険のない、安全地帯だ。希望もない代わりに、絶望もない。

伊達の唇から、乾《かわ》いた嘲笑《ちょうしょう》が漏《も》れる。

化け物上等じゃないか。俺はもう、一切の望みを棄《す》て、〝地獄の門をくぐった〟のだ。

◇　◇　◇

三月二日、月曜日。

珠美は、朝からソワソワしていた。

デスクの書類箱の中は、会計伝票の山。会計課からエラーで戻ってきた伝票の修正入力を、今日中に終わらせないといけない。さらに、仕入・売上データをシステムに登録し、二階堂に頼まれている資料を作成しないと。しかも、一月から業務システムが新しくなって、どうにも使いづらい。新マニュアルを睨《にら》みながら、懸命《けんめい》にキーボードを叩く。

今日は、カナダから戻った伊達さんが、出社してくるはず！

珠美は、慎重《しんちょう》にデータを修正しながらも、期待に胸を膨《ふく》らませていた。新井の送別会の翌日に、伊達は出張でカナダのモントリオールへ発《た》ってしまった。その数日後に『帰国したら会って話したい』とだけ書かれたメッセージを、伊達から受け取った。珠美はそれをお守りのように大切にしつつ、約二週間ひたすら我慢の子で、この日を待ち焦《こ》がれていた。

「小椋さん、ちょっといいかな」

振り向くと、同じ鉄鉱石チームの社員、中村《なかむら》が立っていた。

「中村さん！　もう大連《だいれん》から戻ったんですか？　あれ……」

言いながら珠美は、ホワイトボードに目を遣《や》る。そこには『二月二十日〜三月九日DLC』とあった。DLCとは、中国の大連を指している。

伊達より年次が二年下の中村は、大学院卒で伊達と同じ二十九歳だ。中村は、中国の大手商社と手を組み、鉄鉱石の輸入加工販売会社に投資するビジネスを、主に担当している。中国は、経済成長に伴い、鉄鉱石の需要が急速に拡大していた。

「あれ、予定よりちょっと早かったんですね」

珠美は言った。

「ああ、うん。急遽《きゅうきょ》予定を変更して、戻ってきたんだ……」

そう言う中村は、心なしか顔が青ざめている。さらに彼は、こう言った。

「伊達さん、カナダから戻ってるよね？　もう出社してきた？　携帯に連絡つかなくて」

伊達の名前が出てきたことに心を乱されつつ、珠美は冷静にこう答えた。

「まだだと思いますよ。いつも、出張後は十四時ぐらいに出社するのでそろそろ……」

時計を見ると、十三時半だった。

「あと三十分ぐらいで来られると思いますよ。もう少し待っていれば」

珠美が言うと、「わかった。どうもありがとう」と、中村は消え入りそうな声で答えた。

「中村さん、大丈夫ですか？　なんか顔色が悪い気がしますけど。なにか、あったんですか？」

するど、中村は「いや、別に」と、聞き取れない声で言う。本当に、今にも倒れそうな雰囲気だ。

そのとき、オフィスのフロアがざわめいた。

中村と珠美が同時に振り向くと、噂の伊達本人が颯爽《さっそう》と歩いてくる。いつもの黒いコートを羽織《はお》り、大きな黒のビジネスバッグを、軽々と持っていた。長身でスタイルがいいせいか、不思議とパッと目を引く。彼が出社してくると、フロアの社員たちはなんとなく手を止め、そちらに目を遣《や》ってしまう。それだけ強いエネルギーをまとって歩いているのだ。彼の体の周りだけ、空気の質と温度が違うような。

伊達は、中村の姿を認め、こちらへやってきた。珠美が「お疲れ様です」と挨拶《あいさつ》するも、伊達は無視して中村のほうを向き、開口一番こう言った。

「どうした？　電話、もう近くまで来てたから、出なかったけど」

「だ、伊達さん！　ちょっと、まずいことになってて……。もう、どうしたらいいのか」

中村は、脂汗《あぶらあせ》を額《ひたい》ににじませながら言う。

伊達は、ほんの一瞬で深刻さを見て取り、険《けわ》しい目でこう言った。

「……大連で、トラブルか？」

「だと、思います」

「状況は？　把握《はあく》できてるのか？」

言いながら伊達は、早足で会議スペースへ移動し、ラップトップパソコンを立ち上げる。

中村はついて行きながら、冷や汗を拭《ぬぐ》い、苦しげにこう言った。

「じ、自分なりに、七割ぐらいは把握《はあく》していると」

「ウエに報告は？」

「まだです。な、なにをどう報告したらいいのか……。もう、どうしたらいいか……」

「落ち着けよ。億単位で減損したって、死にゃしないから、安心しろ。わかっている範囲でいいから、話せ。なにがあった？」

「じ、実は……」

中村はまるで地獄で釈迦《しゃか》に会ったみたいに、ほっとした表情を一瞬見せ、話し始めた。

珠美は、じっと耳を澄ませる。やがて、素人《しろうと》の珠美にも、大まかな状況がわかってきた。

今の月花の鉄鉱石ビジネスは、投資がその多くを占める。投資には、事業投資と、資源権益の二種類がある。

伊達の担当するブラジルの鉱山など、月花が大昔に出資し、鉄鉱石の価値が上がって利益が出たものが資源権益。中村が担当する中国の鉄鉱石輸入販売会社など、新会社に月花が出資し、利益を出そうとするのが事業投資。簡単に言えば、月花が築き上げてきた地盤を、ソツなく運用していくのが伊達の仕事。新興国の新会社に投資し、新しく利益を開拓していくのが中村の仕事だ。

そしてどうやら、中村は騙《だま》されたらしい。

大連にある商社、大連国際有限公司《だいれんこくさいゆうげんこうし》と月花が共同出資して、新会社を設立する案件が進んでいた。交渉を進め、契約書を交わし、輸入ルートを確立し、いざ出資金を振り込む段になって、突然、大連側が白紙に戻すと言ってきた。理由は、出資比率や条件面で、話が違うからだという。中村は書面どおり手続きを進めてきたと主張するものの、交渉は平行線を辿《たど》り、いよいよ打ち切られた。しかも、謂《いわ》れのない背任《はいにん》をデッチ上げられ、賠償請求《ばいしょうせいきゅう》されているらしい。

うわ。ど、どうするんだろう……？

珠美は聞き耳を立てながら、内心ドキドキしていた。大連国際有限公司の案件では、相当の額が動いているらしいし、社内でも注目されていた。もし、ダメになったら、月花にはかなりの損害が出ることになる。

「小椋さん！」

いきなり伊達に呼ばれ、珠美は「はいっ！」と飛び上がった。

「生活産業グループのリテールにいる、淡路太一《あわじたいち》さんに至急、連絡取って！」

「はい！　淡路太一さんですね……」

言いながら、珠美はキーボードを叩き、内線番号の一覧を表示させた。

「万が一、社内にいたら、ここに来るよう伝えて。台湾《たいわん》だったら、テレビ会議の準備を」

「了解しました」

「なぜ、淡路さんなんですか……?」

中村が聞く。

「あの人、ずっと大連にいたんだ。専門分野は違うけど、中国人との交渉に慣れてるし、かなり顔が利《き》く。あ、二階堂さん!」

伊達は、間髪を容《い》れず、二階堂を呼び止めた。会議から戻ってきて、のんびり歩いていた二階堂も「はい」と背筋を伸ばす。

「審査部二課の浅田《あさだ》課長を、呼び出してくれる? 俺から、大連国際有限公司の件で至急の用だって。後、法務部に連絡して、渉外弁護士と連絡取りたいって伝えて」

伊達がそう言うと、二階堂は「承知《しょうち》しました」と言いながら、電話を取った。

「俺、おまえに言ったよな? 絶対にアウェーで交渉するなって。話し合いのテーブルにつくなら、死んでも日本に引っ張ってこいって」

「はい、言われました……」

中村が小さくなると、伊達は小さく舌打ちし「今は、そんなこと責めてもしょうがないが」と言って、こう続けた。

「おまえは、リスクマネジメントのフロア行って、東原《ひがしばら》さん連れてこい。アドバイザーで入ってもらうから」

「りょ、了解しました！」

中村はそう言うと、小走りでエレベーターホールへ向かう。

伊達は、次々と必要な人員の招集をかけ、地球の裏側にいる人間まで呼び出した。

あっという間に、月花の関係者が勢揃いし、さらに鉄鉱石の部課長クラスも加わって、全員が会議室へ消えていく。

「こりゃー大変なことになりそうだね」

騒然《そうぜん》とした社内を眺《なが》め、二階堂がつぶやく。

「ですね。大丈夫かな……」

珠美は、伝票の修正入力を続けながら答える。

すると、二階堂が目を輝かせた。

「伊達さんって、なにかあると、いっつも助けてくれるよね」

「ほんとですね！　頼りになりますよね！」

珠美も二階堂と手を取り合う勢いで、目を輝かせる。

会議室には、ひっきりなしに、いろんな部門の人間が出入りした。皆、一様《いちよう》に渋い表情をしている。大連側と通話しているのか、時折、中国語の怒号《どごう》や、罵声《ばせい》が聞こえてきた。

「うわぁー。めっちゃヒートアップしてるよ……。こういうときのうちの会社の人たちって、極道クラスだよね」

そう言いながら、二階堂は耳を塞《ふさ》ぐ。

「ほんとですね。ああいうの滅多《めった》にないけど、こ、怖いよ……」

珠美も脅《おび》えながら、小さくなった。

そうこうする内に、あっという間に日は暮れる。十九時を過ぎても、会議は終わらなかった。

珠美はなんとなく帰りたくなくて、ぐずぐず座っていると、さっさと帰り支度《じたく》を終えた二階堂が、こう言ってきた。

「小椋さん、今日はもう、いいんじゃない？　たぶん、二十二時ぐらいまで出てこないよ。うちらの出番は、終わり終わり」

「あ、そうですね。私も、これ終わったら帰ります」

「あっそ。あんまり遅くならないでね？　派遣会社の人に、怒られちゃうから。じゃ、お疲れ様」

「お疲れ様です」

二階堂は手を振って、去っていった。同じフロアにいる営業事務のメンバーも、一人去り、二人去り、やがて、珠美一人だけになる。

　二十一時を過ぎて、課長がデスクに戻ってきた。

「あら、タマちゃん、まだいたの？」

「あ、課長。すみません。ちょっと、調べ物があって……」

「遅くなっちゃイヤよ。ボクが怒られちゃうから。それからボク、あとは伊達ちゃんに任せて、帰るから。はー、中間管理職は辛いわーい」

「お疲れ様です……」

　課長はいつもの調子で、おどけながら去っていった。不思議なことに、月花では出世している人ほど、おちゃらけた性格だな、と思うことが多々ある。

　会議室から次々と人が出ていって、二十二時過ぎに中村が出てきた。

「小椋さん、まだいたんだ。珍しいね」

「ちょっと、調べ物がありまして。もう帰りますけど。……どうですか？　大丈夫そうですか？」

「まだ大丈夫じゃないけど、どうにかしなきゃって気力は湧いてきたよ」

「それは、よかった」

「僕、伊達さんにいつか恩返ししなきゃなぁ。今回のことであの人が、社内外ですごく信頼されている理由、わかった気がするよ」

「そう、ですか……」

「僕、あの人と、入社だって二年しか違わないし、同い年のはずなのになぁ。あと二年で、あそこまで行ける気がしないよ」

中村はしみじみ言うと、荷物を持って帰っていった。明日は朝イチで、大連へ飛ぶことになったらしい。

伊達さん、一人で会議室に残ってるのかな……？

会議室に入ろうか、どうしようか悩む。もしかしたら、まだ他に人がいるかもしれない。

……やっぱり、今日はやめておこう。

さんざん迷った末、ショルダーバッグを掴《つか》み、エレベーターホールへ向かう。

現実は、なかなかうまくいかないなぁ。

これがドラマや映画なら、伊達さんが会議室から出てきて、二人は一緒に帰る……って流れもあるんだろうけど、今はそれどころじゃないし、そんな奇跡は起こらないよね、当然ながら。

ＳＮＳのメッセージを送ろうか悩むも、結局やめた。

――有能な彼と、なんにもできない自分。差は永遠に埋まらない。せめて仕事の邪《じゃ》魔《ま》にならないようにすることしか、できない。

きっと、バレンタインのキスも、あれは酔った勢いで、深い意味なんてないんだ。送ってくれたメッセージのことも、もう彼は忘れてるんだ。

珠美はひどく寂しい気持ちで、更衣室へ向かうためのエレベーターのボタンを押した。

◇◇◇

更衣室を出た珠美は、エレベーターに乗ろうとして、声を上げた。

「だ、伊達さん！」

ばったり鉢合《はちあ》わせたのは、伊達本人だった。彼も同じフロアにある男性更衣室から出てきたらしく、いつもの黒いコートを羽織《はお》り、驚いた顔をしている。

「会議、終わったんですか？」

言いながら珠美は、伊達と肩を並べ、エレベーターに乗り込んだ。

「ああ」

伊達が答えると、音もなくエレベーターの扉が閉まる。

ぎこちない、沈黙が下りた。

時刻は二十二時半を過ぎている。社内どころか、ビル内にほとんど人は残っていないだろう。のんびり着替えていた珠美は、まさか伊達に遭遇するとは予想もつかず、動揺してしまった。

「あっ、あのっ！　今日、すごく大変そうでしたね」

「……別に」

「けど、でも、中村さんもすごく感謝してたって言うか……」

「慣れてるから」

「もう、大丈夫なんですか？」

「今のところなんとも……。とりあえず、交渉の糸口は掴《つか》めた」

「大連国際有限公司に、騙《だま》されたみたいですね」

「騙《だま》されたと言うか、彼らは時にそういう手段を用《もち》いる。人を騙《だま》して商売する、奸商《かんしょう》という言葉があるんだ。契約どおりルールを守ろうなんて、微塵《みじん》も思ってない。騙《だま》しだの脅しだの、あらゆる手段を使って、徹底的にこちらを追い込んでくるやり方のことだ」

伊達は、自《みずか》らの顎《あご》を触りながら、淡々と続ける。

「まぁ、俺もそこまで中国のことに、詳しいわけじゃないけど」

「大変ですね。そんな人たちを相手にするなんて……」

「こちらも、とことん付き合うまでさ。焦《じ》らされ、疲弊《ひへい》させられ、のらりくらりとかわされながらも、粘り続ける。手の内は、絶対に明かさずに。そういうの、俺は最高に燃えるけど」

伊達は、珠美を流し目で見て、わずかに口角を上げた。それはまるで、肉食獣が舌なめずりしているみたいだった。

な、なんか、伊達さんって、たまにすっごいドキドキさせる表情をするよね……

珠美は自《みずか》らの左胸に手を当て、はやる鼓動を抑えようとした。伊達を前にすると、すっかり上がってしまう癖は、いっこうに治らない。

「でも、むちゃくちゃカッコイイですよね！　月花の人たちって皆、優秀で、メンタルも強くて」

伊達は無言で、じっと腕を組んでいる。

珠美は焦《あせ》って、さらに言葉を重ねた。

「二階堂さんも言ってたんですけど、伊達さん、やっぱりすごいなって」

「……」

もしかして、機嫌が悪い？

珠美は冷や汗タラタラだった。

他にもっと話すべきことがあるのに、頭の中が真っ白になり、まったく話せる気がしない。たとえば、この間のキスのこととか、二人で会って話したいと書かれていたメッセージのこととか。すべてが、遥《はる》か彼方《かなた》に吹っ飛んでしまう。

もしかして、あのキスもメッセージも、伊達さんを好きなあまりに見た、私の妄想《もうそう》だったのかも……

そんなオチはホラーだぞ、と珠美は真剣に考え込む。

「いち」

と、いきなり伊達が言って、珠美は意味がわからず「えっ？」と聞き返す。

「一《いち》。押さないと」

伊達は組んだ腕をほどき、エレベーターの階数ボタンを指差した。

ここで珠美はようやく気づく。階数ボタンを押していないせいで、エレベーターは今いる十五階から一ミリも動いていないということに。

「すっ、すみませんっ!!」

ぎゅあああああ！　ボタンも押さずに、浮かれておしゃべりしてたなんて、どんだけアホなの!?　恥ずかしすぎるっっ!!

頬《ほお》は熱くなり、また漫画みたいに、目をぐるぐる回している気分だ。

「ぷっ」

噴き出す音が聞こえ、横を見ると、伊達が右手を口に当て、笑いを堪《こら》えていた。

……えっ？

伊達が口を押さえたまま、凛々《りり》しい目を細め、微笑んでいる。

珠美は、その眼差《まなざ》しに瞬殺された。

あああもおおおお！　伊達さんが笑ってくれるなら、いくらでもボケをかましたいかもっ!!

伊達は手を外し、優しい笑顔のまま、こう言った。

「だから、早く押しなよ」

まだ押してなかった!!

珠美は「はい」と小さく言って、一階のボタンを押した。エレベーターはようやく、下降を開始する。

「今日、このまま帰るの？」

伊達の低い美声が、意味深に響く。

意味なんてない、意味なんてない、意味なんてないですよ……と、珠美は繰り返し自分に言い聞かせてから、こう答えた。

「はい。このまま帰ります」

ちらっと横目で見ると、伊達は腕を組み、壁に寄り掛かっている。軽く首を傾《かし》げ、乱れた黒髪が左目にかかり、グラビアの一ページみたいだ。

なんで、そんなにカッコイイんですか？　カッコよすぎて、生きるのに支障はないんですか？　という疑問を、珠美は呑み込む。

「伊達さんも、お帰りですよね？」

「いや、今から仕事。メシ買いに行く」

「えっ！　これから!?」

「今日、俺、自分の仕事してないし」

「けど、もう、二十三時ですよ？」

「タクシーで帰る。昨日、一昨日《おととい》と移動日だったから、メールが溜まってる。自宅でやると、どうもはかどらないん……」

そのとき。

ガタタンッ!!

エレベーターが音を立て、激しく震動しながら停止した。

「きゃっ！」

「なんだ？」

珠美は思わず、傍にあった伊達の腕に縋《すが》りつく。伊達は素早く珠美を引き寄せ、庇《かば》うように抱きしめた。

すると、照明が落ち、ふっと暗闇に包まれる。

「あ、電気が……」

「故障か……？」

辺りはシン、と静まりかえっている。

「揺れてないな。停電かもしれない」

伊達は片手で珠美を抱き寄せたまま、反対側の手で、エレベーターのインターホンを押す。珠美はそれを頼もしく思いながら、応答を待った。

間もなく、スピーカーから『どうしましたか?』と声が聞こえてきた。

「エレベーターに閉じ込められたんだが……」

そう、伊達が答える。

『停止してますか?』

「なにも見えないが、おそらく十階か九階辺りで停止してる。電気も消えたし、停電かと思ったんだが」

『いや、停電ではないです。すみません、ちょっと今、深夜なもので、担当の者がおりませんで……』

「そんな馬鹿な話があるか。担当じゃなくてもいいから、どうにかしてくれ!」

『もちろん、どうにかします。少々お待ちください』

二人は寄り添ったまま、じりじりしながら、管理会社の係員の声を待つ。

――三分ぐらい経過しただろうか。ようやく、スピーカーから申し訳なさそうな声が聞こえてきた。

『修理担当に連絡が取れたんですが、ちょっと、お時間頂きたく……』

「どれぐらい？」

『事故渋滞《じゅうたい》してるらしくてですね、二時間ぐらい見て頂きたいのですが……』

「に、二時間!?　冗談じゃない!!」

伊達は声を荒らげた。

『申し訳ございません。ちょっと諸事情がございまして、他にオペレーターが捕まらなくてですね』

「二時間も待ってられるかっ！　オペレーターじゃなくてもいいから、どうにかしてくれ！」

『すみません。オペレーターじゃないと、許可されておりませんので、すみません。お待ちください』

警備員は平謝りしつつ、通話は一方的に切れた。

その後、伊達がもう一度呼び出すが、結局、二時間待つしかないことを繰り返されただけだった。

「管理会社の奴、絶対に訴えてやる」

伊達は苦々しく言った。

「仕方ないですね、待つしか。でも、地震とか災害じゃなくて、よかったです」

珠美はあきらめモードで言う。

「故障なんてまったく、最悪だな……」

このとき珠美は、とんでもない状況にいることに、気づいてしまった。

な、な、なんかこれって、思いっきり、抱き合ってない？　エライことになってませんか!?

緊急事態とはいえ、大胆《だいたん》にも、伊達の背中に腕を回している。伊達のほうも、珠美をしっかり抱きしめていた。真っ暗闇で、二人の体は隙間《すきま》なく密着し、勢い余って、脚まで絡め合っている。

一気に脈拍が上がり、頬《ほお》が熱くなった。恐怖のドキドキが転じて、別のものに変わってゆく。

もしや、これが噂の吊《つ》り橋効果ってやつなのかな……？　いや、違うか。

「せめて電気だけでも点《つ》けろよな……」

耳に押し当てられた伊達の胸から、低い声が響いた。彼のコートは前が開かれ、スーツの襟《えり》の辺りに、珠美は頬《ほお》を寄せている。

息を吸い込むと、大人っぽいムスクと肌の匂いが混じった、例のいい香りがした。胸の奥が、じんわり痺《しび》れてゆく。

もう、いい匂いすぎて楽園みたいで、目の前に地中海が広がるんですけどっ……！

行ったことないけど。

珠美はうっとりしつつ、これ幸いと、コアラみたいにしがみついた。

「深夜だから人がいないなんて、おかしいだろ。二十四時間監視っていうものは、普通に……」

そこで、伊達は言葉を切り、小さく息を呑んだ。

……気づいた？

珠美はしがみつきながら、敏感《びんかん》に察知する。彼もやっと意識してくれたらしい。今のこの状況が、かなりアレだということを。体を密着させているせいなのか、伊達の感情の揺れが、なぜか手に取るようにわかった。

「こういうの、マズイな」

ほとんど聞こえないほど小さな、彼のささやき。

「ですね」

体中の血管をドクドクさせながら、どうにか答える。

伊達は体を離そうと、珠美の両肩に、そっと手を載せた。けど、彼の力はあまりにも弱く、本音は離したくなさそうだ。まるでそれが義務だから、仕方なく振りをしているみたいに。

そこで珠美は、大胆《だいたん》にもコアラパワーを全開にした。伊達の抵抗を撥《は》ねのけ、必死にしがみつく。このユーカリの木は、死んでも私のもんだ!! という不退転《ふたいてん》の覚悟で。なんでそんなに大胆《だいたん》になれたのか、自分でもわからない。ただ、この幸せな瞬間を終わらせたくない一心だった。

伊達は「ん?」という感じで少し力を強めるが、珠美が全力なのがわかると、やがてあきらめた。もう一度、珠美の背中に腕を回し、ぐっと力を込める。

お互い抱き合っている、という実感が、さらに強くなった。

沈黙が、しっとりと湿度を増す。

二人を取り巻く暗闇が、より濃密になった気がした。

珠美はぎゅっと目を閉じ、小さく息をしていた。鼓動がどんどん速まり、呼吸とうまく合わなくなる。強く閉じこめられた腕の中で、身動きもできないまま。

暗闇で視覚が奪われているせいか、五感が鋭《するど》く研《と》ぎ澄まされてゆく。

伊達が、ゴクリ、と唾《つば》を呑む。その音が、やけにクリアに聞こえた。

スーツとワイシャツ越しに、彼が昂《たかぶ》っていくのが伝わってくる。ゆっくりとつまみを回し、ボリュームを上げていくように。手のひらの先にある、たくましい胸板の内側で、鼓動が力強く響いていた。

伊達が、つと顎《あご》を下げ、唇で珠美の髪に触れる。

あっ……

「……どうした？」

伊達のささやき声が、鼓膜をこそっと撫《な》でた。

彼の親指が、珠美の顎《あご》に優しく着地し、上を向かされる。

目を閉じると、形のよい唇が下りてきた。

伊達さん、わ……

唇が、ふんわりしたものに包まれる。それが驚くほど柔《やわ》らかくて、珠美の肩は、ぴくっと震えた。

舌先を甘く絡められ、珠美は恍惚《こうこつ》とした。

二度目の、キス。

伊達の少し尖《とが》った舌先が、下顎《あご》の粘膜へ、さらに頬《ほお》の裏へと這《は》ってゆく……

う、うわっ……

舌の裏側を、こそり、とくすぐられ、うなじに電流が走る。彼のキスは、屈強《くっきょう》な体《たい》躯《く》に似合わず、痺《しび》れるほど繊細で。

慣れないながらも応《こた》えると、彼は悦《よろこ》んだように、こちらの舌を舐《ねぶ》ってくる。彼の舌は熱く、濡れていて、微《かす》かに珈琲《コーヒー》の香りがした。

最初、舌を合わせたときの、ざらりとした違和感が、だんだんなくなってゆく。二人の舌は唾液《だえき》で溶け合い、やがて同じ温度になった。

「んぐっ……。はぁっ……」

くぐもった声と吐息が、暗がりを震わせる。

伊達は首を傾け、少し強引に、舌をぐっと深く挿し込んでくる。一気に官能的な気分が高まり、ぎゅっと目を閉じた。口を開け、舌の感覚に集中する。

どうして？

私、嫌われてるんじゃなかったの？　それとも、やっぱり違うの？

今日は、酔ってないよね？　シラフだよね⁇

意識の遠くのほうで、さまざまな疑問が浮かんでは消えてゆく。けど、うまく考えがまとまらない。キスのあまりの柔《やわ》らかさに、頭の芯《しん》が痺《しび》れてしまって。

舌先で触れ合ううちに、抑えていた想いが堰《せき》を切って溢《あふ》れ出す。

伊達さん、好きです……。大好き……

ちゅ、ちゅくっ……

二匹の蛇《へび》の交尾みたいに、舌はいやらしく絡まり合う。

唾液《だえき》は啜《すす》られ、舐《な》め取られた。気持ちよすぎて、耳のうしろが、とろりと、とろける。

彼の硬いものが、珠美のお腹の一点を、そっと押し上げた。

あっ……

彼の腕が素早く珠美の細い腰を捉《とら》え、強引に引き寄せる。そして、股間を擦《す》りつけるように、腰を密着させた。

ちょ、ちょっと、伊達さんっ……！

羞恥《しゅうち》で、頬《ほお》にカッと血が上《のぼ》る。彼はまるで主張するように、それをぐいぐい押しつけてきた。彼の硬さを感じていると、下腹部が熱を持ち、ただれる感覚に襲われる。

仰《の》け反《ぞ》りながら、つい、眉をひそめてしまう。

体がすごく熱くて、お腹が変になってくる……

パサリ。

珠美の着ていたコートが、床に落ちた。さらにジャケットも脱がされ、コートの上に重なる。いつの間にか、珠美は薄手のニット一枚になっていた。淡いピンク色のそれは、暖房の効いたオフィスで着るのにちょうどよく、いつも愛用している。

伊達はキスを続けながら、器用にさっと珠美の背中をつねるような動作をした。プツッと弾ける感じがして、バストがふわっと解放される。

……あ、ブラジャーが……と思う間もなく、伊達の手がニットの裾《すそ》から、内側へ入り込んできた。

「んっ……!!」

素肌に触れた彼の手が予想以上に冷たく、珠美は身じろぐ。大きな手が、背中からあばらへ滑《すべ》り、そっと乳房を包み込んだ。柔《やわ》らかさを確かめるように、ゆっくりと揉《も》んでゆく……

「はっ、はあっ」

唇と唇の間から、伊達の荒い息が、漏《も》れた。

むにゅむにゅと、乳房を揉《も》みしだかれ、珠美はなすがままだった。自分の肌の体温が、彼の手を、だんだん温めてゆく。

キスが、気持ちよすぎて……胸を触られているのも、嫌じゃなくて。

彼の親指が、そろり、と胸の蕾《つぼみ》を撫《な》でる。

ゾクゾクッ、と鳥肌が立った。

彼の親指は舐《な》めるように、硬く尖《とが》った蕾《つぼみ》を愛撫《あいぶ》し続ける。胸の頂《いただき》から下腹部へ向けて、刺激が流れてゆく。

な、なんかっ……すっごい、いやらしい……

舌をもつれさせながら、必死で快感に耐えた。

不意に、伊達は唇を離すと、頬《ほお》にキスし、耳たぶにキスした。敏感《びんかん》な耳に彼の息がかかり、思わず「あっ……」と声を漏《も》らしてしまう。

「待ってる二時間、ずっと、キスしてようか？」

超セクシーな声でささやかれ、鼓膜がぷわ、と、とろけた。

伊達さん、超やばい、かも。というか、もう、とんでもなくむちゃくちゃヤバイかもっ……！

今さらながら、恐怖を覚えた。

彼の魅力に、まったく抗《あらが》えない。

緻密《ちみつ》な舌の動き、淫《みだ》らに蠢《うごめ》く指先、女を籠絡《ろうらく》する美しい声。まるで、無力な小鹿になった気分だ。巧《たく》みに罠を仕掛けられ、気配もなく近づいてきたライオンに、一瞬で喉笛を食い破られたような。

熱い舌が、珠美の耳朶《みみたぶ》を、ぞろり、と舐《な》めた。

体が反応し、ぴくぴくっ、と震える。舌はそのまま耳の裏へ回り、首筋まで、じわじわ這《は》ってゆく。同時に乳首をいじくられ、甘い快感で気が遠くなった。

もう、このまま……こうしてたい。経験もないし、恋人でもない相手に体を開くのは、はしたないのかもしれないけど、いやらしいことをされてもいい、かも。もっと、いっぱい、されたい。伊達さんになら……

首筋をちゅう、と強く吸われる。吸血鬼に血を捧《ささ》げている気分になりながら、だらりと脱力する。

伊達が首筋に鼻をつけたまま、大きく息を吸い込む。そして、英語かほかの外国語かわからない言葉を小さくつぶやいた。お腹にめり込んでいる彼のものは、ますます膨張《ぼうちょう》して硬くなり、たまらない気分にさせられる。

彼の手が、素早くニットをたくし上げた。二つの乳房が露《あら》わになり、冷たい外気が肌に触れる。彼はさらに頭を下げてゆく。鎖骨《さこつ》に硬い髪がちくちく刺さった。

生温かい舌が、尖《とが》った乳頭を、ぬるり、と包んだ。

「あんっ……」

思わず出た声がひどくエッチで、恥ずかしくて死にそうになる。自分の声じゃないみたいだ。

彼は、子猫みたいにペロペロと乳首を舐《な》め、やがて口に含んだ。敏感《びんかん》な乳頭が、舌先でつつかれ、激しく舐《な》め転がされる。たまらず体を離そうとするも、たくましい腕に囚《とら》われ、身動きできない。反対側の胸の先端も、長い指でくすぐられる。

ちょ、ちょっと待って、気持ちよすぎて、うわっ……

——狭い暗闇での、秘密の淫行《いんこう》。

二人きりだし、見えないからか、彼はどんどん大胆《だいたん》になってゆく。ここでは感覚がすべてで、鼓動の乱れから、唾液《だえき》の分泌《ぶんぴつ》、指先の小さな震えまで、お互いの五感が共有されているようだ。

生温かい唾液《だえき》で、乳頭がとろけてゆく。舌で愛撫《あいぶ》されながら、乳首を吸い上げられ、つい甘い吐息が漏《も》れた。

あ、ショーツが、さっきから……

胸からの絶《た》え間ない刺激のせいで、お臍《へそ》の奥が熱を持ち、ショーツが湿っている。

伊達は胸の先端を甘く攻めながら、太腿《ふともも》をするりと撫《な》で上げ、タイトスカートの中に手を滑《すべ》り込ませた。こんなときなのに、伊達の器用さと早業《はやわざ》に、感心してしまう。同時に、女性に快感を与えることにすごく慣れているのかな、とチラリと思う。

今日の珠美は、昼間に伝線させてしまい、ストッキングを穿《は》いていない。伊達の手は、あっという間にショーツに到達すると、引っ張ってずり下ろした。愛《め》でるように、尻を撫《な》で回される。手はそのまま、脚の付け根に入り込んだ。

少し冷えた指先が、そろり、と秘裂をなぞる。

「ああっ……！」

珠美は声を上げ、背筋を反《そ》らした。

驚くほど繊細な指が、花弁を一枚ずつめくる。そこはもう蜜が溢《あふ》れていて、ぬるぬる指が滑《すべ》る。彼は女性の体のどこになにがあるか熟知しているらしく、指で少しまさぐると、やがて小さな花芽を探し当てた。

指の腹で、きゅっと花芽を擦《こす》られ、息を呑んだ。

そ、そこは、やめて……

敏感《びんかん》になりすぎて、ちょっとした刺激で、おかしくなってしまう。怖くなり、焦《あせ》って腰を引こうとするが、強引な腕に阻《はば》まれてしまう。伊達は、左腕で珠美の腰をがっちり押さえ、右手で秘所をいじくり、唇は乳房に吸いついていた。

指は、執拗《しつよう》に花芽を擦《こす》り上げた。逃げようとしても捉《とら》えて離してもらえず、小刻みに指を震わせ、攻め立てられる。ジンジンした甘い刺激に、腰がガクガクした。淫靡《いんび》な指の蠢《うごめ》きに、快感がぐうぅ、とせり上がる。

「ちょ、ちょっと待ってくださ……あぁっ……」

言葉の最後が、ため息に変わってしまう。

彼の指先が、花芽をこね回し、潰《つぶ》す。彼の舌が、乳頭をいやらしく、舐《ねぶ》る。胸と秘所から送られる快感に、体が支配されてゆく。張りつめたものが、有り得ないほど高まって……

あ……あっ……ちょっと待って、怖い……！

指先が愛液を絡め取りながら、円を描くように花芽を、くちゅ、と擦《こす》り上げる。

も、もうダメ……！

思わず、体がふるふるっと震えた。

圧倒的な快感が、お腹の奥で弾け飛ぶ。

意識が真っ白になり、気が遠くなった。

熱を持った膣がとろけて、体の芯《しん》を温めてゆく……

伊達の腕の中で、くたり、と脱力した。

「……大丈夫？」

罪深い美声が、ささやく。

答えたくても、ため息しか出なかった。唾液《だえき》で濡れた乳首が、外気に触れて、冷たい。

「顔が、見たい」

彼の色っぽい声に、うっとりしてしまう。

指が、硬くなった花芽を、いたわるように愛撫《あいぶ》する。それを心地よく感じていると、指は少し下がって蜜口をなぞり、膣内に侵入してきた。

「あぁっ……」

自分の声は、見知らぬ女の声に聞こえた。

◇◇◇

彼女の隘路《あいろ》に挿し入れた伊達の人差し指は、濡れた粘膜に、にゅるり、と包まれる。

その淫《みだ》らな感触に、伊達は危うく達しそうになった。

うわ……。ク、クソッ……！

歯を食いしばって、どうにかやり過ごす。ボクサーショーツの中で勃《た》ち上がったそれは、ギリギリまで膨張《ぼうちょう》し、少しの刺激で放ってしまいそうだ。

膣内は充分すぎるほど潤《うるお》い、よく温めたバニラクリームみたいだった。繊細な膣襞からは、絶《た》えず愛液が染み出し、ぬるぬるとよく滑《すべ》る。男を知らないであろうそこは、少し硬さがあって、ますます官能を煽《あお》られた。

指を根元まで挿し入れ、ぬるり、と膣襞を擦《こす》る。

「あんっ……」

珠美が小さく喘《あえ》ぎ、太腿《ふともも》をぎゅっと閉じた。

普段のオフィスでは一度も聞いたことのない、艶《つや》っぽい喘《あえ》ぎ声。

伊達は思わず、ゴクリ、と唾《つば》を呑んだ。

むちゃくちゃ、可愛い……

夢中で指を出し入れすると、珠美は発情した雌猫《めすねこ》みたいに声を上げる。その声に、ゾクゾクッ、と背筋が痺《しび》れた。いくら指で掬《すく》い取っても、蜜は次から次へと溢《あふ》れだし、手首を伝って落ちる。温かい粘膜が指に絡みつき、珠美の甘い吐息が、暗がりににじんだ。

彼女の素直な反応に、おかしくなりそうになる。

……挿れたい。

シンプルかつ、圧倒的な衝動。

あらゆる常識や立場を、吹き飛ばすほどの。

——挿れたい。

今すぐ、この忌《い》まわしいスーツを脱ぎ去って、このぐちゃぐちゃの中に突き入れたい。根元まで突っ込んで、無我夢中で腰を振って、めちゃくちゃに擦《こす》り上げて、思うさま射精したい。彼女を深くまで味わい尽くして、何度も何度も絶頂に達したい。

腹筋が、ぐぐぐっと引き締まり、股間のものが痛いほど張りつめる。それは解放を求め、ドクドクと脈打ち、微《かす》かに振動した。

伊達は、苦しくなって、小さく息を漏《も》らした。

顔が、見たい。

よがってるときの、彼女の顔が見たい。今、どれだけ色っぽい顔をしてるだろう？　想像するだけで、イキそうだ。くそっ、なんでこんなときに限って真っ暗なんだ！

せめて少しでも今この瞬間の彼女の反応を感じたい……と思い唇にキスをすると、彼女のほうから舌を絡めてきた。舌をしっかり合わせながら、指先で膣の奥をまさぐる。

ぶちゃっ、ぶちょっ。

微《かす》かな水音が、暗がりを淫靡《いんび》に震わせる。

「ん、んんっ……」

彼女の声は、二人の口腔《こうこう》に閉じ込められる。その間も珠美の秘所からは蜜が絶《た》え間なく溢《あふ》れ、キスしながら彼女は、四肢《しし》をわななかせた。

唇を離し、今度は冷えた乳房に唇を寄せた。そこは唾液《だえき》で濡れ、吸い上げられたせいで、乳首は硬く腫《は》れ上がっていた。もう一度口に含むと、ころり、と乳頭が舌にフィットする。チロチロと、いやらしく舐《な》め上げると、「あ、ダメ……」と、珠美が小さく啼《な》いた。

暗闇でもうっすら光るほど、彼女の肌は白い。夢中で乳頭を舐《な》め転がしながら、鼻先を押しつけると、肌からなんとも言えぬ、いい香りがした。

くらり、と、目眩《めまい》に襲われる。

これはなんの匂いだろう？　この間も嗅《か》いだ匂いだ。甘い、薔薇《ばら》みたいな、お菓子みたいな。人工的な香水や、フレグランスじゃない。恐らく、彼女自身の香りだ。雄をおかしくさせ、発情させる、フェロモンのような……

勃起したものの先端から、じわじわと液体が染み出し、ボクサーショーツを濡らしてゆく。かなりの量がこぼれ、大変なことになっている。

――射精したい。

もっと明るいところで、ゆっくりと彼女の膣内《なか》に入っていって、リズミカルに擦《こす》り上げたい。最奥まで入り込んで、彼女の澄んだ瞳を覗《のぞ》きながら射精したい。じっと、深く見つめ合ったまま……

指をずるっと引き抜くと、びちゃっ、と飛沫《しぶき》が散った。珠美が「あんっ」と可愛い声を上げる。もう一度、二本指を挿し入れると、にゅるにゅると粘膜が絡みついてきた。

きゅん、と膣が収縮し、二本指を淫《みだ》らに締め上げる。

伊達は一瞬、気が遠くなった。

こんなところに、もし挿入したら……。小椋さんに、こんな風に、淫《みだ》らに締めつけられたら……。たぶん、俺は死ぬ。

ちょっと待て。彼女は月花の派遣社員だ。いくら合意の上とはいえ、これはかなりまずい。セクハラというレベルじゃない。下手したら社会的地位が吹っ飛ぶぞ。しかも、彼女は間違いなく処女だ。こんな、エレベーターの中で強引に奪うような真似《まね》をしていいのか？　女の子の初めてというのは、丁重《ていちょう》に扱うべきだろう。しかも、つい先日、彼女を徹底的に遠ざけると決意したばかりなのに、この体たらくはなんだ？

しかし、理性の声は、遥《はる》か遠くで無意味にこだまするだけ。

濡れた粘膜と、温かい素肌と、圧倒的な衝動を前に、すべては無力だった。

……もう、限界だ。

このとき、もう社会的地位なぞ吹っ飛んでいいと、本気で思っていた。目の前の獲物を、我が手中に収めることができるなら、どんな犠牲《ぎせい》もいとわないと。

伊達は素早く珠美を抱き上げ、彼女の背中を壁に押しつけた。そうして、彼女の両脚を、自分の腰に絡ませる。

「……だ、伊達さん……？」

珠美が、どこか期待に満ちた声で呼びかける。これから起きることを、彼女も待ちわびているみたいに。

クソッ！　そんな可愛い声で……期待するような声で、話しかけないでくれ!!

股間のものは、ガッチガチに勃《た》ち上がり、もはや限界が近かった。睾丸《こうがん》から竿に向かって痺《しび》れ、もし今、射精できなかったら、おかしくなりそうだ。

伊達はなかばやけくそで、挿入しやすいよう彼女の体の位置を直す。急いでベルトのバックルを外し、スーツのズボンを下ろそうとした。

そのとき。

『すみません。大変、お待たせいたしました』

出し抜けに、スピーカーから呑気《のんき》な声が響いた。

二人はギクッとして、動きを止める。

『予定より、オペレーターが早く到着しまして、今から早急にリカバリーしますので』

「うわ、わ、わかった！」

二人は慌《あわ》ててパッと体を離し、衣服を整えた。伊達は、素早くスーツのボタンを留め、ベルトのバックルをもう一度はめた。暗闇の中、珠美が焦《あせ》って服を直している、衣擦《きぬず》れの音が聞こえる。

『はい、電気点灯しまーす』

という声とともに、パッと辺りが光に包まれる。伊達は眩《まぶ》しさに、片目をつぶった。

珠美は、間一髪で身支度《みじたく》が間に合ったようだった。ブラジャーは外れたままだが、ジャケットを羽織《はお》り、見えないように、うまく誤魔化《ごまか》していた。タイトスカートも多少、皺《しわ》になっていたが、裾《すそ》は無事に膝《ひざ》上まで下ろされている。その下がどうなっているか、外からは確認できない。

珠美の大きな瞳は潤《うる》み、冬の早朝外に出たときみたいに、頬《ほお》は紅潮《こうちょう》していた。ドキッとするほど艶《つや》っぽい表情をしていたので、うまく正視できず、伊達は目を逸《そ》らす。

心臓が、肋骨《ろっこつ》の中で轟《とどろ》いていた。

このとき、自分より五歳年下の彼女のほうが、冷静な大人のように思えた。

そんなことを考えていたら、ふたたびスピーカーから声がする。

『では、動かしますよ。一階まで下りますので、ご注意ください』

「は、はい」

珠美が答えた。彼女はエレベーター内の鏡を見たまま、髪を撫《な》でて襟《えり》を直し、コートを着込んだ。

無言の二人を乗せたエレベーターは、静かに下降を開始する。

ここでやっと伊達は、自分がなにをしたのか、冷静に、客観的に理解した。

俺は、なにをした？

同じ会社の、派遣の女の子を、しかも社内で強引に奪うような真似《まね》を……!?

頭からどばーっと、冷水を浴びせられた気分になる。

常識的に考えて、完全なるセクハラな上に犯罪だし、懲戒解雇《ちょうかいかいこ》というレベルじゃない。

「ご、ごめん。本当に、ごめん!」

自然と、謝罪が口をついて出た。最近、彼女には、いつも謝ってばかりだと思いながら。

恐ろしくて、彼女の顔をまともに見られない。恐らく、気味の悪い化け物でも見る目をしているだろう。

伊達が慌《あわ》てているうちにチーン、と間の抜けた音がして、エレベーターの扉が開く。目の前には、見慣れた一階のロビーが広がっていた。すでに電気は消え、非常灯だけに切り替わっている。

逃げるように、そこから飛び出した。裏口に向かって、まっすぐ走ってゆく。

「伊達さんっ!」

背後から、彼女の縋《すが》るような声が追いかけてきた。

が、伊達はそのまま走り続けた。裏口のドアを開け、呼びとめる警備員を無視し、社員証をリーダーに通し、表に飛び出す。

早足で通りまで歩きながら、情けない、恥ずかしい、という気分でいっぱいだった。

欲望を圧殺《あっさつ》すると誓っておきながら、舌の根も乾《かわ》かぬうちに、こんなことをするとは。

彼女に、なにを言えばよかったんだろう？

ごめんなさい、君が好きだと、そう言えばよかったんだろうか？

クソッ！

思いきり、サンドバッグを殴《なぐ》りつけたい衝動にかられる。

もう三十だっていうのに、ちっとも大人になれない。どんなに肩書が増えても、年収が上がっても、スキルや資格を山ほど身につけても、心の奥底はずっと十九歳のままだ。

暗いところで、十九歳の俺が膝《ひざ》を抱えている。深く傷つき、自信を失ったまま。

助けをずっと待っているのに、永遠に助けなど来ない。

音もなく、ただ肉体だけが老いてゆく。

――いつになったら、この悩みから解放されるんだろう？　それとも、解放されることなど、生涯《しょうがい》ないんだろうか。

見上げると、凍りついたような青白い月が、ぼんやり浮いていた。真夜中の表参道は、シンと静まりかえっている。

二十九歳の自分が、十九歳の自分の胸倉を掴《つか》み、鋭《するど》いナイフで刺し殺す。

そんな鮮烈なイメージが、伊達の脳裏《のうり》をよぎった。

◇◇◇

伊達は乱れる心を押し殺し、最寄《もよ》りから一駅離れた渋谷駅近くまで、ひたすら歩いた。だんだん体の熱も引いてゆき、赤信号の交差点で、ぼんやり立ちつくす。寒空の下、銀色に輝くネオンを見ていると、より孤独感が深まった。

――俺は、東京が嫌いだ。

正確には、日本が、と言うべきだろうか。国土が狭いせいで、人同士の距離が近い気がする。そのせいか、心に土足で踏み込まれる回数も、多くなる。安西麻友香の例に限った話ではなく。

子供の頃から、息苦しさを感じていた。父親が外務省にいたため、小さい頃はずっと海外に住んでいた。そのせいで、俺は少し、周りと違った子供だったんだろう。子供ながらも、日本の風土は合わないと、肌で感じていた。皆、スキャンダルが大好きで、ちょっとしたことで揚げ足を取り、嘲笑《ちょうしょう》する。他人のプライベートに、平然と土足で踏み込む。周りの目を気にしなければならない国。同調圧力に屈しなければ、生きられない国。

そういう日本人の性質は、協調性が必要な場面で強いんだろう。あるいは、細かな心の機微《きび》がわかる強みもある。だが、俺にとってはやはり息苦しく、デメリットのほうが多かった。

他国にも、もちろん差別や偏見《へんけん》はある。だが、黄色い猿だの、ジャップだの、大きなくくりでまとめて見下される分には、別に平気だった。変な話、海外で受ける差別のほうが、国内で受ける差別より、スケールが大きい。だから、罵《ののし》られても、悠々《ゆうゆう》としていられた。そんな風に、俺は日本が嫌いだ。

けど、そうは言っても、やはり俺の故郷は日本なのだ。

さまざまな国を巡《めぐ》った後、搭乗機《とうじょうき》の窓から東京湾が見えてきて、空港が目に入ると、ほっと安心する。海外で日本語を聞くと「お！」と思うし、懐《なつ》かしい気分になる。大嫌いだけれど、愛しているし、守りたい。そんな相反《アンビバレントな》する感情を呼び起こす国。

月花に入ってからは、より強く国籍を意識するようになった。取引相手も、国を背負ってやってくる。こちらも、相手の国の歴史的背景や風土慣習を熟知し、交渉に当たらなければならない。対等にやりあうには、相手の国のことだけでなく、自国のことを深く知らなければならないのだと、思い知らされた。さまざまなものに長い歴史があり、普遍の法則があり、すべてが繋《つな》がっている。

伊達は交差点を渡って路地裏に折れると、古い雑居ビルの地下にある、馴染《なじ》みの小さなバーに入った。ここは、平日も朝六時まで営業しており、鍋焼きうどんだのオムライスだの、頼めばなんでも作ってくれるので重宝していた。マスターとは知り合いだし、なにより、月花の人間がまったくいないのがいい。

「いらっしゃいませ」

白髪のマスターはそれだけ言って、コースターとおしぼりをカウンターに置いた。

店内は薄暗く、客は誰もいない。カウンターもスツールも棚も、すべてアンティークで揃《そろ》えられ、豪華ではないが重厚感があった。壁はコンクリート打ちっぱなしだし、装飾はほとんどない。が、古さ、静かさ、洒落《しゃれ》た雰囲気、どれもほどよく、気に入っている。

カウンターの前に座り、今日は呑まないつもりだったが一杯ぐらいいいかと思い直す。

生ビールを頼み、出されたピスタチオを、指に力を入れて割った。

「ロコモコ丼、おすすめだけど。試作品で」

生ビールをコースターに載せながら、マスターが言った。

「じゃ、それで」

そう言って、伊達は生ビールをあおった。

ラフマニノフのピアノコンチェルト第二番が、有線から静かに流れてくる。食事をしているうちに、ようやく気分が落ち着いてきた。この曲が持つ独特の深刻さと、自分の悲惨《ひさん》な状況が、変にシンクロする。それが妙に滑稽《こっけい》で、込み上げてくる笑いを堪《こら》えた。

「深刻だよね」

そう言ってマスターが、新聞を読みながら、にやっとした。

「ですね」

「なんかあったの？」

その質問が面白くて、伊達は思わず、ははっと笑ってしまった。マスターのほうから話しかけてくるのも、珍しい気がして余計おかしかった。

「ありますよ。いろんなことが、いつだって」

伊達は答えた。

それを聞いたマスターは、優しく微笑んだ。

伊達は少しほっとした気分で、ロコモコ丼を口に入れる。

これを食べたら、社に戻ろう。

……小椋さんは、無事に帰れただろうか？

本来なら、タクシー代でも渡して見送ってやるべきだった。恐らく、俺のことを心配して……それに俺が会って話したいとメッセージを送ったから、律儀《りちぎ》に待っていたんだろう。俺が自惚《うぬぼ》れていなければ、の話だが。

小椋さんを前にすると、まともに振る舞えない。

昔の、十九歳の自分が顔を出し、欲望が暴走したり焦《あせ》って失敗したり、情けない態度を取ってしまう。ダサい自分を見せたくなくて彼女を遠ざけようとしたが、もう遅い。

今夜みたいなことが、起こってしまっては。

きっと、彼女に嫌われただろう。それでなくても、冷淡にあしらってきた上に、無理矢理あんなことをして、あまつさえ慌《あわ》てて逃げ出すなんて、最低最悪の極みだ。

伊達は、がっくりとうなだれる。喉の奥から、とてつもなく深いため息が出た。

もう、あきらめなければ。

なにも始まっていないのに、あきらめるというのも変な話だが、これ以上、彼女を傷つけたくない。彼女を本当に大切にしたいから、俺は絶対近づくべきじゃない。あんなに純真で可愛い子には、きっとお似合いのいい男がいるはずだ。彼女を優しく包み、守ってやれる器のでかい男が。

そこまで考えたところで、腹の底のほうに、どす黒い感情が渦巻《うずま》いているのに気づいた。

彼女が他の男のものになると思うと、無性《むしょう》にムカムカした。これは嫉妬《しっと》だな、と冷静に自分を分析しながら。同時に、馬鹿馬鹿しくなり、自分に呆《あき》れる。

——俺も、そろそろ身を固めるべきなんだろう。

これぐらいで上等だと、妥協すべきなんだ。

相手は、どこぞの女子大卒で、家柄もまあまあで、都内に勤務するＯＬが妥当《だとう》だろう。嫌いじゃないが、別に好きでもない……俺はきっと、そんな相手と結婚する。愛はないけど、お互いパートナーとして資産を共有し、子供をもうけ、家族という組織を維持してゆく。近々、海外駐在に行くし、妻は必要だ。その気になれば、すぐに見つかる。西大路の紹介か、上司の紹介か、大学時代のツテを当たれば。

なんの不満がある？　それで、充分じゃないか。百パーセントの幸せなんて、この世のどこにもなく、皆、そうやって妥協して身を固めているんだ。どうでもいい女性の前なら、こんな俺でもまともに振る舞える。セックスに関する危険もない。どうでもいい相手にどう思われようと、俺が傷つくことはないから。これが最強の、安全策だ。

願わくは、少しでも小椋さんに似ている人であれば……

本気で恋した女性というのは、こんな風に生涯《しょうがい》、影みたいにつきまとうのかもしれない。いつまでも、心のどこかで、その面影《おもかげ》を追いながら。

視線を上げると、すぐ横の壁に、絵画のポスターが掛かっている。ヒエロニムス・ボスの『快楽の園』の一部だ。マスターの趣味だろうか、前はなかったから、最近掛けたらしい。

「嫌な感じだ。不気味で」

ポスターを見ながら伊達がつぶやくと、「そうかな？　僕には、賑《にぎ》やかで楽しそうに見えるけど」とマスターは首を傾《かし》げる。

火の手が上がる城塞《じょうさい》をバックに、怪物と裸の人間が細々と描かれている。

「俺もこの中にいるんだろうな。たぶん」

「皆、いるんでしょうな。たぶん」

マスターは、伊達を真似《まね》して言った。

伊達は、じっとポスターを見つめた。

子供の頃は、とても色鮮やかな世界にいた気がする。なにもかもが眩《まぶ》しく、きらめいていた。大人になるにつれ、どんどんモノクロになっていった。色褪《いろあ》せた世界は、ますます乾《かわ》いて、もう出口がどこかもわからない。

そこに出口があったことさえも、いつか忘れてしまうんだろう。

けど、そんな人生を、誰が否定できるだろう？　この世界には、多様な人々、多様な人生がある。妥協して結婚することが、即不幸に繋《つな》がるなんてことは、絶対に有り得ない。確かにそのときは、百パーセントじゃないかもしれない。だが、きっと生活の中に、ささやかな温かさや、満足を見つけられるはずだ。

それが失敗だと、誰が決められる？

むしろ、それが暮らしだ。尊い人生だと、俺は思う。さまざまな悪条件の下《もと》、自分なりの幸福を見出していくことだけが。俺はずっとそうしてきたし、これからもそうするだろう。

そろそろ、十九歳の自分と決別すべきだ。

「ご馳走様《ちそう》」

そう言ってグラスを置くと、伊達は席を立った。

◇　◇　◇

伊達と二人でエレベーターに閉じ込められた週の金曜日。

オフィスの自分の席で珠美は、ひとつの大いなる決意を固めていた。

スマートフォンを取り出し、ＳＮＳの画面を開く。数日前、伊達とやりとりしたメッセージを再読した。

小椋珠美：どうしてもお願いしたいことがあります。

今週の木曜と金曜、日本にいらっしゃいますよね？

終業後、遅くなってもいいので、どちらかの日に晩御飯をご一緒にいかがでしょうか。

お店は予約しますので、私にご馳走《ちそう》させてください。

お返事お待ちしております。

伊達俊成：俺も会って話したいことがある。

　金曜がいい。出先だから、終わったら連絡する。

　ご馳走《ちそう》はしなくていいけど、店は任せる。


これってオッケーってことで、いいんですよねーっ⁇

珠美は血走った目で、何度もメッセージを読み直した。

今日は、いよいよ約束の日だ。そろそろお昼休みが、終わる。

エレベーターの一件から、伊達は徹底的に珠美を避け続けた。珠美もうまく話しかけられないまま、最終的に、またメッセージを送ったのだ。そうして、約束を取りつけた。

目の前にあるこのすべてが、夢マボロシでなければ、今日、私は終業後に伊達さんから、連絡が来るはず！　そして、晩御飯を食べに行くはず‼

それでも、うまく約束ができているのかどうか、自信がなかった。ここ数日、自分の身に起こったことも、いまだに現実感がない。

この間のあれはセックス……じゃない、違う。限りなくエッチだったけど、違うよね？　いくら処女でも、それぐらいわかりますから。知識はありますから。あれは、つまり、前段階……

——伊達さんは、どういうつもりだったんだろう？

私をどう思ってるの？　なぜ、逃げ出したの？　あの謝罪は、なに？　魔が差しただけ？　それとも、ただのいたずらとか？　まさかね。これまでの冷たい態度は、なに？彼とのキスに愛情のようなものを感じたのは、気のせいなのかな？　それとも男の人は、誰に対してもあんなキスができるの？

あれこれ考え過ぎて、今週はほとんど眠っていない。彼に真意を聞きたくても、避けられていては、らちが明かない。尋常《じんじょう》じゃない懊悩《おうのう》の果てに、とある計画を思いつき、実行する決意をした。

朝から緊張で、気が気じゃない。うまくいくかな？　準備は万全……のはず。舞台は整ったから、あとは気合いと勇気があれば！

午後の始業時刻の十三時になり、猛然《もうぜん》とキーボードを叩き始める。今日は、是が非でも定時で仕事を終わらせなければならない。

「小椋さん……。なんか、超気合い入ってない？　怖いっていうか、いつもの倍速なんだけど」

隣の二階堂が、呆気《あっけ》に取られて言う。

「はい。今日は絶対に、定時で上がりますんで」

珠美は液晶を睨《にら》みながら、キリッと言った。

「どうでもいいけど、ミスしないでねー。いつもみたいに。フォローすんの、あたしなんだから」

どんなときでも、二階堂は嫌味を忘れない。

「はい！」

伊達の仕事の上がりは、何時になるかわからない。けど、早くても十九時は過ぎるはず。その前に珠美は、メイクをし直し、着替えないといけない。社内の更衣室でやれなくもないけど、周りの同僚や先輩の目がうるさい。なので、都内でゆっくりメイクができる場所に移動することにした。そういうのに詳しいリカが、最適な場所を教えてくれた。

仕事が終わったら、着替えてすぐに渋谷へ移動。忘れずに、つけまつげと、グロスを購入。その後、リカちゃんが会員証を貸してくれた有料パウダールームで、超気合い入れて、洗顔してメイクのやり直し。終わったら、速攻で赤坂《あかさか》のミッドタウンへ移動。そこが伊達さんとの待ち合わせ場所だ。お店の場所は、もうメッセージで送ってある。

頭の中で、流れを何度も反芻《はんすう》する。もしかしたら、伊達さんはもっと早く来るかもしれないから、できるだけ速《すみ》やかに準備を終わらせなくちゃ。

しかも、今夜は尋常《じんじょう》じゃない金額のお金が飛ぶ。貯金を下ろし、大金はお財布に入れてある。もし失敗したら……そのときは、そのとき！　また頑張って働いて、取り戻そう！　今日が終わったら、給料日まで毎日おにぎりだけで生きのびるっ!!

珠美は、疾風怒濤《しっぷうどとう》の勢いで、次から次へと仕事を片付けた。神がかり的な集中力を発《はっ》揮《き》し、作った資料の間違いはゼロ、データ入力は一発ＯＫ、問い合わせは最短で対応し、飛んできたメールは三秒で全部打ち返した。この日ばかりはなんだか仕事が楽しくって、しょうがなかった。苛烈《かれつ》なクレームも、二階堂の嫌味さえも、菩薩《ぼさつ》のような心で対応できた。本当に好きなもののためになら、人間は百パーセント以上の力が発揮《はっき》できる。

定時の十七時半になると同時に、珠美は「お先に失礼します！」と言って、立ち上がる。

「珠美、珠美！」

更衣室まで下りると、リカが袋を持って待ち構えていた。

珠美の大切なデートのために、リカがレザーコートを貸してくれる約束だった。

「ほれ。ついでにワンピースも持ってきたから。こっちのほうが、絶対珠美に似合うって！」

「ほんとに？」

袋を開けると、ブランド物の白いニットワンピース出てきた。ふわふわした素材で、ぐるりと襟《えり》ぐりの開いたシックなデザインだ。

「巨乳がくっきり目立つデザインですから」

リカは真顔で言った。

「マジですか」

珠美も真顔で言う。

「よし。これで、伊達を刺してこい！　ぐさーっと、やっちまいな‼」

「刺せるかどうかわかんないけど、頑張るね！　リカちゃん、ほんとにありがとう」

「ほんとは店の入り口までついてってサポートしてやりたいぐらいなんだけど、来月新人が入ってくるせいで、三月は忙しいのよ。労働契約書だの入社式だの社保の手続きだの、マジ激務。今日も残業。金曜なのに……」

「いいよいいよ。もう、気持ちだけで本当にありがたいよ。ワンピースまで貸してくれて、どう御礼をしたらいいのか……」

「いいから、ほれ、さっさと着替えなよ！　時間ないんでしょ？」

「う、うん」

珠美は制服を脱ぎ、リカから借りたワンピースに着替え始める。

「メイク道具は？　ヘアバンドは？　ちゃんと持ってきた？　パウダールームの会員証もあるよね？」

リカは受験生を子に持つ母親みたいに、あれこれ心配しながら言う。

「よし、珠美。いよいよ特訓の成果を発揮《はっき》するときが来た。あたしのスキルは、あんたに全部伝授したから、集中して頑張りな！」

「うん。ありがとう、リカちゃん」

　珠美は神妙な顔でうなずく。

　今週の珠美は終業後にリカの家まで通い、メイクのレクチャーを受けていた。リカのメイクの技術と知識は、同性の目から見てもずば抜けて素晴らしい。そういうのに疎《うと》い珠美は、今日のデートのために教えを乞《こ》うたのだった。そういうことならと、リカはノリノリで協力してくれた。

　珠美は上からレザーコートを羽織《はお》り、ロングブーツに履《は》きかえる。姿見に映っている自分は、いつもより格段にお洒落《しゃれ》に見えた。これでメイクをすれば、たぶん完璧《かんぺき》だ。

「なんかいつもお返しできなくて、申し訳ないんだけど……」

「お返しなんていらないって。もう充分返してもらってるし」

　珠美はふと、普段から思っている疑問を、口にしてみた。

「リカちゃんって、どうしてそんなに親身になってくれるの？」

「どうして？　そんなの、決まってるじゃない」

　リカは美しくも、悪魔的な笑みを浮かべた。

「面白いから。他人の色恋沙汰《いろこいざた》が、最高に」

　それから珠美は、ＪＲ渋谷駅近くにある個室のパウダールームへ移動した。そこで、リカに伝授されたメイク技術を駆使《くし》し、丁寧に顔を造り上げてゆく。

「これでよし、と」

そう言って珠美は、コンパクトケースをパチリ、と閉じる。

一時間以上掛け、一人で悪戦苦闘した結果、鏡には格段に綺麗《きれい》になった珠美が映っていた。ナチュラルメイクだけど目元にセクシーさがあり、リカみたいな今どきお洒落《しゃれ》女子っぽく仕上がっている。

これなら、デート用メイクとして申し分ない。我ながら、完璧《かんぺき》だ。

リカちゃんのご指導の賜物《たまもの》だよ。本当にありがとう！

内心手を合わせ、急いでメイク道具を片付ける。一人では、とてもここまでできなかっただろう。

パウダールームの外に出ると、夜空の下、冷たい風が頬《ほお》を通り抜けた。渋谷の街は、仕事帰りのＯＬやビジネスマン、学生らしき団体やカップルらが、賑《にぎ》やかに行き交っている。きらびやかなネオンが、今夜はやけに楽しげに見えた。誰もが金曜日の夜を、心から満喫《まんきつ》している……それが自分のことのように、うれしく思えて。

時計を見たら、十九時半を過ぎている。

「うわ。やばっ……！」

このままじゃ、確実に間に合わない！

とっさに手を上げ、タイミングよくやってきたタクシーを停めた。ドアが自動で開き、素早く後部座席に飛び乗る。

「どちらまで？」

「ミッドタウンにある、Rホテルまでお願いします」

「はい」

「あの、できれば、急いでお願いします」

「はいはい。As《アズ》 Fast《ファースト》 As《アズ》 Possible《ポッシブル》 ね」

そう言いながらドライバーは、ギアをドライブに入れた。

珠美を乗せたタクシーは、軽快に滑《すべ》り出す。

メッセージの着信音が鳴り響き、珠美はスマートフォンを取り出した。

伊達俊成：予定より早く着きそうです。
　　　　あと十五分ぐらいで行ける。
　　　　着いたら、また連絡する。

キター！

スマートフォンを握《にぎ》りしめながら、小さくガッツポーズを取る。

いよいよ、本番だ。忙しい伊達さんに想いを伝える、これが最初で最後のチャンス！

ドライバーがアクセルを踏み込み、タクシーはどんどんスピードを上げてゆく。銀色の街路灯や、巨大なオフィスビルや、鬱蒼《うっそう》とした街路樹が、次々とやってきては通り過ぎた。

すごく、ドキドキする。

早く、会いたい。早く。

はやる心も、だんだん加速してゆく。彼に会える喜びと、すべてが終わるかもしれない不安と。彼のことを思うといつも、相反する感情が膨《ふく》らみ、抑えきれなくなる。

誰かが言ってたように、一生のうちで、本気の恋が三回しかないんだとしたら、うち一回は確実にこれだ。

怖い、とても。まるで暴風雨の海に、たった独《ひと》りで漕《こ》ぎ出すような。誰も助けてくれないし、船がバラバラに砕け、溺《おぼ》れる未来しか見えない。ふいに、ひどく馬鹿げたことをやろうとしている気がして、引き返したくなった。

ぎゅっと目をつむり、両手を合わせ、必死に祈る。

うまくいきますように、なんて贅沢《ぜいたく》は言いません。

どうか、この恋に正直に生きられますように。

私の気持ちが、しっかり彼に伝わりますように。土壇場《どたんば》で逃げたり、カッコつけたりしませんように。どうしようもなく弱い私に、臆病《おくびょう》さを撥《は》ねのける勇気をください。どうか、お願いします！

やがて、前方の夜空に、ミッドタウンのどっしりした高層ビルが姿を現した。一瞬、寂しさを感じさせる青白い光の群れが、ぐんぐん近づいてくる。

けど、あの光の一つに彼がいるのかと思うと、たまらなくワクワクした。同時に、胸を絞るような、切ない気持ちも込み上げる。

気持ちが、彼に向かって一直線に走ってゆく。まるで、タクシーがきらめく彗星《すいせい》になって、宇宙空間を突きぬけてゆくみたいに。

ああ、これなんだ、と珠美はようやく気づいた。

これが、本当に会いたい人に会うときにしか味わえない、特別な想いなんだ。家族や友達や、他の人では絶対に味わえない、唯一無二の。

タクシーはヘッドランプの波間を縫《ぬ》うように疾走《しっそう》し続ける。

◇◇◇

早く、会いたい。

Rホテルのメインラウンジでソファに座り、伊達はそわそわと脚を組みかえた。

いや、違う。会いたくない。会うのが正直、怖い。

伊達は、意味もなく手にした経済新聞をめくった。読んでいる振りをしているだけで、さっきから一文字も頭に入ってこない。注文したコーヒーも、かなりいいものなんだろうが、味もなにもわからない。半分ほど飲んだまま、ローテーブルに放置していた。

Rホテルのメインラウンジは、地上三十階にある。遥《はる》か高い天井まであるガラス窓からは、見事な東京の夜景が一望できた。なぜ、珠美がここを指定したのかわからないながらも、伊達は大人しく待っている。

――今週は、小椋さんを避け続けてしまった……

情けない話だ。あの夜以来、彼女とまともに話せていない。なにをどう釈明《しゃくめい》していいかわからなかったし、顔を見ると緊張してしまう。仕事が忙しかったのもあるが、自分の中で結論を出すのが嫌で、ぐずぐず考えているうちに、彼女のほうからメッセージを送ってきた。

メッセージを読んだとき、もうこれ以上、誤魔化《ごまか》せないと思った。

一対一で彼女と向き合い、しっかり決別しなければ。

まずは、丁重《ていちょう》に謝罪すべきだろう。送別会の夜のことと、この間のエレベーターのことを。その上で、俺にそんな気がないことをきっぱり告《つ》げ、こんな風に会うのは最後だと言おう。これまでもずっと「迷惑だ」と撥《は》ねのけてきたし、つじつまは合っているはずだ。

思わせぶりな態度をとって悪かったと、謝ろう。あれは、男の生理的欲求で、俺は誰に対してもああなのだと……

そこまで考えて、ひどく昏《くら》い気分に襲われた。

どうして、こうまでして、嘘を重ねなければならないんだろう？

世間体を守るため。彼女の中の、俺のイメージを守るため。まともな社会人で、正常な成人男性だと、信じてもらうため。

ならば、なぜ、まともだと思われたいのか？

それは他ならぬ、彼女に気に入られたいからだ。小椋さんが、好きだから。

伊達はうなだれて、両肘《りょうひじ》を膝《ひざ》に載せ、両手を組んだ。

自分でも、くだらないことをやっていると思う。彼女が好きで、彼女に気に入られたいから、彼女に興味ない振りをするなど本末転倒だ。馬鹿馬鹿しい。

虚《うつ》ろな気持ちで、窓の外に目を遣《や》った。暗黒の中、星のように光の粒がちりばめられた夜景。とても綺麗《きれい》だと思った。手を伸ばしても絶対に掴《つか》めない、儚《はかな》い夢のようで。

まるで、俺の小椋さんに対する気持ちみたいだ。そこに確かにあるのに、どうしても触れられない。自分の気持ちに、うまく沿えない。

セックスに対する、コンプレックスさえなければ……

好きな女の子がいて、相手も明らかに好意を持ってくれているのに、遠ざけなければならない事態に陥《おちい》ることもなかった。彼女を傷つける心配もなかったし、告白して付き合うことも可能だっただろう。普通の男みたいに。

それとも、全部赤裸々《せきらら》に告白するか？

俺はとんでもなくヤバイ奴で、セックスに対して尋常《じんじょう》じゃないコンプレックスがあるし、君をめちゃくちゃにするだろうけど、それでも君が好きだ。君からはかなり異常に見えるだろうけど、いわゆる彼氏になりたいし、実は君とセックスしたいし、独《ひと》り占めしたいんだ。そう言えばいいのか？

……んなこと、言えるわけ、あるか!!　それこそまた、化け物扱いされるのがオチだ。

自分に呆《あき》れ果てて、ソファに深くもたれた。

コンプレックスの正体が、はっきりわかっているのに、どうすることもできない。分析して理解できても、行動を起こせるかどうかとの間には、何万光年も隔《へだ》たりがある。

腕時計を見ると、二十時十分前を指していた。無性《むしょう》に喉が渇《かわ》き、コーヒーを飲み干し、さらには水も飲み干す。

こんな絶望的な状況なのに、それでも俺は、楽しみにしている。彼女と、こうして会えることを。

どんなに誤魔化《ごまか》しても、うきうきする心は抑えられない。今日の日中は出先でも高速で打ち合わせを終わらせ、質問は全部引き取って持ち帰ると宣言し、取るものもとりあえず特急に飛び乗った。会いたくないなんて、嘘だ。ずっと会いたかったし、今日という日を待ちわびていた。これ以上なく。

今日は機嫌がいいですね、なんて取引先に言われる始末だった。

この間の合コンだってそうだ。面倒だから断ろうと思っていたのに、彼女も参加すると聞いて、一も二もなく快諾《かいだく》してしまった。

スマートフォンを取り出し、珠美からのメッセージを読み直す。最近、メッセージの着信音が鳴るたびに、どぎまぎする自分が憎《にく》かった。

……早く、楽になりたい。

とっとと身を固めたい。その辺の女と結婚してしまえば、この苦しさから解放されるだろうか？　あるいは、遠い異国へ逃げてしまえば。どんな方法でもいい。こんな風に、弱くてダメな自分と向き合い続けるのは、正直辛い。心の深く、柔《やわ》らかいところを、ずっと抉《えぐ》られているようで。

どんなに仕事に邁進《まいしん》して完璧《かんぺき》にこなせるようになっても、逆にメンタルは劣化してゆく。強くあろうとすればするほど、脆弱《ぜいじゃく》になってゆく。表面ばかりが硬くなり、内側がドロドロに腐っていくような。それは俺が目指す成熟とは、かけ離れている。

もう、恋をしたくない。

浮き沈みを繰り返すのは嫌だ。愚《おろ》かな自分を、どんどん嫌いになってゆくから。

そのとき、伊達はなにかの気配を感じ、そっと顔を上げた。

見ると、エントランスのガラス扉の向こうに、エレベーターから降りた珠美が現れた。大人っぽいレザーコートを羽織《はお》り、うっすら化粧をした姿に、思わずドキッとする。いつもよりさらに女性らしく、美しく見えた。彼女は、じっとエントランスの上を凝視《ぎょうし》して、Rホテルで間違いないか、確認しているらしい。

その小さな体と身のこなしで、遠目からでも一発で彼女だとわかった。彼女はとても眩《まぶ》しい場所に立っている気がした。無邪気《むじゃき》で、まっすぐで、絶望など微塵《みじん》も感じさせない、明るい場所に。

いつだって、俺のほうが先に彼女を見つけるんだ。彼女が俺を見つけるより、ずっと前に。

胸に微《かす》かな痛みを覚えながら、目を凝《こ》らして彼女を見つめた。

◇◇◇

珠美が予約していた店に移動した二人は、向かい合って席についた。

「じゃ、俺のほうで頼んじゃって、いい？」

伊達はワインリストを片手に言う。

「お願いします。私、ワインとか全然わからなくて」

珠美は小さくなって言った。

「赤がいいとか、軽いのがいいとか、好みはある？」

「いえ、なんでも呑めます」

伊達さんと一緒なら、という言葉を、珠美は呑み込む。

「チリのワインで、おすすめがあるんだ。現地で呑んだとき、すごく美味《うま》いと思って」

言いながら、伊達が手を軽く上げると、ソムリエが飛ぶようにやってくる。

伊達はソムリエにいくつか質問し、てきぱきとワインをオーダーしてくれた。

もおおおお！　伊達さん、むっちゃくちゃカッコイイんですけどっ！　カッコよさに、全然慣れないんですけどっ!!　このまま、死んでもいいかも……

珠美は感涙でむせびたい衝動を抑え、伊達の正面に大人しく座っていた。大ファンの映画スターと食事するのって、こんな気分かもしれない。

彼とはいろいろあったはずなのに、毎回初対面みたいに緊張してしまう。

ここは、Ｒホテルの中にある、カジュアルダイニング。カジュアルと言っても、その辺の店より格段にハイレベルだ。夜景が望める窓際の席に、二人はテーブルを挟んで座っている。店の予約は珠美が取り、コース料理を頼んでおいた。おかげで珠美の貯金は、一晩で消える。清水《きよみず》の舞台から飛び降りた感じだ。

気取ったウェイターがやってきて、白ワインがグラスに注《つ》がれるのを、二人は無言で見つめた。透明な液体が勢いよくグラスにぶつかり、せり上がって、波立つ。

ぜ、全然まともに話せる気がしない……

珠美は、早くも心が折れかけていた。用意してきた台詞《せりふ》の、まだ一パーセントも口にできていない。すっかり彼のオーラに呑まれてしまい、ホテルの高級な雰囲気に上がってしまい、頭がうまく回らなくて、なにをしようとしていたのか、わからなくなりそうだ。

珠美は、えいやっとワイングラスを掴《つか》むと、ひと息にあおった。

「うわ。美味《おい》しいっ……！」

思わず、感想が口をついて出た。

それを聞くと、伊達は眉を上げて目を見開いた。

「よかった。すっきりしてるから、女の子にもウケるかと思って」

「後味がいいですね」

「そう。珍しいだろ」

本当に、びっくりするほどワインが美味《おい》しかった。こんなにすごいワイン、生まれて初めて呑んだ。ふんわりと葡萄《ぶどう》の強い芳香《ほうこう》がして、目の前に葡萄《ぶどう》畑が、ばばーっと広がるような……

このときふと、合コンの夜が思い出された。値段で言えば、あちらのほうが高かったはずなのに、味もなにも覚えていない。

珠美はチラリと、伊達を盗み見た。彼は、ワイングラスを見つめながら、物思いに沈んでいる。ワインの表面が光を反射し、彼の漆黒《しっこく》の瞳が微《かす》かにきらめく。

伊達さん効果、なのかも。

たぶん、伊達さんと一緒だったら、コンビニのおしるこでも、他の人と呑む高級ワインを余裕で超えてしまうのかも。要するに、人間の感覚ってやつは、そういうものなのかも。

二人とも黙りこくったまま、アミューズブーシュを口に入れ、咀嚼《そしゃく》した。チーズとオリーブが載ったフルーツトマトは、ワインにぴったりで美味《おい》しかったけれど、今はそれどころじゃない。

「その、よく来るの？　こういう店」

伊達のほうから、沈黙を破った。

「いえ。滅多《めった》に来ないです」

「なんか、店のチョイスが意外と言うか……。いや、そう言うのも、失礼かもしれないけど」

「今夜は特別なんです」

そこで珠美は意を決し、ようやく本題を切り出した。

「あの、この間のエレベーターの件なんですけど」

すると、伊達の手からナイフが滑《すべ》り落ち、皿に当たってけたたましい音を立てる。そのままナイフは床に落下し、カチャン、と鳴った。

「あ、失礼」

伊達が言うと、ウェイターが飛んできて、すぐに新しい銀食器が揃《そろ》えられる。

伊達が水の入ったグラスに手を伸ばすと、指先が強く当たり、グラスが横倒しになった。冷たい水がテーブルに広がり、クロスを伝って滴《したた》り落ちる。去りかけたウェイターが戻ってきて、布を取り出し、迅速《じんそく》に拭《ふ》き取った。

「ご、ごめん」

伊達は、しまった、という顔で口を押さえた。

……もしかして、動揺してる？　と、珠美は見て取った。意外な一面だった。なにがあっても動じない人だし、いつもクールな態度を崩さないから。

伊達は、今度はうまくグラスを掴《つか》み、一口飲んでから、口を開いた。

「その、この間のことは、申し訳ないと思ってる。どう謝罪したらいいのか」

「そんな。謝る必要なんて、全然ないです」

「魔が差したと言うか。君にどれだけ責められても、仕方ないと思ってる。すべて俺が悪いし、俺に責任がある」

その言葉たちが、ぐさぐさぐさっと、珠美の胸を突き刺した。

魔が差した……

責任……？

伊達さんにとってあの出来事は、早く忘れたい、恥ずかしい思い出なんだ。大して好きでもない、その辺の女と、望まぬ行為に及んでしまった忌《い》まわしい思い出。私にとっては素敵なことだったのに、彼にとっては悪いこと。

眠っていた、どす黒い感情が、ぶわりと噴き出す。胃の底からどんどん溢《あふ》れ、全身が浸食されてゆく。

珠美は、真っ暗闇にいる気分で、こう思った。

なら、取ってもらおうじゃない。責任とやらを。私に悪いことしたと、思ってるんでしょう？　なら、なんでもしてくれるよね⁇

このとき、なにかが吹っ切れた。

二人の目の前に、音もなく前菜が置かれる。色鮮やかなスモークサーモンと真っ白な海老《えび》にキャビアが添えられた皿が、シャンデリアの光を受け、輝いていた。

「私、伊達さんが、好きです」

伊達が手にしたフォークが、空中で止まる。先端にある海老《えび》の欠片《かけら》から、オリーブオイルの雫《しずく》がポタリ、と落ちた。

——その、動揺したような仕草とは裏腹に、このときの彼は、大して驚いていなかった。そんなことはとっくに知っていて、言葉の続きを、じっと待っているような感じだった。

「責任、取ってくれるんですよね？」

その言葉に、彼は秀麗な眉をひそめた。そして、フォークを置くと、ワイングラスを持ち、喉へ流し込む。

珠美は、ひどく渇《かわ》いた気持ちで、こう告《つ》げた。

「なら、私の処女を、もらってください」

伊達は、ブハッとワインを噴き出した。

珠美はそれを、唖然《あぜん》として見つめた。伊達は苦しそうに咳《せ》き込み、顔を真っ赤にしながら、ナプキンであちこち拭《ぬぐ》う。

「大丈夫ですか？」

「だ、大丈夫。ちょっと、気管に入った……」

「ゆっくり呼吸して、慌《あわ》てなくていいですから」

珠美もナプキンで拭《ふ》くのを手伝いながら、彼の咳が治まるのを待つ。しばらく咽《む》せた後、ようやく落ち着いたようだ。

「治まりました？」

「もう、大丈夫。ごめん、うまく聞き取れなくて、とんでもない空耳をしたみたいだ」

「それ、たぶん、空耳じゃないです」

「え？」

「私の処女を、もらってくれませんか？　私の初めての人に、なってほしいんです。今夜、このホテルで」

伊達は、限界まで目を見開いた。

珠美は冷静な心で見つめ返しながら、ショルダーバッグからルームキーを取り出し、テーブルにことり、と置く。

「スタンダードのダブルを、予約してあります。財政的な事情で、デラックスとかは無理でしたけど」

伊達は、固唾《かたず》を呑んで、ルームキーを見つめていた。ホテルのエンブレムである月と獅子《しし》が刻印された銀製のそれは、鈍く光っている。

どうやら、こちらが本気なのは伝わったみたい、と珠美は察知した。

伊達は視線を上げ、珠美と目を合わせた。険《けん》のある強い視線に、珠美はひるみそうになる。

「本気なの？」

伊達は、目を逸《そ》らさずに言った。

「はい」

珠美もまっすぐ見つめて、答える。

――それからの伊達は、ちょっと不思議な行動を取った。

彼は手を上げ、ワインを噴いてダメになった前菜を下げさせると、猛然《もうぜん》と料理を平らげ始めた。珠美の存在を完全無視し、ひたすら食べることに集中する。ポタージュスープを丁寧に掬《すく》い、魚介のソテーを付け合わせまで綺麗《きれい》に食べ、黒毛和牛のテンダーロイングリルにナイフを入れ、次々と胃《い》の腑《ふ》に収めてゆく。

「まず、食おう」

「は、はい」

珠美も慌《あわ》てて追いつこうとしつつも、その見事な食べっぷりに見惚《みと》れていた。

真っ白な歯が、焼けた肉の繊維《せんい》に食い込み、引きちぎる。咀嚼《そしゃく》する力強い顎《あご》と、捕食対象に注《そそ》ぐ、熱っぽい視線。こんな風に、誰かが食べている姿をじっくり見るのは、初めてだ。唇が求めるように開き、肉を咥《くわ》え込む。普段、見たことがない角度で、口角が乱暴にゆがむ。伊達の食べ方は、男らしく野性的で、目が離せなかった。

生き物を殺して、食べる。

グロテスクで、官能的な行為。

人は、他の生命を殺し、自《みずか》らに取り込まなければ生きられない。そのことを、まざまざと、見せつけられたようだった。

伊達は、唇についたソースを赤い舌で、ぺろり、と舐《ねぶ》った。下唇が、唾液《だえき》で微《かす》かに光る。見てはいけないものを見てしまったようで、密《ひそ》かに胸がドキドキする。

なんだろ、伊達さん、すごくエロい……

伊達は無言のままデザートまで完食すると、ウェイターを一瞥《いちべつ》し、クレジットカードを取り出した。

「あ、ここは私が払います！　その、私がお誘いしたんですし」

しかし伊達は、珠美を完全に無視し、さっさと支払いを済ませてしまった。

な、なんか、怒ってる？

珠美がそう思うや否《いな》や、伊達はルームキーを掴《つか》んで立ち上がる。珠美も慌《あわ》ててショルダーバッグを掴《つか》むと、彼の背中を追った。

ひんやりしたエレベーターホールで伊達は立ち止まり、珠美を見下ろした。他に人の気配はなく、天井まで届きそうな薔薇《ばら》のドライフラワーのオブジェが、二人の姿を隠している。ここから上に行けば客室、下に行けば出口だ。

「もう一度、確認するけど、本気なの？」

伊達は、やけに冷めた声で言った。

「はい。本気です」

「俺としては、異論はない。だが、恐らく君は後悔することになる」

「後悔なんて、しません」

「君はわかってないんだ」

「そんなことありません。後悔しません、絶対に」

「断言する。絶対に後悔する」

そう言った伊達の瞳に、苦渋《くじゅう》のようなものがよぎり、珠美は少し驚く。

――ずっと、憂《うれ》いがある人だと思ってた。

容姿端麗《ようしたんれい》、頭脳明晰《めいせき》、すべてを手に入れているのに、人知れず深い苦悩を抱えているような。仕事が大変なのか、それとも別の理由があるのか。確かに初めは、カッコイイなと憧《あこが》れた。けど、それ以上に、彼の闇の部分に、惹《ひ》きつけられた。傷か、痛みか、弱さのようなものに。

あなたのことを、もっと知りたい。

この人の人生に、深く関わりたいと、願ってしまったのだ。

「なんで、そんなこと断言できるんですか？　後悔するかどうかは、私が決めます」

「とにかく、事前に警告はした。後は、君次第だ。どうする？」

伊達はそう言って、すっと手を差し出した。長い指がさまよい、宙に浮いたまま止まる。

分岐点だ、と珠美は頭の片隅で思う。

このまま降りて帰るか、彼の手を取るか。伸《の》るか反《そ》るか、選べるのは、一つ。

人生にはごくまれに、こういう瞬間がある。どちらを選ぶかで、その後のシナリオが決定的に変わってくる。どちらが正解なのか、誰もが悩み、失敗を回避しようとする。

けど、このときの珠美は、奇妙な予感に囚《とら》われていた。

たぶん、どちらを選んでも、私は粉々に砕け散るんだ。この選択肢を迎えた時点で、すでに身の破滅は確定している、なぜかそんな気がした。

けれど、仮に深く傷ついて、この身が粉々になったとしても、それが失敗だと誰が決めるの？　私が掴《つか》もうとしているものは、それだけ大切なものなんじゃないの？　重いリスクを負わねばならないほど。

「……もう、後戻りできないぞ」

伊達は、なかば自棄《やけ》気味に、覚悟を決めたように言った。切れ長の目は、苦悩を湛《たた》えている。

そう言ってくれたのは、彼の優しさだと思った。

……破滅《はめつ》してもいい。失敗しても。芋虫みたいな、今の私から、変われるのなら。

暗い深淵《しんえん》に引かれるように、珠美は、伊達の手を取った。

第三章　完全なる円環《えんかん》とその周縁《しゅうえん》

「できるだけ、優しくする」

部屋に着き、ベッドに珠美を導いた伊達は、真剣な眼差《まなざ》しで言った。

「はい」

珠美は組み敷かれながら答える。間近に、彼の整った顔が迫る。

背中に触れるシーツが少し、冷たい。二人ともすでに、生まれたままの姿になっていた。

「だけど、俺も男だから、我慢できなかったら、ごめん」

「はい」

伊達は体を起こして膝《ひざ》立ちになると、ミネラルウォーターのボトルを掴《つか》み、横を向いてゴクゴク飲んだ。男らしく尖《とが》った喉仏が、上下する。

全裸の伊達を見て、珠美は本気で頭がクラクラした。

ちょ、ちょっと伊達さん、めっちゃくちゃヤバイんですけどーっ!!

ボクシングで鍛《きた》え上げられた肉体は、しなやかな筋肉がつき、硬く引き締まっていた。胸筋が滑《なめ》らかに隆起《りゅうき》し、腹筋はぱっくりと六つに割れ、臍《へそ》の周りの体毛は下へ行くほど濃くなって、陰毛に繋《つな》がっている。たくましい腿《もも》の間から、赤黒く怒張したものが、高くそそり立っていた。それは見るからにギチギチと膨張《ぼうちょう》しきって、興奮状態にある。

滴《したた》るような肉体美と、股間のものの異様な迫力に、珠美はつい目を奪われてしまう。

伊達がボトルをテーブルに置いた拍子《ひょうし》に、勃起したものが、ぶるり、と前後に揺れる。

ま、まだなんにもしてないのに、あんなんなるの!?

頬《ほお》が、羞恥《しゅうち》で熱くなる。実物を、しかもこんな至近距離で見るのは初めてだ。あんなに卑猥《ひわい》な造形をしているなんて。彼を興奮させているのが自分かと思うと、恥ずかしいような、たまらない心地になる。

さ、最終的に、あれが中に入ってくるんだよね？　あんなに大きいもの、ほんとに入るの!?

もしかしたら裂《さ》けちゃうかも、と不安がよぎる。けど、勃《た》ち上がったものを見ていると、お腹の奥がほどけて、疼《うず》く感じがした。もじもじと、太腿《ふともも》を擦《す》り合わせる。

わ、私も、なんにもしてないのに、濡れちゃってるかも……

伊達が、珠美の両腿《りょうもも》を跨《また》いで、膝《ひざ》立ちになって見下ろす。二人は刹那《せつな》、見つめ合った。

伊達のどこか昏《くら》い瞳に、心が惹《ひ》きつけられる。

彼の人差し指が、珠美の唇に、そっと着地した。指の腹に、リップグロスが付着する。指はそのまま、珠美の顎《あご》をなぞり、喉を掠《かす》め、鎖骨《さこつ》を撫《な》でて下がってゆく。左乳房の柔《やわ》らかい部分を、むにゅり、と押し、先端の蕾《つぼみ》のすぐ横で、ぴたりと止まった。

「すごく、綺麗《きれい》だ」

伊達が、ため息を吐くようにつぶやく。

彼の指が、愛《め》でるように胸の蕾《つぼみ》をくすぐる。触れるか触れないかの刺激を与えられ、きゅ、とつままれる。

たまらず、珠美は体をよじった。

くすぐったい……

乳頭は、たちまち硬く尖《とが》った。

伊達の大きな体が、覆《おお》い被さってきた。

うわっ……

さらりと乾《かわ》いた素肌が、触れ合う心地よさ。浅黒い肌は、例のいい香りがした。甘いムスクと、雄の体臭が混ざった、スパイシーな香り。この匂いを嗅《か》ぐと、肉体が開いていく感じがして、なにもかもどうでもよくなってしまう。

彼の背中に手を滑《すべ》らせると、浮き出た僧帽筋《そうぼうきん》が弾んだ。

がっしりした体躯《たいく》に包まれているだけで、心地よくて気が遠くなる。親鳥に温められている、卵みたいな気分だ。安心できて、解放される。彼の素肌は体温が高く、魂の奥まで温まる。

なんかもう、抱きしめられてるだけでセックスより気持ちいいかも……

「ずっと、脱がせたかった……」

伊達が、耳元でささやく。

ゾクッ、と耳のうしろが痺《しび》れた。

彼の声は、どんな音楽より素敵だ。ずっと聞いていたい。

二人は抱き合いながら、唇を重ねた。

そうするのが当然のように、彼が舌を挿し入れてくる。珠美は目を閉じて、舌をそっと絡めた。彼とのキスに、もう慣れつつある自分に気づく。

伊達のキスは、切なくなるほど優しかった。

いたわるように、口腔《こうこう》をくすぐられる。甘く絡めた舌先から、慈《いつく》しみのようなものが伝わってきた。

……伊達さん、あったかくて、優しい……

こんなに素敵なキスをされると、あらゆる疑念が露《つゆ》となって消えてゆく。本当は私が嫌いなのかなとか、お情けなのかなとか、誰でもいいのかなとか。

伊達さんも、私のことが好きなんだ。

誰よりも、大切に想ってくれている。

そんな風に、勘違いしてしまう。それぐらい、幾千《いくせん》の言葉を超え、気持ちがダイレクトに伝わってくる。

無我夢中で舌を絡めながら、二人のお腹の間に挟まった、彼の硬いものに意識がいく。それはひくひくと脈打ち、先端から液がこぼれ、珠美の下腹部を冷たく濡らした。粘度のある皮がぺとりと貼りつき、その部分だけ、温度が高く感じられる。

伊達の手があばらを撫《な》で、腰骨を撫《な》で、指先が秘裂に触れた。指は花弁を一枚ずつめくり、中をそろり、とまさぐる。つい、息を呑んでしまう。

「もう、濡れてる」

そう言う伊達の声は、興奮していた。

……男の人って、濡れてると、うれしいものなのかな？

素朴《そぼく》な疑問が、頭の片隅をちらりとよぎる。

伊達の顎《あご》が下がり、乳房に熱い息がかかる。薄い唇が開き、ふわりと胸の先端を口に含んだ。尖《とが》った蕾《つぼみ》に、ぬるり、と生温かい舌が巻かれる。

背筋が、ゾゾゾッとした。

乳首を強く吸われながら、秘裂をぬるぬると弄《いじ》られる。だんだん脈が速まり、体温が上がる。たまらず、息が止まり、顔をしかめてしまう。

ちょ、ちょっと、こ、これはキツイ……かも……

繊細な指先が花芽を探し当て、こね回す。一番敏感《びんかん》なところを攻められ、痛みに近い快感が、じんじん伝わる。別の指が、ずるっと蜜口に入り込んできた。指を出し入れされながら、花芽を押し潰《つぶ》され、四肢《しし》が自然とわなないた。

うわ、うわわわっ……！

「はあ、はぁっ、っあ……」

伊達の荒い息が、濡れた乳房を温めた。

溢《あふ》れた蜜が泡立ち、飛沫《しぶき》が散る。指の腹が、硬くなった花芽を押し回し、こりっと潰《つぶ》す。愛液が膣から、じゅわっ、と分泌《ぶんぴつ》された。

れろ、と舌が乳頭をつつく。

ああん、気持ちイイよぅ……!!

珠美は弓なりに背筋を反《そ》らす。

せり上がった快感が、下腹部で膨《ふく》らんで、弾けた。

やがて脱力して、シーツの上に体を投げ出す。快感の余韻が、お腹の奥のほうで反響しているのを、ただ感じていた。

溢《あふ》れた愛液が花弁を、とろり、と伝い、肛門のほうまで流れた。伊達の指が、その雫《しずく》をそっと掬《すく》う。

乳房の谷間から顔を出した伊達のクールな目が、珠美をじっと観察している。視線に晒《さら》されながら、恥ずかしくて身悶《みもだ》えた。

……そんな風に、見ないで。

そう思っていると、伊達の体がさらに下がり、両手で珠美の太腿《ふともも》を押し広げる。彼の顎《あご》が下がってゆき、太腿《ふともも》の間に顔を埋めるのが見え、珠美はぎょっとした。

湿った息が、陰毛にかかる。

ちょ、ちょっと、そんなところ……!?

震える舌先が、れろり、と秘裂をなぞった。

ぞわっ、と肌が粟立《あわだ》つ。

「あぁうっ……!」

耐えきれず、甘い声を上げた。

ぺろ、ぴちゃっ。ぴちゃ。

温かい舌が、愛液を丹念に舐《な》め取ってゆく。花弁の根元を舐《な》め、敏感《びんかん》な花芽をつつき、縦横無尽《じゅうおうむじん》に這《は》いまわる。ぬるぬるした未知の快感に、珠美はただ身を震わせた。

腿《もも》を押し広げる伊達のごつごつした手が、少し強引で、好きだ。

見下ろすと、彼の伏せられたまぶたと、長いまつ毛が、美しい。すごく美味《おい》しそうに、うれしそうに舐《な》める表情に、胸が高鳴る。親猫が子猫を舐《な》めるみたいに、舌遣いが優しい。蜜が次々と溢《あふ》れ、花弁を伝い落ちてゆくのが、自分でもわかった。

ずるりっ、と舌が侵入してきた。

思わず、大きく息を吸い込む。

舌がじわじわと、濡れ襞を這《は》ってゆく。舌は予想より長く、奥まで入ってくる。伊達の吐く息が、陰毛を揺らした。

ずずずっ……

舌が愛液を掻《か》き出し、強く吸い上げる。

酸っぱいような雌の香りが、辺りに立ち込めた。強く目を閉じ、なすがままになりながら、肉体のモードが切り替わってゆくのを感じる。胸の先端がきゅ、と硬くなり、熱をもった膣がふにゃふにゃととろけた。雄を受け入れる準備ができた、発情期の雌になったみたいに。

下腹部に、飢餓《きが》感を覚える。

あ……あ……。な、なんだろう、これ……

舌だけじゃ足りない、もっとなにか……。なにかが足りない、もっと深く、ほしい。

ギシッ。

ベッドが軋《きし》んで傾《かし》いだ気がして、目を開ける。

すぐそこに、伊達の精悍《せいかん》な顔があった。

彼の唇の周りは、愛液で濡れて光っている。伊達は目を細め、ライオンが舌なめずりするみたいに、唇の周りのそれを舐《な》め取った。顎《あご》に垂《た》れ落ちた愛液を、手の甲でぐっと拭《ぬぐ》い、じっと珠美を見下ろす。

あっ……

飢《う》えたような、熱のこもった眼差《まなざ》し。

強い視線に、ハートをぐさりと貫かれる。まっすぐなピンで留められた昆虫の標本《ひょうほん》になった心地で、身動きが取れなかった。微《かす》かな既視感《デジャヴ》を覚える。

この目はどこかで……と、頭の片隅で記憶を手繰《たぐ》る。

あっ、さっきの食事のときだ！　ダイニングで見た、和牛のグリルに注《そそ》がれた眼差《まなざ》しと同じ……。ってことは、私は捕食対象ってこと!?

気づいてしまった驚愕《きょうがく》の事実に、目を丸くして見返すしかない。

ギシ、ギシッ。

伊達が両手を、顔の横についてきた。

彼の怒張しきったものの先端が、蜜口に押し当てられる。

「ゆっくりやるけど、最初はたぶん、痛いと思う」

伊達は、ひどく苦しそうに言った。なにかを強く、我慢しているみたいに。

「は、はい」

「チカラ、抜いて」

「はい」

つるりと丸い先端が、ゆっくりと挿入《はい》ってきた。狭い膣道を押し広げながら、じわじわと侵入してくる。

あ……ああ……

「……くっ」

伊達が眉をひそめ、小さく声を漏《も》らす。

次の瞬間、ずぶりっ、とひと息に貫かれた。ぶちっと引きちぎれる感じがして、下腹部に鋭《するど》い痛みが走る。

「あっ、痛っ……!!」

「くっそ……きっつ……」

伊達のものを深く孕《はら》みながら、苦しい呼吸を繰り返した。

お腹が、痛くて、きつくて、充溢感《じゅういつかん》ではち切れそうだ！

伊達は珠美を優しく抱きしめ、こう聞いた。

「大丈夫？」

「は、はい。な、なんか、いっぱいいっぱいで」

「少しずつ、慣れるから」

ささやきながら伊達は、ずるずると腰を引いてゆく。

ほっとしたのも束《つか》の間《ま》、ふたたび最奥まで貫かれ、珠美は声を上げた。

引き締まった腰が、ゆっくり前後に動き始めた。ぎちぎちと、膣が圧迫される。

「あ、あっ。ちょ、ちょっと、まっ……」

ずん、ずん、と鈍い痛みが、寄せては返す。必死で彼にしがみつき、緊張と弛緩《しかん》を、交互にやり過ごした。

揺さぶられながら、疼痛《とうつう》が淡い痺《しび》れに変わってゆく。やがて、痛みは遠のき、快感に近いものが訪れた。

あ、あれっ、なっ、なにこれ……

硬いものが、奥へ滑《すべ》り込んでくる！

ずるんっ、と粘膜が擦《こす》れ、甘い痺《しび》れが走った。

「ああぁんっ……！」

伊達が腰を引くと、ぶちゃっ、と愛液が噴き出す。

あっ、あっ、あうっ、お、奥が、擦《こす》れて……気持ちいいっ……!!

「あ、はあっ、くっ……」

伊達は抱きしめながら、熱棒をぐいっと奥まで挿し入れた。より深く繋《つな》がり、彼の筋肉に、力が込められる。

ふ、深い……

そう思った瞬間、たくましい腰が、ぶるっと痙攣《けいれん》した。お腹の奥で、びゅーっと勢いよく射出される。

思わず、息を呑んだ。

うわっ……すごい、伊達さんの。出てる、いっぱい……

「……ぁっ……くぅっ……」

伊達が、ひどく色っぽく喘《あえ》いだ。

その声に、たまらなくドキドキする。

白い精はどんどん吐き出され、子宮をゆっくり満たしてゆく……。それを受けとめながら、心まで潤《うるお》ってゆく心地がした。

あ、でも、中に出されちゃった……

しなやかな肉体に包まれながら、珠美はそのことさえ今は構わないと思い、そっと目を閉じた。

◇　◇　◇

「痛くなかった？」

聞いたこともないほど、優しい伊達の声。

「は、はい。大丈夫です」

珠美は聞き惚れながら、やっと答える。

熱い褐色《かっしょく》の肌に包まれ、珠美は生まれたての子猫みたいに、とろんとしていた。

清潔なシーツと、肌のいい香りと、快感の遠い余韻。

伊達に、「大丈夫？」とか「ごめんね」とか、とんでもなく甘い声でささやかれ、鼓膜もとろけていた。お腹や乳房を優しく愛撫《あいぶ》され、おでこやまぶたにキスされ、全身も溶けて液状になった気分だ。二人でブランケットに潜《もぐ》り込み、なにもかも完璧《かんぺき》に満たされ、かつてない幸福感が訪れている。

もう、このまま生涯《しょうがい》を終えてもいいかも……

厚い胸板に頬《ほお》を寄せながら、本気でそう思った。心配や不安は泡のように消え、ただあるのは充実と安心だけ。

「私、伊達さんに、嫌われてるのかと思ってました」

つい口をついて、日頃思っていたことが出てしまった。

「嫌いになろうと思ってた。ずっと」

「え？」

驚いて顔を上げると、伊達の涼しげな目が、そこにある。

「わざと、遠ざけてた。冷たくして、徹底的に」

「わざと……？」

「だから、俺のほうがとっくに嫌われてるかと」

「そんなことないです！　けど、どうして、わざとそんなことを？」

「どうしてかって？」

そう言って伊達は珠美の手を取り、人差し指の根元に、そっと唇をつけ、こう言った。

「……わからない？」

「わかり、ません」

「俺は、なんとなく、わかるんだ。昔から」

伊達は、吐息のようにささやき続ける。

「どの子だったら、魂まで深く繋《つな》がって、おかしくなるほどのセックスができるのか。他の子では絶対に味わえない、途方もない絶頂を味わえるかどうか、わかるんだ。……目が合った、瞬間に」

彼の美声は、耳からこそりと入ってきて、脳髄《のうずい》に直接作用する。珠美はただ、胸をドキドキさせながら、聞き入るしかない。

「初めて目が合ったとき、君がそうだと思った」

彼は少しまぶたを伏せ、微《かす》かに口角を上げる。

その妖艶《ようえん》な表情に、心臓が、トクン、となった。

「……どうして、遠ざけてたかって？」

あっ、と珠美は気づいてしまった。

お腹の辺りにある彼のものが力を取り戻し、いつの間にか膨張《ぼうちょう》しきっている。その先端は濡れ、主張するように珠美のお腹を押した。

——わ、ま、また……？　さっき、出したばっかりなのに。

伊達は、敏捷《びんしょう》な黒豹《くろひょう》みたく体勢を変え、素早く珠美を組み敷いた。

「どうしてだか、教えてあげるよ」

耳元でささやかれ、くすぐったさに、珠美は肩をすくめる。

彼の丸い先端が、花弁の間にぴたり、とあてがわれる。そこはまだ湿っていて、ぬる、と滑《すべ》った。

「あの、ちょ、ちょっと、待ってください！　わ、ああっ……んんっ!!」

つるりとした亀頭が、ずるり、と潜《もぐ》り込んできた。

ずぶずぶと肉襞を割り広げ、奥へと押し進む。ふたたび膣は、伊達のものでいっぱいになった。

伊達は眉をひそめ、「くっ」と声を出す。

珠美は顎《あご》を上げ、細く息を吐いた。

まだ窮屈《きゅうくつ》だけど、もう痛みはない。寂しかった空隙《くうげき》が埋められ、充実感があった。一度目には味わえなかった、彼自身の凹凸《おうとつ》や形状がクリアに感じられ、甘い気分になる。大きくて、硬くて好き、かも……

挿入したまま、鋼《はがね》のような肉体に覆《おお》い被さられ、ぴたりと重なる。伊達は唇を、耳元に寄せてきた。

低い声で色っぽくささやく。

「遠ざけておかないと……あっという間に、こうなるからだよ……」

たくましい腰が、いやらしくうねり始めた。

膣内《なか》で、生のままの粘膜が擦《こす》れ合い、ゾクゾクッと電流が走る。思わず、嬌声《きょうせい》を上げてしまった。

あ、あんっ、そ、そのまま、挿入されちゃってるっ……

腰は、リズミカルに前後し続ける。強張《こわば》った熱棒が、摩擦《まさつ》を起こしながら、何度も最奥を穿《うが》った。

それは、気絶するほどの快感だ。粘膜が濃厚に絡み合い、奥深くまで繋《つな》がりあう。彼自身を胎内《たいない》に呑み込み、射精に導こうとする蠢《うごめ》きまで感じられて。

深く結合し、彼と一体となって、一緒に律動《りつどう》する。

――まるで音楽みたいだ。一定のリズムを刻みながら、快感が一段ずつ、せり上がってゆく。

「あ、あっ、ああっ、んっ、んんっ、すごい……」

マットに置かれた伊達の手が、ぎゅっと拳《こぶし》を握《にぎ》った。

体温が、上がる。

汗で光る乳房が、前後にゆさゆさ揺れた。

腰のストロークが、どんどん速まっていく。

あっ、すっ、すごいっ、好き……。硬くて、大好き……

お互いの感情が絡み合い、魂が深く繋《つな》がった。肉体の芯《しん》が解放され、途方《とほう》もない快感の波に襲われる。

鍛《きた》え上げられた彼の肉体には、玉の汗が浮かんでいた。乱れた黒髪が額《ひたい》にかかり、前後に揺れ、艶美《えんび》な魅力が増す。

「ク、クソッ、こ、こんなにっ……ああ……」

堪《こら》えたような声は、最後はため息に変わった。

結合部では、白濁《はくだく》した液が泡立ち、シーツに飛沫《しぶき》が散る。

脚を大胆《だいたん》に開き、彼を奥まで受け入れながら、浅い呼吸を繰り返した。ベッドは大きく軋《きし》み、枕がずれていって、床に落ちる。

も、もう、ダメっ、セ、セックスって、こんなに気持ちイイのっ……??

律動《りつどう》する腰が、ずぶりっ、と中心を突く。

肉の槍《やり》が、膣奥の敏感《びんかん》なところを、ずるずるっと擦《こす》った。ぞわぞわぞわっ、と産毛《うぶげ》が総毛立つ。

息をするのを、一瞬忘れた。

快感が、ぶわっと限界まで膨張《ぼうちょう》し、下腹部でバッと弾ける。

「はあんっ……ああ……」

絶頂に達し、意識が白く飛んだ。お腹の芯《しん》が、炭酸みたいに弾け、泡立って広がってゆく。それはたまらなく甘美な瞬間だった。

白い肢体《したい》が、ぴくぴくと痙攣《けいれん》する。

あああ、めちゃくちゃ、気持ちイイ……

伊達が腰をぐっと密着させる。ほどけた膣奥に、肉の槍《やり》が深く、滑《すべ》り込んだ。

そのとき、伊達が顎《あご》を下げ、眉をひそめた。食いしばった歯の間から、息が漏《も》れる。

汗ばんだ胸筋が膨《ふく》らみ、割れた腹筋が、ぐぐぐっと隆起《りゅうき》する。力を溜めるその瞬間、彼の肉体は彫像《ちょうぞう》のように、美しかった。

「くうっ……んくっ……」

伊達が喘《あえ》ぎながら、腰をぶるぶるっ、と震わせた。

びゅるびゅるっ、と、精が噴き出す。

「あっ……」

うっとりした心地で、白い精を受けとめた。勢いよく射精される圧《あつ》が、たまらなく心地よい。乾《かわ》き、ひびわれた大地が、恵みの雨で潤《うるお》ってゆくような。

珠美の唇から、甘い吐息が漏《も》れる。快感で、少し身をよじった。

……どうしよう、射精されるの……すごく、好きかも……

伊達は最後の一滴まで吐き尽くすと、珠美の横に倒れ込んだ。汗ばんだ肌は冷たく、絶頂の余韻で、二人の意識はぼんやりしている。

「……好きだ」

吐息のようにささやかれ、涙が出そうになった。

「私も、大好きです。初めて会ったときから、ずっと」

「君の……その、彼氏になってもいいかな？」

「もちろんです」

「君を独《ひと》り占めしたいんだ」

「はい」

胸がいっぱいになった。夢みたいだと思う。まさか、憧《あこが》れの人と、こんなに素敵なことが起こるなんて、現実感が全然ない。

窓の外には、満天の星みたいな都心の夜景が広がっている。まるでそれぞれの光に命が宿っているみたいだ。道路に連なるヘッドライトは、血液のように絶《た》えず流れてゆく。ビルの灯り一つ一つに物語があり、その下に見知らぬ誰かの人生がある。光の洪水の中、その人生に関われるのは、ほんの一握《にぎ》りかと思うと、不思議な気分だった。

――東京に来てよかった、と珠美はふいに実感する。ずっとなにかを探しているのに、なにを探しているのかさえ、自分でもわからなかった。けど、もしかしたら、これだったのかもしれない。温かい素肌と、優しい抱擁《ほうよう》と、求められている充足感のようなもの。

これを愛と呼ぶのかは、わからないけれど。

ロウソクみたいな東京タワーが、温かい光を灯している。

二人はどちらからともなく、唇を重ねた。

この瞬間が、死ぬまで続けばいいのに……

完璧《かんぺき》な幸福というのは、それだけで終焉《しゅうえん》を予感させる。白く輝いて、悦《よろこ》びで満たされた円環《えんかん》に、目に見えないほどの黒い染みが現れる。不安と、脅《おび》えのようなものが。

珠美はキスに応《こた》えながら、それを冷静に見ている、もう一人の自分の存在に気づく。

彼女は、こう危惧《きぐ》していた。

いつか、この幸せにも終わりがくるのかもしれない、と。

◇◇◇

小椋さんて意外と大胆《だいたん》なんだな、と伊達は思う。

なにもできない子かと思っていたが、勇気と行動力がある。好きな男の前にホテルのルームキーを置き、私と寝てくださいと言える女性が、この世界にどれだけいるだろう？　飾らないというか、自分の気持ちに素直というか、恐れ知らずだ。

珠美の緊張した居住まいと、据《す》わった目を思い出し、思わず笑みがこぼれる。

珠美の意外な一面を、伊達はいたく気に入っていた。彼女とは特別、惹《ひ》かれ合う部分がある。それとは別に、勇気のある人が好きだし、正直な人間も好きだ。彼女の大胆《だいたん》な行動は、うれしい驚きだった。

だが、きっと怖かったんだろう、とも伊達は気づいていた。必死で勇気を掻《か》き集めて、ぶつかってくれたに違いない。そう思うと、ますます珠美への愛しさが増した。だからこそ、切り捨てようと思っていたのに、翻意《ほんい》した。彼女も捨て身で来るのなら、自分も捨て身で思いを遂《と》げよう。仮にそれで、破滅《はめつ》したとしても構わない、そう思った。

時刻は二十二時を過ぎた。セックスの後、二人はブランケットを裸体《らたい》に巻きつけ、うとうとしている。防音が完璧《かんぺき》なのか、耳を澄ましても微《かす》かにエアコンの音がするだけだ。薄闇の中、小さなシェードランプの光だけが、珠美の肌を照らしていた。

すごく、綺麗《きれい》だな……

伊達は肘《ひじ》を立て頭を支え、寝そべる珠美の肢体《したい》に、視線を這《は》わせた。キメが細かく、滑《なめ》らかな、玉の肌。美しく浮き出た背骨と、きゅっとくびれた腰。なだらかなラインを追うと、瑞々《みずみず》しい桃のようなヒップが、ツンと突き出ている。どんな絵画も敵《かな》わない、ため息が出るような肢体《したい》だ。

まどろんでいる珠美が、寝返りを打った。二つ揃《ぞろ》えの乳房が、ぷるん、とこちらを向く。

なんと言っても、バストの形が完璧《かんぺき》だった。豊満な美乳で、ふわふわと柔《やわ》らかく、純白の肌によく似合う。先端には艶《つや》やかな苺《いちご》が、ほんのり色づき、見る者の口腔《こうこう》に唾《つば》を溜めさせる。淡いピンク色で、控《ひか》え目な大きさが、余計に欲情を煽《あお》った。そこを舐《ねぶ》れば、みるみる硬くなり、淫《みだ》らに膨《ふく》らむことを、伊達は知っている。

純情で、処女だった癖に、とんでもなくエロティックな肢体《したい》だった。男を狂わせ、夢中にさせるほどに。

伊達は、ごくり、と唾《つば》を呑んだ。

珠美は、むにゃむにゃ言いながら、無邪気《むじゃき》に寝入っている。艶《なま》めかしい、裸体を晒《さら》したまま。

気づくと、股間のものは硬く勃《た》ち上がっていた。

……やっぱり、ダメだ。全然足りない。

臍《へそ》の下辺りで、飽くなき衝動が、黒々ととぐろを巻く。勃起したものに、力がみなぎっている。

……ほしい。

白くてつるつるした、柔《やわ》らかいものに、かぶりつきたい。もっと奥深く入り込んで、突きまくって、猥褻《わいせつ》の限りを尽くしたい。乱して、汚して、犯してしまいたい。それがたとえ、許されないことであろうとも。

自分の性衝動が、怖い。異常な熱量を抱えていて、コントロール不能だ。どれだけ傷つけるかわからないし、取り返しがつかない。

だが、それに身を委《ゆだ》ねるのは、たまらなく甘美だ。昏《くら》く、原始的で、動物的な衝動に、この身を乗っ取らせる。それは人ではないものだが、確かに存在し、強大な力を持っている。

伊達は苦しくなって、小さく深呼吸した。

もう、抗《あらが》うのはやめて、すべてを欲望のままに……

切ない恋慕《れんぼ》と、黒々した欲望が、あざなえる縄のように絡まり、珠美に向かってゆく。

伊達の腕が伸び、珠美の丸い肩を掴《つか》んだ。

「んー……？」

夢を見ているのか、珠美は目を閉じたまま、逃げるように寝返る。伊達は痴漢《ちかん》でもしている気分になりながら、背中から珠美を抱きかかえた。手のひらで彼女のあばらを撫《な》で、横から、むにゅり、と乳房を掴《つか》む。揉《も》むと弾力があり、ふわふわしていた。柔《やわ》らかくて、優しくて、つい甘えたくなる。

たまらない……

伊達は夢中で揉《も》みしだく。女の乳房は、なぜこうも男の情欲を煽《あお》るんだろう？　揉《も》みながら、指で先端を愛撫《あいぶ》すると、やがていやらしく尖《とが》ってきた。指先で弄《もてあそ》びながら、淫靡《いんび》な気分が高まり、股間のものはますます張りつめる。

「あ……あ、だ、伊達さん……」

いつの間にか起きた珠美が、甘い声を上げる。

素早く、彼女の腿《もも》の間に手を入れる。秘裂をまさぐり、膣口を指先でなぞり、少し力を入れた。にゅるり、と、いとも簡単に指が呑み込まれる。

はっ、と珠美が息を呑んだ。

そっと掻《か》き回すと、膣内は、ぐちゃぐちゃしていた。先ほどの精液と愛液が混ざり合い、充分に濡れている。

強張《こわば》ったものが、待ちきれずに、ひくりと震える。先端から透明な液が、たらり、とこぼれ落ちた。焦《あせ》りながらも、珠美の尻肉を掴《つか》んで、ぐっと広げ、割れ目に濡れた先端を押し当てる。すると、珠美が小さく声を上げた。

「あ、あの、伊達さん。さっきしたばかりなのに、また……？」

もう、限界が近い。

息が荒くなるのを、どうすることもできないまま、伊達はささやく。

「もっと、ほしいんだ。ごめん……」

逃げようとする尻を押さえ、強引に腰を前に進めた。

つるりとした亀頭が、濡れ襞を割り広げながら進んでゆく。膣内はぬめっていて、ずるり、と奥まで滑《すべ》り込んだ。根元まで呑み込まれ、声を上げそうになる。

こっ、これは、かなり、ヤバイ……

「ああっ、あ……んんんっ……」

珠美が苦しそうに、身悶《みもだ》える。

それでも彼女の中は、しっかり咥《くわ》え込んで、いやらしく蠢《うごめ》いていた。彼女が少し背筋を反《そ》らすと、奥のほうで、ずりゅ、とカリの部分を擦《こす》られる。

ゾクゾクゾクッ、と臀部《でんぶ》を電流が走り抜け、危うく達しそうになった。

わ、ちょ、ちょっと待て、早すぎる……！

歯を食いしばって、やり過ごす。それでも、かなり危険な状態だった。少しの刺激で、一気に駆け上がってしまいそうだ。

これ、なんだ、すごく締まってて……ヤバイ。今までにない、淫《みだ》らな感じだ。形が、ぴったりはまっているような……

こうして、うしろから彼女の膣内《なか》に入っているのは、得も言われぬ快感だった。ふにゃふにゃと柔《やわ》らかく、とろとろした蜂蜜《はちみつ》みたいに甘い。硬く強張《こわば》ったものが、優しく包まれ、温められていく心地に、意識が飛びそうになる。

もう、ずっと、このままでいたい……

日頃のストレスが、雪みたいに溶けてゆく。武装していた鎧《よろい》が解かれ、この瞬間だけ本来の自分に戻れる気がした。子供の頃から現在まで繋《つな》がっている、本当の自分自身に。

本当の自分なんてものが存在したことに、このとき初めて気づいた。この瞬間まで、自分が武装していたことにも気づかなかった。世界が少し変わったような、不思議な感じだ。

……吐き出したい。なにもかも、全部。

腰が、自然と動き出す。

「あっ、だ、伊達さん、んっ、んんっ……！」

彼女の啼《な》き声は、すごく可愛らしい。もっと、啼《な》かせたい。

こうして、うしろから彼女をゆっくり突くのは素敵な経験だった。両方の乳房を鷲掴《わしづか》み、むにゅむにゅ揉《も》みながら、奥深くまで刺し貫く。柔《やわ》らかいお腹を撫《な》でると、己の硬い分身が、中で暴《あば》れているのを感じる。それはとても淫靡《いんび》な気分だ。

彼女のうなじに鼻をつけると、甘くいい匂いがした。どこもかしこも柔《やわ》らかく、たまらない。

二人の呼吸と、腰の動きが重なり合う。リズムを刻みながら、じわじわと粘膜が触れ合い、お互いをじっくり味わう。

男を知ったばかりの狭い膣は、まだ少しぎこちなさがある。だが、懸命《けんめい》に呑み込もうとしてきて、それにたまらなく情欲が煽《あお》られた。自分しか知らない女の体が、切ないほど愛おしくて。

――今日までの俺は、なぜ彼女を切り捨てようなんて思えたんだ？　他の男のものになったと知ったら、嫉妬《しっと》でおかしくなるに決まってる癖に。

裏筋から先端へ、ずるずるずるっ、と快感の火花が散る。甘い痺《しび》れが、尻から背骨へ走り抜けた。思わず、息を止め、堪《こら》える。

「くっ……。クソッ……！」

ずるり、と引き抜くと、「ああんっ」と珠美が小さく啼《な》いた。ポタポタポタッ、と愛液がシーツに落ちる。赤黒く膨張《ぼうちょう》した棒に、練乳みたいな白液がまとわりついている。その赤と白のコントラストが、やけに猥褻《わいせつ》で、美しい。急に触れた外気は、冷たく感じた。

体勢を変え、膝立《ひざだ》ちになり、彼女を四《よ》つん這《ば》いにさせた。彼女は言われたとおり、どんな淫《みだ》らなポーズも取るので、嗜虐心《しぎゃくしん》が高まる。

小椋さんと、もっとエロティックで、淫奔《いんぽん》なセックスをしてみたい。

もっとずっと原始的で、動物的で、どろどろした本能に忠実な。

高く掲《かか》げられた丸い尻を掴《つか》み、ぐっと押し広げる。見下ろした彼女の肢体《したい》は、気が遠くなるほど艶《なま》めかしい。つるりとした尻から、くびれたウェストへの、なだらかな曲線美。まるで高価なヴァイオリンみたいだ。官能的なフォルムで、心まで溶かすメロディを奏《かな》でてくれるような。

露《あら》わになった秘裂は、ぱっくりと口を開き、中の粘膜が見えた。蜜にまみれ、ぴくぴく蠢《うごめ》いている。

股間のものは、ますます硬く張りつめ、しなった。

ぷちゅっ。

誘うように、秘所が微《かす》かに鳴る。

瞬間、伊達は先端をあてがい、ずぶり、と根元までひと息に貫いた。珠美の口から、嬌声《きょうせい》が上がる。

「だ、伊達さん！　あの、生のまま挿れるのは……。その、私、なにも準備してなくて……」

今さらながら珠美が、うろたえたように言う。

それを聞いた伊達は、笑みを浮かべる。自分でも鬼畜《きちく》だな、と自覚しつつ、こう言った。

「大丈夫。俺が慣れてるから、全部俺に任せて」

「ほんとですか？」

「安心して、大丈夫だから」

「は、はい」

伊達は腰をズルッと引くと、そのまま勢いに任せ、ガンガンに突きまくった。

「あ、ああっ、あんっ、んっ、はぁ、はっ、んんっ……」

突きに合わせ、珠美の声が漏《も》れる。

小椋さんは、俺のものだ……！

伊達は無我夢中で、腰を打ちつけた。

こうして彼女の膣内《なか》に潜《もぐ》り込み、突き動いていると、敏感《びんかん》なポイントがわかってくる。

そこを擦《こす》ると、白い四肢《しし》がぴくっと反応し、彼女の息が乱れる。

そこを狙い澄まし、何度も何度も、穿《うが》ち続ける。

「あっ、ああっ、もう、ダ、ダメッ……ああんっ……」

ぬるぬるした粘膜が、淫《みだ》らに絡みついてくる。

ピストン運動のスピードが、だんだん上がる。

ギィ、ギシッ、ギシ、ギッ……

ベッドのマットが軋《きし》み、二人の体が弾む。

……クッソ、吸いついてきやがるっ……！

伊達は腰を振りながら、歯を食いしばった。彼女の濡れ襞に、熱棒がとろとろになりそうだ。

低いところから、快感がせり上がってくる。

白い蜜が次々と溢《あふ》れてきて、熱棒に絡みつく。淫猥《いんわい》な水音が、耳に響いた。

あ、あ……上がってくる。だんだん、上がってきた……

伊達は気が遠くなりながら、丸い尻を鷲掴《わしづか》み、汗だくで突きまくった。生温かい膣は蠕動《ぜんどう》し、甘く締めつけてくる。

リズミカルに、視界が揺れる。

白い乳房も、振り子みたいに、ゆさゆさ揺れた。

ズンッ、と最深部にヒットし、珠美が悲鳴《ひめい》を上げる。華奢《きゃしゃ》な背筋が、しなやかに反《そ》った。

「ああん、もう、ダメッ……!!」

珠美が絶頂に達した、瞬間——

ずるずるっ、と、敏感《びんかん》な鈴口を擦《こす》られた。粘膜と粘膜の触れ合ったところに、強い火花が散る。

ざわざわっと、伊達の背筋が粟立《あわだ》った。

「……うわっ……」

どろりとした熱が、一気に精管を這《は》い上がった。

しまった、と思ったときはすでに、尿道を走り抜けていた。本能的に腰が動き、肉の槍《やり》をさらに奥へ押し込む。

先端から、びゅびゅーっ、と勢いよく射出された。

「あ……あぁぁ……くっ……」

真っ白な稲妻が、四肢《しし》を貫く。顎《あご》を仰《の》け反《ぞ》らせ、射精の快感に酔いしれた。

あ、あああ……ヤバイ。気持ちイイ……

腰をビクビクさせながら、思うさま吐き尽くした。溜まっていたものが、どんどん抜けてゆく……

生の粘膜に絡め取られながら膣内で射精するのは、極上の快感だった。

最後の一滴まで出し切ると、思わず長い息が漏《も》れた。背中を、熱い汗が、たらりと伝う。

「だ、伊達さん……」

そう言って珠美が首をひねり、うしろにいる伊達の顔を見ようとする。

恥ずかしそうな声に、胸がドキドキした。

彼女の中に入ったまま、うしろからそっと抱きしめる。温かい襞に包まれ、それは少しずつ力を失ってゆく。

白く滑《なめ》らかな背中を、さわりと撫《な》でると、微《かす》かに汗ばんでいた。耳元に唇を近づけ、思いを込めてささやく。

「……好きだよ」

答えの代わりに、珠美の小さな耳が、朱《しゅ》に色づく。

その耳にキスを落としながら、この瞬間が終わらなければいいのに、と願う。

だが、いつか終わりが来るんだろう。どんな物語にも、必ず終わりがあるように。

今、彼女は俺を好いてくれている。しかしそれは、俺の本当の姿を知らないからだ。期待の後には、必ず幻滅《げんめつ》が訪れる。非情な残酷《ざんこく》さを持って。そして、それを防ぐことはできない。

このまま彼女をさらって、逃げてしまいたい。地位も財産もなにもかも捨てて、二人きりで、どこか遠い異国の地まで……

胸が苦しくなり、伊達は珠美の体を、腕の中に閉じ込めた。

「ひょっひょっひょ。伊達俊成の奴め、ようやく本性を現しおったわい」

夜のカフェでリカは、ニヤリとして煙を吐き出す。

「リ、リカちゃん、なんか変な妖怪みたいだよ……」

珠美はテーブル越しに言った。

◇ ◇ ◇

週が明けた、水曜日。時刻は二十時を過ぎた。

仕事帰りの珠美とリカは、会社近くの青山通り《あおやまどお》り沿いにあるカフェ『Your《ユア》 Bliss《ブリス》』で簡単な夕食を食べていた。その席で、週末のRホテルでの顛末《てんまつ》を、リカに話したのだ。

「けど、伊達のセックス、濃そう！　なんか、一回一回が、めちゃくちゃ濃そう!!　体力もありそうだし、運動量とかヤバそう……」

話を聞いたリカは、軽く引き気味に言った。

「濃い……かなぁ？　濃い……かも」

珠美は曖昧《あいまい》に答える。

つい先日まで経験がなく、他と比べようがないから、わからない。しかし、珠美は腰をやられ、週明け、出勤するのにかなり苦労した。

――二人の想いが通じ合った後、伊達と珠美は、Rホテルに日曜日まで延泊した。一秒も外に出ることなく、食事はすべてルームサービスで済ませ、終日、お互いの体を貪《むさぼ》り合っていた。……というか、珠美が一方的に貪《むさぼ》られ続けた、というのが正しい。なんだか、骨の髄《ずい》までしゃぶられた心地だった。結局、ホテル代もすべて伊達が払ってくれて、用意した大金に手を付けることはなかった。

珠美は歩けないほどガタガタになったのに、伊達は超タフでピンピンしていた。週明けの月曜日、朝イチで大連に飛んだくらいだ。けど、定期的にメッセージが届き、お互いまだ繋《つな》がっていると確認できた。

つまり珠美は今、幸福の絶頂にいるのだった。

「これでわかったぞ。伊達がいつも憂《うれ》いを帯《お》びているように思えたのは、絶倫コンプレックス、だな。間違いないでしょ。これでいろいろ納得がいったわ」

リカがしたり顔で言う。

「う……ん、コンプレックスなのかな？　確かに、あんまりハード過ぎると、体が持たないかもだけど……」

珠美はぎこちなく言う。

本当は彼とセックスをするのが大好きだけど、恥ずかしくて言えなかった。

「しかし全弾ナマで中出しで、回数無限大とか……。珠美を妊娠させる気、マンマンじゃない？」

「そうなのかな？　避妊は彼に任せておけば、大丈夫って言われたんだけど……」

「大丈夫なわけ、あるか！　ピルも飲まずに、中出しで避妊する方法なんて、魔法ぐらいしかないわ!!」

リカは鋭《するど》く突っ込んでから、こう補足した。

「まぁ、けど、伊達の場合は珠美を養うだけの、知力財力体力は充分あるわけだから、デキ婚狙いでも許せるよね。これがフリーターとかだったら、マジ天誅《てんちゅう》もんだけど」

「デキ婚狙いだなんて、とんでもない」

「いや、そんなことない。伊達はマジで、デキ婚狙いなのかも」

「え？　リカちゃん、どういうこと？」

珠美が聞くと、リカはやけに冷めた目で、こう言った。

「実は、伊達の海外駐在が決まってます。向こう半年以内に、辞令が出る」

「えええぇっ!!」

珠美は、声を上げた。

「絶っっ対に誰にも言わないでよ！　リークしたなんてバレたら、即クビだから。今回は緊急事態だから、言うんだからね。普通なら、いくら親しい友達でも絶対言わないんだから」

「それ、ほんとなの？」

「うん。もう稟議《りんぎ》も通ったし、役員決裁まで出たし、伊達にも内示済みだけど」

「リカちゃん、場所は……？」

「リオデジャネイロだよ。まあ、前々から言われてたしね。伊達の奴、駐在の準備とかしてるはずだけど」

珠美はショック過ぎて、言葉が出なかった。

想いが通じ合ったばかりとはいえ、丸二日も一緒にいたのに、伊達さんは、そんなこと一言も言ってくれなかった……

「あたしは、珠美とデキ婚狙いに、一票を投じたいわね。さすが月花の商社マン。野生の動物園と称されるだけある。ほしいものは、手段を選ばず取りに行く。恐るべし」

伊達さんと、結婚……

そんなの、夢みたいだ。現実感がない。それが仮に、デキちゃった結婚だったとしても、私としてはすごくうれしい。それで周りに、どれだけ批判されたとしても。

だけど、そんなことより……

「な、なんか、すごいショックで。結婚云々《うんぬん》より前に、大事なことを、私に話してくれなかったことが……」

珠美は呆然《ぼうぜん》としながら、言葉を続ける。

「私、信用されてないのかな？　もしかして、カラダ目当てだったのかも……」

「そんなの、自分でわかるでしょ？　遊びかどうかなんて。俗世の風評に流されず、自分の感覚を信じたほうがいいと思うけど」

リカの言葉を受けとめながら、珠美は視線を落とす。

確かに、あのときの伊達さんは遊びじゃなかった……と、信じたい。とはいえ、遊びじゃないかどうかなんて、自分にはわからない。自分の願望が入って、目が曇ってしまって、判断に自信が持てない。

「……遊びじゃないなら、どうして教えてくれなかったのかな？」

そう言う珠美の声は、語尾が震えた。

「伊達って珠美が思ってるほど、スーパーマンじゃない気がするんだよね。変なところ、自分に自信がないっぽい。珠美が信じられないんじゃなく、自己肯定感が低すぎて、言い出せなかったとか」

珠美は、言われたことについて考えてみたものの、うまく納得できなかった。

「それにしても、絶倫コンプレックスか。なんか、新しいジャンルだよね。悩む必要ないっていうか、むしろ誇るべきだと思うけどねぇ」

リカは独《ひと》り言みたいにつぶやく。

リカの声を遠く聞きながら、珠美は憂鬱《ゆううつ》な気分で、暗い窓の外を眺《なが》めた。

また伊達さんと、距離が遠のいちゃったな……

青山通りは、せわしなく車が行き交い、ブランドショップやダイニングがライトアップされ、きらびやかだ。青や赤や黄のイルミネーションに彩《いろど》られ、大きく貼りだされた挑発的な目をしたモデルのポートレートが、じっとこちらを睨《にら》んでいた。

この場所は、眩《まぶ》しいくらいに明るい。けど、まだ夜だ。

――夜の王国は、なにもかも二元的なんだ。成功と失敗、勝ち組と負け組……

西大路の言葉が、ふと脳裏をよぎる。二元的ってことはつまり、どちらかしかないってことだ。一度成功したとしても、次は失敗するかもしれない。幸福を手に入れたと思っても、次の瞬間には、不幸を予期してもう不安に駆《か》られてる。必死に手を伸ばし、手に入れたら今度は、失うんじゃないかと脅《おび》える。心が休まる日が、ほとんどない。

……やっぱり、いつの間にか、夜の王国に迷い込んだみたいだ。

いつか温かい陽の光の下に、帰れるのかな?

伊達さんに、会いたい。会って、安心させてほしい。そうすれば、また元の世界に戻れると信じられる気がする。

よく磨《みが》かれた店の窓ガラスが、不安げな珠美の顔を映していた。

◇　◇　◇

伊達俊成：今のところ順調で、あと一週間ほどで日本に帰れる。

　朝から晩までずっと、君のことを考えてる。

　　早く、会いたい。


　わーん。私も、早く会いたいよ～！

　翌日。出社した珠美はスマートフォンを凝視《ぎょうし》しながら、内心の絶叫を押し殺した。

　一週間なんて、長すぎる。早く会いたいし、会って安心したい。それに駐在の件を、はっきりさせたい。

「渡したいものって、なに？」

　出し抜けに背後から声がして、珠美は飛び上がった。

　振り返ると、西大路が偉そうな笑みを浮かべて立っている。

「あ、西大路さん！　お疲れ様です」

「呼び出されたから、来てやったけど……？」

　珠美は、合コンの日に受け取った一万円が入った封筒を差し出し、頭を下げる。西大路がしばらく海外出張していたため、返すのが遅くなってしまった。

「あの一万円、結局使わなかったんです。貸してくださって、どうもありがとうございました」

西大路は、力士が懸賞金をもらうときみたいに片手で拝みつつ、封筒を受け取る。

「いいえ、どういたしまして。タマちゃんのお役に立てて、これ以上に光栄なことはこの世にないね」

そう言って西大路は、見下したように微笑む。どうもこの人を前にすると、常に小馬鹿にされている感じが拭《ぬぐ》えない。

「で？」

西大路が言う。

「へ？」

珠美が聞き返す。

「で、もう伊達とは、セックスしたの？」

珠美は思わず、真うしろにブッ倒れそうになった。

「な、なんてこと言ってくれるんですかーっ！」

珠美は限界まで声を落とし、人差し指を唇に当てた。

「なんだよ。ビビるなよ。ほんとのことだろ？」

「な、なんでそんなに、なんでもかんでもお見通しなんですかっ？」

このとき珠美は、強い疲労を覚えていた。

西大路は、本当に苦手だった。やたら勘が鋭《するど》いし、物言いがストレートすぎて、礼儀もなにもない。

「どうだった？　伊達は、よかった？」

「そんなこと、絶対言いません」

「ふーん、口が堅いね……」

西大路はニヤニヤしながら、さらに言う。

「奴の秘密、もうわかった？」

例の、リカちゃんの言ってた、絶倫コンプレックスのことかな？

リカの予想が当たってるとは、限らない。それに、珠美は他の男性を知らないので、伊達がどれぐらいなのか、見当もつかない。けど、伊達が隠している傷のようなものが、男女関係に起因《きいん》していることには、うっすら勘づいていた。

「わかりましたよ」

珠美は言った。

「嘘だね」

「嘘じゃないです」

「そんなのは錯覚《さっかく》だ。君はわかったつもりでいるけど、わかってない」

西大路の言葉に、珠美は黙り込んだ。

西大路はダルそうに首をゴキゴキ鳴らすと、こう言った。

「僕さぁ、残酷《ざんこく》な人間なんだよね」

「は？」

「けど、自覚があるだけマシだと思ってる。他よりは」

「はぁ」

なにが言いたいんだろう？　と珠美は訝《いぶか》しむ。いつも前置きが長い人だ。

「伊達ってさぁ、ピュアで一途な奴でさ、大学時代、すごい好きな子がいたんだよね。本気で結婚まで、考えてたらしい」

その言葉に珠美は、ドキリとする。

なんだろう、あまり、その話を聞きたくない……

そんな珠美を尻目に、西大路はペラペラ続ける。

「安心してよ。もう今は、とっくに好きじゃないから。奴が彼女に想いを残してるとか、そういう話じゃない」

「そう、なんですか」

珠美は、ほっと胸を撫《な》で下ろす。

「彼女、名前なんだったかな。安西麻友香だったかな？　黒髪ストレートで、ほっそりして、なかなか美人だったたな」

軽くイラッときて、珠美はこう言った。

「なにが言いたいんですか？　私を嫉妬《しっと》させたいんですか？」

「たぶん、彼女なんだよね。伊達のトラウマ」

「えっ？」

「恐らく、彼女に叩き潰《つぶ》されたんだ。自信というか、自分を保つのに、大事なものを」

珠美は目を見開いて、まじまじと西大路を見つめた。

「まあ、厳密に言えば、伊達が自分自身を叩き潰《つぶ》したんだろう。僕なんて、女の子にどんだけディスられようが、全然気にしないからね。むしろ、ディスられればディスられるほど、快感だけどね」

「伊達さん、なにをされたんですか？」

「さあ、僕もそこまでは。けど、大したことじゃないと思うよ。今、同じことされても、なんとも思わないんじゃないかな。当時はまだ十代だからね。傷つきやすいお年頃ってやつね。それを十年以上引きずるなんて、僕には到底信じられないけど」

「……なにかあるんじゃないかと、思ってました。ずっと」

「これだけは断言するけど、安西麻友香は、悪い子じゃないよ。優しくて、繊細で、ボランティア活動に精を出すような、いい子だったよ」

「なら、なんで伊達さんにそんなことしたんですか？」

「だから、世の中、複雑なんじゃない」

西大路はおかしそうに笑い、言葉を続ける。

「ま、これで僕が知ってることは、全部話したから。この件は、これで終わり。僕もこう見えて、結構忙しいんで。僕らの仕事ってね、頭のネジ百本ぐらい飛ばさないと、やってらんないいんだよね」

ジャケットのポケットに手を突っ込み、西大路は立ち去ろうとする。珠美は思わず「西大路さん！」と呼びとめた。

「なに？」

「あの、あの、あまり、人に言わないほうが、いいと思います。誰かの秘密を、そんな風に」

「ご忠告、どうも」

そう言って西大路は冷笑し、去っていった。

そこで珠美は、あっ、と気づく。だから西大路は、最初に自分が残酷《ざんこく》な人間だと言ったんだ。

――ひどい世界だ、と珠美は思う。

西大路が悪いと言いたいわけじゃない。きっと誰もが不用意に、あるいはよかれと思って、他人の領域に土足で踏み込む。それと知らずに、致命傷《ちめいしょう》を与えていく。珠美だって、例外じゃない。きっと知らずに、たくさんの人を傷つけてる。

一人で生きるのは寂しいから、誰かに近づいてゆく。けど、結局、最後は傷つけ合って終わるのかもしれない。始まりが、どんなに美しく、感動的でも。

かと言って、すべてに距離を置いて生きるのは、耐えられない。そこまで強くないし、大人になれない。

誰かの傷について思いを馳《は》せるとき、切ないような、もどかしいような気持ちに襲われる。なんとかしてあげたい、自分にできることは、なにかないのかと。

けど、たぶん、その気持ちがまた、土足で踏み込む力となる。そして、さらに傷を広げてしまう。結局、他人にできることなど一つもなく、距離を置いてじっと待つしかない。早く癒《い》えますようにと、祈りながら。冷たい雨が止むのを、部屋で一人じっと待つみたいに。

伊達のことを思うと、珠美の胸は切なく痛んだ。

◇◇◇

小椋珠美：私も一日中、伊達さんのことを考えてます。

会えなくて、とても寂しいです。

帰ってくるのを、首を長くして待ってます。

伊達さんのこと、大好きです。

帰国する飛行機の中でスマートフォンを見つつ、伊達は思わず自分の胸に手をやった。鼓動が、不規則に乱れている。

まずいな、と伊達は眉をひそめる。どんなに冷静な振りをしてみても、これだけは誤《ご》魔《ま》化《か》せない。

俺は今、かなり頭がイカれている。

朝から晩まで浮かれまくって、全然地に足がついていない。しかも、それでいいやと思っている。

伊達は上海《シャンハイ》から羽田《はねだ》への、直行便に搭乗《とうじょう》していた。フライトはおよそ三時間弱で、十七時過ぎに羽田着の予定だ。平日にも拘《かか》わらず機内は満席で、ビジネスマンの他に、旅行者らしきアジア人たちも多数搭乗《とうじょう》している。

大連のプロジェクトは、どうにか交渉が再開し、手応《てごた》えを感じていた。月花の人間が総出でバックアップすれば、恐らく大丈夫だろうと踏んでいる。

伊達は小さく息を吐くと、ビジネスクラスのシートにもたれ、機窓に目を遣《や》った。日没間近なのか、雲海の彼方《かなた》は、茜色《あかねいろ》に染まっている。

——この一週間、うまく自分のメンタルがコントロールできない。恋をするのが、ひさしぶりすぎて。

待てよ、と伊達は首をひねる。メンタルがコントロールできたことなど、一度でもあっただろうか？　そもそもコントロールしようというのが、土台無理なのではないか。雨や風をコントロールできないのと、同じように。

気づくと、珠美のことを考えてしまう。こぼれ落ちそうな大きな澄んだ瞳と、切なくなるほど優しい笑顔。艶《つや》やかな唇と、滑《なめ》らかな素肌。ぷるりとした乳房と、ほっそりした太腿《ふともも》の間に……と、ここまで考えて、おっとまずいぞ、と自制する。

ということを、一日中繰り返している。かなり重症だ。

彼女は受け入れてくれた。少なくとも、今のところは。

Rホテルでも結局、欲望のままに、セックスを繰り返してしまった。けど、彼女は嫌がらなかったし、むしろ悦《よろこ》んでいた。真面目な子なのに、セックスでは素直な反応を見せるし、予想以上に本能に忠実で、そのギャップに完全にやられてしまった。

とろりとした粘膜に包まれ、膣内で射精する、甘美な瞬間……

感触を体がクリアに覚えていて、ついうっとりしてしまう。魂の深いところまで、しっかり繋《つな》がって、絡み合って、与え合う。心まで温まるような、至高の快感。こういうセックスは、誰とでもできるわけじゃない。

小椋さんと、もっとセックスしたい。

彼女を俺のものにしたい。鎖《くさり》で繋《つな》ぎとめ、どこかに閉じ込めて、俺の傍に置いておきたい、ずっと。

飽くなき衝動と、切ない恋慕《れんぼ》が、臍《へそ》の辺りに渦巻《うずま》く。一度、彼女の肉体の味を覚えてしまってから、余計にひどくなった。しかも、この渇《かわ》きを癒《い》やせるのは、彼女しかいないのだ。

距離をもっと、縮めたい。彼女のことをもっと知りたいし、俺のことも知ってほしい。もっと、過去のこととか、未来のこととか。ブラジル駐在の件も、話さなければ。

伊達と珠美はこの後、待ち合わせをしていた。フライトは順調で、定刻どおりに着きそうだ。今夜は朝まで、二人で一緒に過ごす予定である。

ポーンと音がして、飛行機が着陸態勢に入ったというアナウンスが流れた。スマートフォンの電源を切り、シートベルトを締め、テーブルやフットレストを元に戻す。

早く、会いたい。待ちきれない。

はやる心が、うまく抑えられない。気持ちが一直線に、彼女へ向かって飛んでいく。こんな想いを抱くのは、本当にひさしぶりで、自分でも戸惑ってしまう。錆《さ》びついていた歯車が、軋《きし》みながら動き始めたみたいだ。こんな感覚があったのかと、自分に驚いている。

窓の外はすでに、とっぷり日が暮れていた。やがて、黒い海の向こうに、小さな光の粒が見えてくる。

飛行機が、機体を大きく傾けながら、旋回《せんかい》し始めた。伊達の座っている席側の右翼が下になり、斜めになった機窓に、眼下の粒子がぐっと接近する。見下ろすと、ちまちまと身を寄せ合うたくさんの光があり、懐《なつ》かしい気分に襲われた。

そうだ、いつも着陸のときなんだ、と伊達は気づく。

着陸時に街の灯りが迫ってくると、形容しがたい、不思議な心地に囚《とら》われる。特に夜間のフライトだ。どの国のどの都市も、クリスマスツリーみたいにまばゆい。それらを作っている光の一粒一粒は、その場所で生きる人々——その人たちにそれぞれ、家族や、友達や、忘れられない人がいる。その人たちと、この小さな窓からそれを見ている自分は、きっと生涯《しょうがい》、関わることはないんだろう。

けど、誰もが幸せであればいいのに、と願う。

生活のささやかな光というのは、本当に美しいのだ。長い地球の歴史の中で、ほんの数十年しか生きられない、人の命みたいに儚《はかな》くて。それが少し、伊達の焦《あせ》りを加速させる。

俺は、このままでいいんだろうか?

今すぐ、本当にやりたいことを実行すべきだ。誰に嫌われようが、世界を敵に回そうが。

今すぐ、走っていって、会いたい人に会いに行くべきだ。そうして、俺には君が必要なんだと、正直に告白すべきだ。それがどんなに無様《ぶざま》でも。

なぜなら、すべてはあっという間に過ぎ去り、終わってしまうのだから。

切なさに、胸が切り裂《さ》かれる。

光の粒子がにじんでぼやけ、涙ぐんでいる自分に気づく。

まったく。いくらなんでも、感傷的になりすぎだ。ひさしぶりの色恋沙汰《いろこいざた》のせいで、心のタガが外れてしまったのか。

バックパッカーをやっていた学生時代が、懐《なつ》かしい。あの頃は、料金の安いアジアの航空会社を選び、それでもギリギリで旅をしていた。着陸のとき、初めて訪れる街の灯りを見て、期待で胸を膨《ふく》らませていた。きっとこの街で、とんでもない冒険が待っているに違いない、と。

まだ、信じる心が、あったからだ。

涙をぐっと拭《ぬぐ》い、咳払《せきばら》いして、シートに座り直す。窓の外には、滑走路《かっそうろ》の光のラインが迫ってきている。もう間もなく着陸だ。

それでもやっぱり今は、と伊達は密《ひそ》かに思う。

隣に君がいれば、よかったのに。

◇　◇　◇

帰国した伊達に連れられて、珠美はバーを訪れていた。

この店は伊達さんらしくて素敵だな、と珠美は感心する。

薄暗く、壁も床もコンクリート打ちっぱなしで、素っ気ない。けど、家具や調度品はアンティークらしく、昔の洋画みたいな趣《おもむき》があった。棚にずらりと並べられたボトルの中には、希少な年代物もある。白髪のマスターは、お洒落《しゃれ》なご老人で、この人は何者なのかな？　と、興味をそそられた。客は伊達と珠美以外おらず、まさに隠れ家といった感じだ。

「その、そんなに高級店じゃなくて、申し訳ないけど……。ここ、よく来るんだ。夜中とかに、こっそり」

テーブルを挟んで前に座った伊達が、遠慮《えんりょ》がちに言った。

伊達は、大連から帰国したその足で、会社近くにいた珠美に会いに来てくれた。途中、恵比寿の自宅に寄って、シャツにチノパンという、さっぱりした私服に着替えている。

「そんな、高級かなんてどうでもいいです。伊達さんが行きつけのお店に来られて、感激です！」

珠美が述《の》べた感想は、嘘偽《いつわ》りのないものだ。伊達の新たな一面を発見し、うきうきしていた。行きつけの場所を教えてもらい、親密になれた気がして。

「ここ、なんでもあるんだ。牛丼とか、信州そばとか」

「すごいですね！　おそばが食べられるバーって、あんまりないですよね」

「まあ、そのときのマスターの気分によるんだけど……」

伊達が言うと、噂のマスターがおしぼりを持って、テーブルにやってきた。

「今日は、担担麺《たんたんめん》と、ベーコンチーズバーガーだけど。どっちも試作品で」

マスターが無表情に言った。

「じゃ、俺は担担麺《たんたんめん》で」

「私は、バーガーでお願いします」

マスターはうなずいて、じっと珠美を見た。珠美がきょとんとして見返すと、マスターは歯が痛むみたいに、顔をしかめて唇を真一文字に広げた。

今の……微笑んだんだろうか？

珠美が思うと同時に、マスターは音もなくカウンターへ戻っていく。

「あの、試作品で、大丈夫なんですか？」

珠美が聞くと、伊達はこう答えた。

「いつも試作品なんだ」

「なるほど……」

「その、本題に入るけど、駐在の件は悪かったと思ってる。うまく言うタイミングが、掴《つか》めなくて」

「いえ、大丈夫です。伊達さん本人からお話も聞けたし、安心しました」

バーへ来る途中、珠美は早速駐在の件が本当なのかを尋ねた。どんな返答があるか怖かったが、聞かずにいるのも苦しかったのだ。

「君を信用していないとか、そういうんじゃないんだ」

「はい」

「急かもしれないけど、今度、実家のほうに来てほしいんだ。その、家族に君を紹介したくて」

キター！　と、珠美は内心叫んだ。

結婚、という二文字が急激に現実味を帯《お》びてくる。正直、甘く考えていた。そういうのは、まだまだ先だろうと。だって、ついこの間、そういう関係になったばかりだし。

「あの……いいかな？　君を、紹介しても？」

伊達が少し不安そうに聞く。

「あ、は、はい。もちろんです。私なんかで、よければ」

伊達さんと私が、結婚⁉

全然現実感がない。待てよ。そうなると、伊達さんを、田舎の実家に案内しないといけないのかな？　東京から新幹線で四時間。そこから在来線に乗り換えて数時間、さらにバスに乗り、駅もないような超ド田舎の、ボロボロでダサダサの実家に!?

そこまで考え、身がすくむ思いだった。

とてもじゃないけど、できる気がしない。思わず、こう質問していた。

「あの、失礼ですけど、伊達さんのご両親は、なにを……？」

「ああ。父親は外務省に昔いて、今は独立行政法人にいるんだ。もう、半隠居《はんいんきょ》みたいな感じで。母親は、一応彫刻家なんだけど……」

言いながら、伊達はスマートフォンを取り出し、写真を見せてきた。

「あ、すごい！　これ、見たことあります。那須高原《なすこうげん》の美術館に、展示されてるやつですよね？　この伊達って、伊達さんのお母様だったんですね」

「よく知ってるな。たまに個展開いて、ふらふらしてるような人なんだ。まあ、ちょっと変わった家族なんだけど、君に危害は加えないと思う」

「ご、ご立派なご家庭なんですね……」

「小椋さんのご実家は？　その、唐突《とうとつ》にこんなことを聞くのは、無作法《ぶさほう》だけど」

「いえ。家は、田舎の農家なんです……」

「そうなんだ」

伊達は特になにも感じないらしく、うなずいてビールをごくりと呑む。

珠美は内心、冷や汗タラタラだった。

そもそも家は貧乏農家だし、しかも農家だけじゃやっていけなくて、両親ともに日雇《ひやと》いのパートをしている生活レベルだ。二人とも県を出たことがないし、娘の私から見ても、素朴《そぼく》な人たちだ。東京のこのスピード感には、とてもついてこられない。もちろん、両親のことは大好きだし、育ててもらって感謝している。けど……

なんと言うか、釣り合うのかな？

それとも、そんなこと気にしなくていいの？

無邪気《むじゃき》になりたい、と珠美は切《せつ》に願う。

こんな風に貧富の差とか、身分の上下なんかを、一切気にしないぐらい、ピュアで無《む》邪気《じゃき》な人に。そうすれば迷いなく、伊達さんの胸に飛び込んでいけるのに。

馬鹿にされるのが、怖い。伊達さんに、下に見られるのが、とても。私の生活や素性《すじょう》に関して憐《あわ》れまれたら、たぶん生きていけない。

――夜の王国は、なにもかも二元的なんだ。成功と失敗、勝ち組と負け組、美しさと醜《みにく》さ、金持ちと貧乏、善人と悪人、男と女……

いつかの夜に言われた、西大路の言葉が蘇《よみがえ》った。

勝ち組と負け組、金持ちと貧乏……

嫌だ、夜の王国を抜け出したい！　つまらないことで、とても大事なものが、どんどん汚されてゆく。私の幸せを、コンプレックスにまみれたもう一人の私が、邪魔《じゃま》しようとしてきて。

「メッセージ、ありがとう。うれしかった」

珠美の葛藤《かっとう》にはまったく気づかず、伊達がぽつりと言った。

「いえ。私こそ、返信もらえてうれしかったです」

「あ、そうだ。これ……」

伊達はごそごそとバッグを漁《あさ》り、小さな箱を取り出した。見ると、ハイブランドのロゴが入っている。

「大連土産《みやげ》じゃないんだけど、出国のとき時間があって、免税店で買ったんだ。これを見たら、なんだか君の顔が浮かんで……」

「ええっ！　私に？　あ、ありがとうございます！」

「開けてみてよ」

箱を開けると、思わず「わあ、すごい」と感嘆《かんたん》の声が漏《も》れる。

冷たく輝くホワイトゴールドのチェーンに、サファイアの蝶《ちょう》があしらわれた、すごく繊細なブレスレットだ。腕にはめてみると、しゃらり、とチェーンが流れ、きらめく。

「すごい、素敵！　私、蝶《ちょう》が大好きで」

「なら、よかった」

「すみません、こんなに高価なものを……」

「いいんだ。喜んでくれて、うれしいから。その、女性に贈り物なんて、母親以外にしたことなくて、心配してたんだ」

伊達さん、めっちゃ可愛いかもっ……！

胸がきゅんきゅんする。このブレスレットは絶対家宝にしよう、と心に決めた。

伊達は不意に顔を上げ、熱っぽい眼差《まなざ》しで見つめてくる。

「ずっと、君のことで頭がいっぱいだった。仕事がうまく手につかなかった」

「は、はい」

改めて面と向かって言われると、すごくドキドキする。

二人の視線が交錯《こうさく》し、絡まり合い、引かれ合う。静かな店内で、誰にも邪魔《じゃま》されず、お互いの視線だけを感じていた。

いつかの夜に共有した、二人だけの世界が蘇《よみがえ》る。

こうして見つめられているとつくづく、彼の目はとても魅力的だと思う。少し細めで、切れ長で、凛々《りり》しくて。ふとしたときに見える、陰りのある表情に、はっと目を奪われる。

伊達のまつ毛が微《かす》かに揺れ、視線がさらに熱を帯《お》びる。

彼の視線が、ゆっくりと下がってゆく。最初は唇から、顎《あご》をなぞり、首筋を下がっていって、鎖骨《さこつ》へ。

あ……

ニットワンピースの下で、人知れず、体温が上がる。

鎖骨《さこつ》から、さらに下へ、視線は這《は》ってゆく。乳房の膨《ふく》らみから、さらにその先端へ……

彼の考えていることが、映像になって伝わってくるようだ。ホテルのベッドで、汗でぬめる肌を重ね、深く繋《つな》がり合って、気絶するほどの絶頂を迎え……

伊達の熱い視線に晒《さら》され、胸の蕾《つぼみ》が、きゅ、と硬くなった。

想像の中で彼は今、私を丸裸にして、激しく犯している。奥深く入り込んで、何度も突き上げて、思うさま精を放つような。ひどくリアルな、いやらしいイメージが伝わってくる。

膣の奥が、ひくっと、疼《うず》いた。

どうしよう、私、彼の視線だけで、こんなに濡れてる……

「……今夜、いいよね？」

そう言う伊達の声は、少し掠《かす》れている。

なんのことを言っているのか、すぐにわかった。

「はい」

それを聞くと、伊達は口角を上げ、妖艶《ようえん》に微笑む。その眼差《まなざ》しに、魂まで虜《とりこ》にされる気がした。

――二人だけの世界にいるときは、安心していられる。コンプレックスや立場も忘れ、ただ愛情だけに甘えることができた。まるで、誰も入れない密室で、ぬるま湯に浸《つ》かっているみたいに。

今夜は、この後、伊達さんと……

濃密なセックスの予感に、珠美は微《かす》かに身震《みぶる》いした。

◇◇◇

一昨日《おととい》の伊達さん、めっちゃ素敵だったなぁ……

珠美はキーボードに手を載せたまま、うっとりと中空を見る。

お天気もいい正午過ぎ。月花の営業マンはほとんど海外に行ってしまい、鉄鉱石の島は静かだった。シンとした空気の中、カタカタカタカタと、相変わらずキーボードの音だけが響いている。特に大きな事件もなく、金曜日だし、なんとなくダラダラした雰囲気が漂《ただよ》っていた。

「ちょっと！　小椋さん、さっきから手が止まってるよ！」

隣の二階堂が、鋭《するど》いツッコミを入れてきた。

「はっ！　す、すみません!!」

珠美は、はっと我に返り、オフィスチェアーに座り直す。

「そんで？　もう、売上データの入力は全部終わったの？　工数実績のほうは？　リオの支社からきてた問い合わせの件、もう全部できてるわよね??」

「ううう。頼んでない仕事を、もうできてるかって聞くの、やめてください。リオの支社の件ってなんですか？」

「待ってて、今、メール転送するから。これ、ちょっと調べて回答しといて。伊達さんに頼まれたんだけど、今、手が回らなくて」

「はい」

「小椋さん！」

矢継《やつ》ぎ早《ばや》にうしろから呼ばれ、珠美は飛び上がった。振り返ると、当の伊達が見下ろすように立っている。

「あ、だ、伊達さん！　お疲れ様です！」

とっさにビジネス用の仮面を被り、珠美は言った。

「ちょっと、いい？」

伊達は冷淡に言って、顎《あご》をしゃくる。

珠美が立ち上がり、ついていこうとすると、二階堂が声を潜《ひそ》めてこう聞いてきた。

「……ちょっと、今度はなにやらかしたの？」

「いや。心当たりが、ないです」

「あんまり詰められたら、逃げてきちゃいなよ」

珍しく、二階堂が親切な言葉をかけてきた。

「は、はい」

珠美は伊達の後を追う。

伊達はエレベーターで九階まで下りると、資料室や研修室を早足で通りすぎ、倉庫に入って珠美を引き入れ、ドアを閉めた。

「このフロアなら滅多《めった》に人が来ないし、話も聞かれないと思う」

それでも伊達は声を落とし、ささやいた。

「あ、はい。私、倉庫って初めて来たかも……」

珠美は、胸をドキドキさせながら言った。

伊達は以前と変わらず、オフィスでは素っ気ない態度をキープしており、周りに二人の関係が悟《さと》られることはない。当の珠美でさえ、あまりの冷たい態度に、あの夜は夢マボロシだったのかも、と首をひねるレベルだ。だから、こんな風にオフィスで二人きりになると、妙に上がってしまう。

「ごめん、急に。昨日はドタバタしてて、話す時間がなかったから」

「いえ、大丈夫です。どうしたんですか?」

「急遽《きゅうきょ》、今夜の便でリオに飛ばなきゃいけなくなった。もう、時間がないんだ」

「えっ。そうなんですか?」

「今回は、ちょっと長くなる。一か月近く、戻れないから。戻ったらすぐ、俺の実家に行こう」

その言葉に、珠美の胸は、ズーンと重くなった。

一か月も伊達さんに会えないなんて……

背の高い伊達を見上げると、精悍《せいかん》な顔が苦しげにゆがんでいる。縋《すが》るように見つめる眼差《まなざ》しに、はっと胸を衝《つ》かれた。人知れず暗い路地で鳴いている、子猫みたいで。

珠美は、こういうのに、べらぼうに弱かった。

結局、珠美が愛して止まないのは、伊達のカッコよさでもたくましさでもなく、時折見せる、こういう彼の弱さだった。

一瞬、見せてくれた切ない表情が、絞るような声が、ずっと忘れられない。ふとした折に、そっと裾《すそ》を引かれるように、思い出してしまう。

「大丈夫ですよ。また、すぐに会えますから。私はずっと、待ってますから」

彼の頬《ほお》にそっと触れながら、慰《なぐさ》めた。

伊達は珠美の手を取ると、頬《ほお》ずりし、手のひらにキスをする。あっと思った次の瞬間には、そのまま腕を引かれ、抱きしめられていた。顎《あご》を掬《すく》われ、整った唇が下りてくる。

焦《じ》れたような口づけに、珠美はうっとり酔いしれた。

重ねた唇から、強く求めるような想いが、流れ込んでくる。

彼は無口だけど、キスでの感情表現が豊かだ。正確に言葉にできなくても、キスや、触れ合いや、セックスで、彼の気持ちがはっきり伝わってくる。よく、ロマンス小説では「言葉にしてくれないと、嫌だ」と言うヒロインが多いけど、珠美にとって言葉はあまり重要じゃない。言葉にできない、もどかしい、切ない想いが、視線や肌から伝わってくれれば、それだけで充分だから。

静かな倉庫に、くぐもった息と、唾液《だえき》の音が響く。

温かい舌を重ねながら、口腔《こうこう》をくすぐられ、体の芯《しん》がとろけてゆく。遠くのほうで、ここは職場だぞ、と理性が警鐘《けいしょう》を鳴らしていた。

キスしながら、伊達の手がするり、とタイトスカートの中に滑《すべ》り込んできた。太腿《ふともも》を撫《な》で、腰骨まで上がってゆき、つねられたかと思うと、ぐっと引っ張られる。

……あっ。

と、思ったときにはすでに、パンティストッキングが、引きずりおろされていた。

「あっ、んっ、んんっ……！」

珠美の抵抗も虚《むな》しく、伊達は器用にストッキングを足首まで下げた。

コロン、と珠美のサンダルが床に落ちる。続いて、肌色のストッキングが、ふにゃりとその上に重なった。

伊達は珠美を素早く抱え上げ、作業台の上に座らせる。ふたたび、手がスカートの下に入ってきて、レースのショーツに指を引っ掛けた。

「あ、ちょっと、待ってください……」

言い終わらないうちに、するりと、ショーツが引き下ろされた。陰部が外気に晒《さら》され、ひんやり冷たい。こういうときの彼は、本当に手先が器用だと、感心してしまう。

——彼が性急に珠美を求めてくるとき、うれしい反面、ほんの少しだけ胸がざわつく。彼が欲しているのは、自分の体だけなのでは？　という考えが、一瞬脳裏を掠《かす》めてしまう。

しかし、珠美のそんな思いは、彼の指が動いた途端に霧散《むさん》する。狙い澄ましたように、柔《やわ》らかい秘裂に触れたのだ。そこはすでに、少し湿っている。

冷たい指先が、ぬぷり、と蜜口に挿し込まれた。

「あうっ……」

ぬるぬるっと、あっという間に、指の根元まで呑み込んでしまう。膣内を優しく掻《か》き回され、珠美は身悶《みもだ》えた。粘膜が、冷たい指を温めてゆく。

伊達の鋭《するど》い眼差《まなざ》しに、ドキリとする。

完全にスイッチが入っている顔だ。凛々《りり》しい眉尻が上がり、睨《にら》み上げ、焼けつくような視線を送ってくる。血の滴《したた》る肉を見つめる、野生獣みたいな。

……あ、な、なんて顔をするんだろう……

魂まで、淫《みだ》らに犯される気分だ。ブラウスの下で、乳首が硬く尖《とが》り、愛液がじゅわっと溢《あふ》れた。肉体が、雄を受け入れるモードに、切り替わってゆく。

伊達が息を乱しながら、ベルトのバックルを外し、ズボンを少し下ろす。ぶるりっ、と現れたそれは、硬く勃《た》ち上がり、赤黒く充血していた。

珠美はコクリ、と唾《つば》を呑み込む。

伊達のそれは、太くて、長かった。さらに、ゆるくしなっている。傘の部分は力強く張り出し、先端から液が溢《あふ》れている。太い血管が浮き出て、どくどく脈打っていた。

それに合わせ、珠美の胸も高鳴る。実は、伊達のそれが大好きだった。雄々《おお》しくて、野性的で、背筋が凍るような快楽を与えてくれるから。

ふと、下腹部に飢餓《きが》を感じる。

呼応《こおう》するように、伊達は珠美の脚を広げると、先端を蜜口に押し当てた。

「あ、ダメですってば！　ちょっと待ってください。ここは、職場で、あっ……あああっ！」

言い終わらないうちに、ずぶり、と中に押し入ってきた。

矢尻のような亀頭が、肉襞をじわじわ割りながら進んでくる。最後は、ひと息に奥まで貫かれ、思わず声を上げた。

「静かに。聞こえるだろ」

伊達が上ずった声で、ささやいた。

ま、また、ナマのままで……

伊達のものを根元まで咥《くわ》え込みながら、息を止め首を縦に振った。なにか言ったら、声が漏《も》れそうで。

伊達が腰を引くと、ずるずるっ、と摩擦《まさつ》で接触部に火花が散る。

ぞわぞわっと背中の産毛《うぶげ》が、逆立った。

ふたたび、熱棒が奥まで滑《すべ》り込んでくる。膣襞を擦《こす》られ、甘い電流が背骨を走った。

「あぁあんっ……」

「声出しちゃ、ダメだよ」

伊達は優しく言って、珠美の唇をキスで塞《ふさ》いだ。

「あっ、あんっ、んふ、んっ……」

舌を絡めながら、硬い肉の槍《やり》が突き上げてくる。いつもと違い、奥だけをこっそり擦《こす》るような、小刻みな動きだ。

伊達の腰がガクガクと動き、小さく揺さぶられる。その動きがひどく卑猥《ひわい》で、嫌なのに、たまらなく気持ちよかった。

あああん、なにこれ、奥が、ああっ、気持ちイイよっ……!!

そのとき。

ガチャッと、ドアが開く音がして、二人は氷のように固まった。

誰か、入ってきた……!?

とっさに伊達は、珠美の口を手で押さえた。そしてドアは閉まり倉庫内で「あーちくしょー」と、ぶつぶつ言う男性の声が、すぐそこで聞こえる。

伊達は人差し指を立て、そっと自《みずか》らの唇に置いて、珠美を横目で見た。珠美も無言で、ぶんぶんとうなずく。ここは部屋の一番奥の、大きな棚に隠れた場所で、うまくいけば見つからないかもしれない。

これは、もう、言い訳できないぞ……

珠美は自《みずか》らの痴態《ちたい》を、改めて目《ま》の当《あ》たりにする。タイトスカートは捲《めく》れ上がり、太《ふと》腿《もも》は大胆《だいたん》に広げられ、そこに伊達のものが深々と刺さっている。二人の陰毛は擦《こす》れ合い、白濁《はくだく》した雫《しずく》がかかっていた。

膣内で伊達のものが、ずる、と微《かす》かに引き抜かれる。

珠美は片目をつむり、息を止めてやり過ごす。

お願い……動かないで……！

動かしてるつもりはないんだろうけど、本能的なものなのか、それはぴくぴくと蠢《うごめ》いた。まるで、早く続きがやりたいと、せがむみたいに。

しばらくして、ようやく男性社員は目当てのものを見つけたようで去っていった。

ドアが閉まる音がし、二人は同時にほーっと息を吐く。

「や、やっぱり、こんなところでするのは、ダメですよ！」

珠美が咎《とが》めると、伊達は挑発的な笑みを浮かべ、こう言った。

「そうかな？　俺は、すごく興奮したけど」

そうして、また奥まで貫かれ、珠美は声にならない悲鳴《ひめい》を上げた。

もう、伊達さんーっ!!

「すぐに、終わらせるから……」

伊達は興奮した声で、ささやいた。

ズンズン、ズンズン、とリズミカルに繰り返し突かれる。ハァ、ハァ、と伊達の息がいやらしく乱れ、胸がドキドキした。まるで彼に、強引に犯されてるみたいで。

伊達さんの、すごく、あったかい。大好き……

お腹の中で彼が暴《あば》れ、どんどん快感がせり上がってゆく。粘膜が、伊達のものに縋《すが》りつき、絡みつく。まるで、珠美が彼を好きな気持ちに、体が呼応《こおう》するように。

「くっ……」

堪《こら》えるような伊達の声が、小さく漏《も》れる。

腰の速度がだんだん上がってゆく。伊達のこめかみから、熱い汗が流れ落ちた。

視界が上下に揺れ、作業台がギシギシ軋《きし》む。二人の体は繋《つな》がったまま、細かく淫《みだ》らに律動《りつどう》した。

あっ、あっ、あんっ、あうっ、も、もう、ダメっ、かもっ……！

裸足《はだし》の爪先に、ぎゅっと力がこもる。

肉の槍《やり》が、敏感《びんかん》な膣奥を、ずるずるっと、抉《えぐ》った。

生温かい粘膜と粘膜が擦《こす》れ合って、快感が弾けた。

「あああっ……！」

同時に、彼のものが深々と刺さり、びゅーっと胎内《たいない》に放出される。

あ……あ……出てる……。いっぱい、すごい出てる……

少し温度の低い精液が、びゅるびゅる出てきて、子宮を満たしてゆく……

伊達が珠美を抱きしめながら「くぅっ……」と、色っぽく喘《あえ》いだ。

恍惚《こうこつ》の淵《ふち》を漂《ただよ》いながら、呼吸を繰り返す。白い快感が全身に沁みわたって、大気に溶けてゆく感じがした。

「君を、出張にも一緒に連れていきたい」

伊達が、荒い息の合間に、ささやく。

その言葉に、小さな疑惑が頭をもたげる。

ねぇ、それって、どういうことなのかな？　いつでも気持ちよくセックスできる相手を、手元に置いておきたいってこと……？　まさか、そんなわけないよね？

珠美は冷静な気分で汗を拭《ぬぐ》い、熱い息を吐く。

広げられていた白い脚が、だらりと床に落ちた。

◇◇◇

一度精を放ち、しばらくお互いに呼吸を整えた後。二度目に珠美をうしろから貫こうとしたとき、伊達は焦《あせ》っていた。

大丈夫か？　このまま、性欲のままに彼女を奪って、嫌がられたり、軽蔑《けいべつ》されたりしないか？

目の前には、珠美のぷるりとした小さな尻がある。タイトスカートは捲《めく》れ上がり、珠美は作業台に上体をぐったり倒し、尻を突き出していた。割れ目の花弁は開き、蜜口もぱっくり口を開け、奥の赤い粘膜がきらめいている。とろりと蜜が垂《た》れ落ち、雄を受け入れる準備はできていた。

淫《みだ》らで美しい花を見ているだけで、口腔《こうこう》に唾《つば》が溜まる。あの中にひとたび入れば、めくるめく官能の世界が待っている。

伊達の股間のものは、ふたたび硬く勃《た》ち上がり、もう一刻の猶予《ゆうよ》もない。さっき放ったばかりなのに。己の体質が、憎《にく》らしかった。

どっちにしろ、我慢するなんて、無理だ。

柔《やわ》らかい尻肉を掴《つか》んで広げ、先端をぴたりとあてがう。カウパー液と愛液のぬめりを使って、ずるりっ、と中に潜《もぐ》り込んだ。そのまま腰を進め、濡れた襞を擦《こす》りながら、根元までめり込ませる。

「あうっ……！」

珠美が小さく震えながら、声を上げた。

「あああ……」

伊達の口からも、思わずため息が漏《も》れる。

クソッ、なんて、エロい感触なんだ……

膣内《なか》は温かくて、ぬめぬめして、淫《みだ》らに吸いついてくる。呼吸するみたいに、微《かす》かに収縮し、優しく締めつけてきた。膣が意思を持って、早く射精させようとしているかのように。

腰をゆっくり前後させると、竿と肉襞が、にゅるっ、と擦《こす》れる。

一瞬、意識が飛びそうになった。

ああ、もう、あそこがとろけそうだ……

筆舌《ひつぜつ》に尽くしがたい快感だった。腰が抜けそうになりながら、ピストン運動を繰り返す。

「だ、伊達さん、今、仕事中で……ああん……んっんん……」

珠美の語尾は、啜《すす》り泣きになった。

口ではそう言いつつも、彼女は尻をツンと高く上げ、こちらの動きに合わせ、積極的に擦《こす》り上げてくる。俺のものを根元まで咥《くわ》え込み、胎内《たいない》でさんざん舐《ねぶ》って、しごいて、吸い上げてるみたいだ。

着衣のままセックスするのは、むちゃくちゃ興奮した。

けど、胸を触りたい。乳首を舐《な》め回したい。細い腰のくびれが見たい。

これから一か月セックスできないなんて、とても耐えられない。

気づくと、彼女を倉庫へ連れ込んでいた。夜のフライトまで、あまり時間がない。忙しい合間を縫《ぬ》って、会社で彼女とセックスするのは、スリルもあった。

背中から覆《おお》い被さるように、作業台に両手をつく。両腕でしっかり体を支えながら、狙い澄まして、ズボッと突き刺した。

「んんんっ……」

珠美が自分で口を押さえながらも、声を上げる。

伊達は腰の筋肉を使って、何度も何度も突き上げる。ビートを刻むように、腰を前後させた。

結合部から、白濁《はくだく》した粘液が散る。

「はっ、はっ、はぁっ、はあっ、んっ……」

声にならない珠美の吐息は、細切れになった。

生温かい襞が、根元から先端まで、淫《みだ》らに擦《こす》り上げる。

最奥を穿《うが》つ瞬間、膣がきゅぅ、と狭まった。膣襞が迫ってきて、カリの敏感《びんかん》な部分を、ずるずるっと刺激する。快感が、尻から背骨を、一気に駆け上がった。

「あああぁぁ……」

思わず顎《あご》を上げ、深いため息が漏《も》れる。汗がワイシャツを濡らすのが、わかった。

なんて、気持ちイイんだ。

こんなの、病みつきになるだろ。

ぐちゃぐちゃで、とろけそうで、自分でしっかり握《にぎ》ってしごいてるみたいだ。いや、それよりもっとずっと気持ちいい。幾千《いくせん》もの小さな舌で、一斉に舐《な》め回されてるみたいだ。

……好きだ。

無我夢中で、腰を振った。

好きだ。君を俺のものにしたい。君をさらって、どこかへ閉じこめて、俺とずっと二人だけで……。

作業台が軋《きし》んで、少しずつずれていく。

深いところから、熱がどんどん上がってくる。もっと、もっとだ。もっと鋭《するど》く、深く、速く……。

「あああん……。もうダメ、気持ちイイよっ……」

珠美が発情した雌猫《めすねこ》みたいに鳴き、四肢《しし》をふるふるっと震わせた。絶頂に達したらしい。

伊達は目を閉じ、股間の感覚に集中した。腰を何度も打ちつけ、行き来しながら、己の敏感《びんかん》なポイントを擦《こす》り上げる。

あ……きた、きた。上がってきた、クソッ……！

伊達は腰を震わせながら、白い精を一気に吐き出した。

圧倒的な快感が、全身を貫いた。

思わず、息が止まる。

「……あっ……あ……」

快感に喘《あえ》ぎながら、溜まったものを吐き出してゆく。膣内は温かく、白い精をすべて包んで、受け入れてくれた。

　大好きだ……

　切ない恋慕《れんぼ》と劣情が溶け合って、全部流れ出てゆく。

「あ、出てる……」

　珠美が恥ずかしそうに、つぶやく。

　彼女の膣内で射精するのは、天国にいるみたいな快楽だった。優しくて、甘くて、すべてが満たされて、許されるような。この瞬間だけは、重圧も不安も消え、慈愛と快感だけがあった。

　最後まで射精し尽くし、彼女の背中に覆《おお》い被《かぶ》さる。うなじから、石鹸《せっけん》のいい香りがした。

「すぐに、戻るから。君のところに、必ず」

　まだ呼吸が乱れたまま、耳元でささやく。

「はい」

　珠美は頬《ほお》を紅潮《こうちょう》させ、うなずく。

「帰ったらすぐに実家に行こう」

「はい……」

　――このときの俺は、欲が満たされ、心も満たされ、明るい未来に胸を膨《ふく》らませていた。彼女が相手なら、コンプレックスも気にならない。彼女は俺を受け入れてくれたし、きっと二人でうまくやっていけるだろう。

小椋さんと一緒になれるなんて、夢みたいだ！

そんな風に、浮かれていた。だから、気づかなかった。彼女の小さな体の中に、不安の種が芽吹いていたのを。

結局、俺は、自分のことしか考えていなかったんだろう。さまざまなことを処理するのに精一杯で、精神的に余裕がなかった……というのは、言い訳だろうか？

やっと、長年のコンプレックスから解放された。

俺の罪は、もう許されたと思っていたんだ。

けど、それはただの願望だったのかもしれない。

第四章　蝶《ちょう》の飛翔《ひしょう》

珠美にとって、一か月はあっという間だった。

伊達が毎日メッセージをくれたので、寂しさも感じなかった。二人の生活のことや、住まいや仕事のことを細かく話し合い、結婚がかなり具体的な話になってきた。まず伊達がリオへ駐在に行き、その間に珠美は仕事を辞めて身辺整理をする。その後、伊達が休暇を取って帰国し、二人で珠美の実家へ挨拶に行く……という段取りだ。

しかし直接、「結婚」の二文字を、二人が使うことはなかった。

伊達の話に合わせてメッセージを返信しながら、珠美は自分が二つに分裂していく感覚に襲われていた。彼の言いなりになってブラジルへ行こうとする自分と、仕事を辞めて彼を追うなんて正気《しょうき》じゃないと冷静に分析する自分と。

運命の恋だと思った。だから、このまま軌道《きどう》に乗っていけば、幸せになれるはず。そう信じていた。けど、やっぱりもう一人いる。幸せになろうとする自分と、そんなことは無理だからやめておけと、足を引っ張る自分が。どちらが本当の自分なのか、わからない。どちらの声を聞けばいいのかも。

『私たち結婚するってことで、いいんですよね？』

簡単なひと言がうまく言えずに、外堀だけが埋められてゆく。ちょっとした違和感がどんどん膨《ふく》らみ、もはや無視できなくなってきた。

そんな中、伊達は帰国してきた。

帰国したその週の土曜日。

かねてより伊達が言っていたとおり、珠美は田園調布《でんえんちょうふ》にある彼の実家に招かれた。両親は穏やかな人で、ガチガチに緊張する珠美に、冗談を言って笑わせてくれたり、優しい言葉を掛けてくれた。伊達の四歳年下の弟は海外出張中で会えなかったが、『また近いうちに、全員顔を揃《そろ》えて会いましょう』と、母親が柔和《にゅうわ》な笑顔で言ってくれた。

和室で懐石《かいせき》料理のコースをご馳走《ちそう》になり、ひとしきり自己紹介が終わって、雑談で盛り上がった後に、解散となった。

「な、なんか武家《ぶけ》屋敷みたいでしたね……」

伊達が運転する車の助手席に座った珠美は、恐る恐る言った。

「ああ、よくわかったね。一応、元は武家《ぶけ》の家系らしいんだ」

伊達はハンドルを操りながら、こともなげに言う。

武家《ぶけ》で伊達……。まさか政宗公《まさむねこう》!?　……という冗談も言えないほど、珠美はパーフェクトに打ちのめされていた。

……育ちが、違いすぎる。

田園調布の一等地の広大な敷地に、由緒《ゆいしょ》ある邸宅を構える伊達家。いっぽう、ド田舎にある小椋家の庭には二羽ニワトリがいるんだぞ……。その卵をありがたく頂戴《ちょうだい》する、つましい暮らしなんだぞ……

ああ、まずい。ショック過ぎて、頭がおかしくなってきた……

珠美はもうこの時点で、完璧《かんぺき》に心が折れていた。

憧《あこが》れの伊達さんと両想いになって、ご自宅に招かれる奇跡を起こしたのに、こんなことになるなんて！　クールな伊達さんを、田舎の実家まで連れていって、あのボロ家に上がってもらって、目玉焼きをご馳走《ちそう》するなんて……できない！　私には、とてもできないっ!!

「その……大丈夫だった？　なにか、気に障《さわ》ることとか、言わなかったかな？　うちの両親」

伊達が横目で珠美を見て、心配そうに言った。

「全然。素晴らしいご両親ですね。温かくて優しくて。私なんかがお邪魔《じゃま》してしまって、申し訳ないです」

「え……」

伊達が戸惑ったように、言葉を続ける。

「そんな風に言うことはないよ。両親は君を歓迎してたし、俺は君がいいんだ。だから連れていったんだから」

たぶん、本心なんだろうな、と珠美はぼんやり思う。

こういう、なにもかも持っている人は、ナチュラルに他人を叩き潰《つぶ》す。もっとも、本人には悪気も悪意も全然なくて、ただ存在してるだけなのだけど。こちらは自分と比べてしまい、自分はなにも持っていないじゃないかと、愕然《がくぜん》とする。それはこちらが勝手に抱《いだ》く感情で、本人はなにも悪くない。

だけど、彼は永久に、私の気持ちなんてわからないんだ。

蔑《さげす》まれるのが、怖い。私の生まれ育った町を見て、彼が呆《あき》れたらどうしよう？　私の育った古い家を見た瞬間、彼が唖然《あぜん》としたら？　長らく無職で、パート勤務をしている両親に、彼が驚いてしまったら？

見下されるのが、怖い。ああ、この人は貧しい可哀相《かわいそう》な人だと思われたら、私は嫌われないように、媚《こ》びた笑いをしないといけないの？　そんなの、耐えられない。

わかってる。伊達さんは、そんな人じゃない。けど、彼が一瞬でもそんな顔をしたのを認めたら、私はきっと傷ついてしまう。

珠美は憂鬱《ゆううつ》な気分で、車窓の外を眺《なが》めた。道は空《す》いていて、二人を乗せた車は、軽快に飛ばしてゆく。

――結局、そういうことなんだ。東京に出てきて、メイクやファッションをどんなに頑張っても、本当の自分からは逃げられない。どんなに上っ面を磨《みが》いても、結局最後は、向き合うことになる。

空《から》っぽでなにも持ってない、ダサい自分自身と。

泣きたい気持ちで、遠くの空を見上げた。そろそろ夕闇が迫り、青からオレンジへの見事なグラデーションができている。美しい空が、とても遠く感じた。

「実は、すごくうれしいんだ。君がブラジルへ一緒に来ると言ってくれて」

伊達が正面を見つめたまま、照れたように言った。

返事をする気になれず、無言のまま、流れゆく景色を目で追う。喉の奥で、どろどろした黒い感情が、首をもたげてきた。

ふと、なにもかも嫌になってしまう。所詮《しょせん》、私には無理な話だったんだと。

「その、退職届だけど、そろそろ準備したほうがいいと思う。うちの就業規則は二か月前だけど、小椋さんの派遣会社のを確認したほうがいい」

「……なんで、私が会社を辞めなきゃいけないんですか？」

「えっ？　いや、これまでの話で、退職の件は承諾してくれてると思ってたけど……？」

「そんなこと、一言も言ってません」

ピシャリと言った珠美の横顔を、伊達は驚いたように見つめる。

「あ、ここ、電車の駅ですね。ここで降ろしてください」

「いや、家まで送っていくよ。ここまで来たんだから……」

「いいです。寄りたいところがあるんで、降ろしてください」

「なら、その場所まで送っていくよ」

「いいです。電車で行きます。お願い、降ろして」

伊達は徐行してしばらく迷った後、ウィンカーを出してハンドルを回し、道の脇のパーキングスペースに車を停めた。

「ごめん。退職の件は、ちょっと認識がズレてたみたいだ。その、君が今の仕事を、そんなに気に入っていると思わなかったから」

「気に入ってないですよ。全然」

その言葉に、伊達は眉根《まゆね》を寄せた。

「俺、なにか気に障《さわ》るようなこと、言った……？」

「別に。伊達さんは、なにも悪くないですよ」

「いや、しかし……」

「私、転職したいんです。正社員になりたいし、取りたい資格もあるし、いろんなお稽《けい》古事《こごと》もやってみたいし。ヨガのインストラクターとか、ペットのトリマーとか、フラワーアレンジメントとかにも挑戦してみたいし」

口が勝手にペラペラとしゃべり出す。

同時に、珠美の心の中に住むもう一人の自分は、嘘だ、と看破《かんぱ》していた。

「ごめん、そういうの、知らなくて。初めて聞いたから、その……」

伊達は戸惑ったように、言い淀《よど》む。

珠美は身を硬くして、そっと唇を噛んだ。

本当は、伊達さんと一緒に生きていく以外、ほしいものなんて、なに一つない。

それなのに……どうしてなんだろう？　純粋《じゅんすい》に不思議だった。人の心には、幸せにならないように、邪魔《じゃま》するプログラムが仕込まれているみたいだ。ほしいものを取ろうとすると、必ずそれにブレーキを掛ける者の存在を感じる。自分の中に、あるいは他者の中に。

こんなにも、幸せになりたいのに。

「なら、どうにかしてみるよ。君のやりたいことを、リオでも実現できるように。百パーセントまではいかなくても、いくつかはどうにかやれると思う」

伊達が取り成すように、明るく言う。

「いつでも、正しいんですね。なんでも、勝手に一人で決めて」

「え？」

「リオに住む件もそう。退職の件もそう。ご実家に招待された件もそう。伊達さん、全部一人で決めて、私は命令どおりそれについていくだけ。私の意思なんて、関係ないんですか？」

「そんなことはない。そんな風に思わせてしまっていたなら申し訳ないけれど、俺としては、君にOKかどうか確認しながら、事を進めていたつもりだった」

「私だって、私の生活とか、私の人生が、あるんです！」

「なにを、そんなに怒ってる……？」

伊達は怪訝《けげん》そうに眉をひそめ、珠美を凝視《ぎょうし》した。ようやく、珠美が別の理由でムキになっていることに、勘づいたらしい。

「伊達さんには、死ぬまでわからないと思います。あんなにご立派なご家庭で育ったような、ご立派な人には」

「家のことは関係ないだろ。俺が親を産んで育てたわけじゃない。俺が親を選んで生まれてきたわけでもない。そんな、努力じゃどうしようもないことを言われても……」

「傲慢《ごうまん》なんだと思います。無自覚のうちに」

「なら、君はどうなんだ？」

「どうって？　なにがですか？」

「俺は両親を紹介したのに、君はそんな素振りも見せないじゃないか。俺は、君が生まれ育った町の名前さえ知らないんだ。いつか教えてくれるだろうって、信じて言わなかったけど」

「……教えられるわけ、ないじゃないですか」

「なんだって？」

「降ります。もう、話すことはありませんから」

ドアのロックを外そうとした珠美の肩を、伊達が素早く掴《つか》む。

「ちょっと待てよ」

肩を掴《つか》む手が、痛くないよう手加減していて、その優しさが余計に珠美を苛立《いらだ》たせた。

「君は、俺のことを、なんだと思ってるの？」

「伊達さんこそ、私のことなんだと思ってるんですか？　異国の地で好きなときにやれる、セックス要員ですか？」

その言葉に、伊達の表情が凍りついた。

それでも、胃の奥から黒い感情が次々と溢《あふ》れ出し、止まらない。

「伊達さんといると、そういう風に感じることがあるって言ってるんです！」

引き返せ、と頭の奥で警告が聞こえた。

だけど、珠美はそのまま進んでしまった。禁断の一線を越えて、絶対に入ってはいけない領域に。

「今までにも、同じようなことを言われた経験があるんじゃないですか？　たとえば、昔の彼女とか」

このとき珠美は、強気で言いながら同時に、黒い恐怖を覚えていた。鼓動は轟《とどろ》き、顎《あご》から喉にかけて、微《かす》かに震える。この恐怖が、伊達のものなのか、自分のものなのかは、よくわからない。

伊達の表情が、ぐにゃりとゆがむ。ひどい苦痛を堪《こら》えると同時に、嘲笑《あざわら》っているような。

伊達は珠美を睨《にら》み、押し殺した声で、こう言った。

「君に……なにが、わかる？」

このとき、なにかが割れて砕けた。

金属バットをフルスイングして、陶器に叩きつけたみたいに。

あっ……。

その衝撃で、珠美の体がビクッとする。遠くで、割れた破片がさらに砕ける音を聞いた気がした。

彼は、かつて見たことがないほど、傷ついた顔をしていた。魂を、力任せに叩き割られ、呆然《ぼうぜん》としているような。

「あ……あ……」

珠美の頭は混乱し、ドアを開けて、車外へ飛び出す。

歩道に沿って何メートルか歩き、駅ビルに辿《たど》り着くと、ふらふらと改札を通り抜けた。

振り返る勇気はなかった。伊達は、当然ながら、追ってこなかった。

鼓動が乱れ打ち、涙が次から次へと溢《あふ》れ、震えが止まらない。

どうしよう、どうしよう、どうしよう……と、頭の中で何度も同じフレーズを繰り返す。

私は、取り返しのつかないことを、してしまった。

体中の力が抜けていって、もう立っていられない。体は疲れているし、心がひび割れてバラバラだ。

そんなつもりじゃなかった。そんなつもりじゃなかったのに。

涙と鼻水でぐちゃぐちゃになりながら、ようやく珠美は気づく。誰かを傷つければ、同じダメージを自分も負うんだと。

あの瞬間、珠美の魂も、粉々に砕け散ったのだ。

けど、もう遅い。なにもかも、手遅れだ。

私は、かけがえのないものを、失ったのだ。

◇◇◇

「え？　ちょっと、珠美？　珠美だよね？　どうしたの？」

スマートフォンのスピーカーから、リカの驚いた声が聞こえてくる。

「リ、リカちゃん……うぅっ……」

珠美は激しく嗚咽《おえつ》し、それ以上言葉が出なかった。

「ちょっと珠美、泣いてんの？　えええ。なにがあったの？」

珠美はうまく答えられない。号泣しながら、ただスマートフォンを握《にぎ》りしめる。

「今、どこにいんの？　それだけ、言いなさい！」

リカが鋭《するど》い声で言う。

珠美はしゃくり上げ、鼻水を啜《すす》り、息を整えてからようやくこう言った。

「三茶《さんちゃ》の……駅……」

「駅のどこ⁇」

「石碑《せきひ》のある……」

「階段の上？　カラオケボックスの前ね？」

「……うん」

「わかった。そこ、絶対動くなよ！　すぐに行くから。絶対に動いたらダメだからね！」

リカが男らしく言うと、通話は切れた。

――あれから珠美は、ボロボロになりながらも、自宅の最寄《もよ》りである三軒茶屋駅までどうにか辿《たど》り着いた。

どうやってここまで帰ってきたのか、全然覚えていない。気づくと、大山道《おおやまみち》と刻まれた石碑《せきひ》の前に、ぼんやり立ち尽くしていた。

日はとっぷり暮れて、空は陰鬱《いんうつ》な黒に覆《おお》われている。カラオケボックスの明るいネオンが、ひどく寂しく、にじんで見えた。

今、何時だろう……？

身を切り裂《さ》かれるような心地だった。目の前の人々が、珠美には目もくれず、さっさと通りすぎてゆく。四月にしては冷たすぎる風が、首筋を撫《な》でていった。にょきにょき生えたビルの谷間に立っていると、身も心も殺伐《さつばつ》としてくる。暗い大海原のど真ん中に一人、置き去りにされたみたいだ。誰も助けてくれないし、そもそも誰も珠美の存在に気づかない。

藁《わら》にも縋《すが》る思いで、リカを待ち続けた。

すると、予想以上に早く、リカは現れた。

タクシーから降りてきたリカを、珠美は呆気《あっけ》に取られて見つめた。

リカは、ものすごくダサい……全身ピンクのスウェットの上に、まったく合わないコートを羽織《はお》り、ヘアバンドでおでこ全開で、なんと言っても眉毛がほとんどなかった。どすっぴんで、眉根《まゆね》を寄せていかつい顔をしている。眉頭しかないんだけれども。それでもやはり、顔立ちは整っていた。

あまりの衝撃に、珠美の涙は一瞬、止まる。

「もう、何時だと思ってんの？　家からそのまま、飛び出してきたわ」

「ご、ごめん、リカちゃん。今、何時なんだろ……」

「二十二時過ぎ。まあいいや、その辺入ろう。こんなときこそ、お酒お酒」

リカはなにも聞かずに珠美を引っ張って、庶民的なチェーンの居酒屋に入った。

店員に案内され、二人は奥まったテーブル席に、向かい合わせで座る。靴を脱いで上がるようになっていて、テーブルは掘りごたつ式で、居心地がよかった。土曜の夜のせいか、店はほぼ満席だ。

ティッシュで鼻をかむ珠美を尻目に、リカは勝手に熱燗《あつかん》を二合、注文し終えていた。

「リカちゃんが、こういうお店来るの、珍しいね。いつもオシャレなカフェとかだから」

少し落ち着いてきた珠美が、鼻を啜《すす》りながら言った。

「そお？　そういや、あんまり来ないかな。……二回目かも」

リカは煙草《たばこ》に火を点《つ》けながら言った。

「リカちゃん、来てくれて、ありがとう……」

「ったく、伊達のヤローだな！　珠美をこんなにしたのは。しばき回してやるっ！」

リカがヤンキーよろしく、拳《こぶし》を握《にぎ》りしめた。

「違うの違うの。本当に違うの。そういうんじゃない」

「珠美、なにがあったの？」

リカが真剣な目で聞いた。

彼と私の間に、なにがあったのか……

正確に説明するのは、ひどく難しい。なにしろ、言葉にできないようなことばかりなのだ。

「私が、伊達さんを傷つけることを言ってしまって、それで私も勝手に傷ついてるの。伊達さんは、なにも悪くない……」

「けど、珠美がそんなこと言うに至るには、それなりの理由があったんでしょ？　なにもされてないのに、傷つけたりしないでしょ」

いつもリカは、鋭《するど》い。

「それは、そうなんだけど。結局、私のコンプレックスが原因というか。伊達さんに直接、なにかされたわけじゃないの。彼は悪意も悪気もないっていうか」

リカはじっと珠美からの核心に迫る言葉を待っている。けど、珠美は、自分のコンプレックスについて、うまく話すことができなかった。

「たぶん、もうダメだと思う。取り返しがつかないこと、しちゃった」

珠美はようやく、それだけ言った。

後悔が胸に突き刺さる。彼の心を叩き割った瞬間の、あの生々しい感触も、心に染みついて離れない。

どうして、もっと格好よく生きられないんだろう？

格好よくなりたい。他の人みたいに、もっと格好よく。そうすれば、誰かを傷つけたり、こんな風にうじうじ悩まなくて済むのに。

「あー。もおお、泣かないのー！　ほら、日本酒呑め呑め、温まるよ。呑んで忘れちゃいなよ」

　涙目の珠美はおちょこを受け取り、ぐっと一気にあおった。熱いものが喉元を通り抜け、胃の腑《いふ》に収まる。

「ほんとだ。あったまるね」

　珠美は、泣きながら微笑んだ。

「大丈夫。伊達がいなくなったって、男は星の数ほどいるんだから。少し落ち込んだら、はい次、はい次だよ。ハイスペックの男、いくらでも紹介してあげるから」

「リカちゃん、どうしてそんなに優しいの？」

「誰にでも優しいわけじゃないよ」

「さっき、リカちゃんがタクシーから降りてきたとき、救世主かと思ったよ。地獄に仏が現れたって、本気で思ったの」

「大げさだなー。こんなんでよければ、いくらでも駆けつけてあげるわよ」

「……眉毛ないけど」

「うっさいわ」

　リカの優しさが胸に沁みて、また涙腺《るいせん》がゆるむ。

「こっ、これだけは、言わせて。ほんとに、ありがとうっ……」

「わかったわかった。大丈夫だから」

リカは隣に移動してきて、しゃくり上げる珠美の頭を、よしよしと撫《な》でた。

ただ横に座ってくれているだけで、本当にうれしかった。心がバラバラになって、一歩も動けそうになかったから。もうダメだというSOSを、リカだけが受信してくれた。


――このときの私にはわからなかったけれど、幾年《いくねん》か過ぎた後、リカのような友達は、本当に得難い存在なのだと気づいた。

年を重ね、住む場所や職場が変わっていくうちに、リカともだんだん疎遠《そえん》になっていった。けど、友情という文字を見るたびに、あの真っ暗で寒かった、三軒茶屋の夜を思い出す。初めて、人を傷つけることを知った夜。

あのときの私は、東京でとても孤独で、他に誰もいなかった。一縷《いちる》の望みを託《たく》した電話が、本当に命綱だった。彼女が差し伸べてくれた手は、あのときの私を救ったし、その後も励《はげ》みになり続けている。人の持つ優しさのようなものを、示してくれた気がして。

彼女が見せてくれた世界は――きらびやかで〝偏見《へんけん》〟に満ちた世界は、私にとっては大切な経験だった。そこに安らぎや幸福はなかったけれど、虚《むな》しさや後悔や不安や渇望《かつぼう》も、私にとっては大切なものだった。リカがいなければ、彼と付き合うこともなかったし、人生の深みの半分も経験できなかった。

私たちは互いに、影響を与え合い、時に傷つけ合い、癒し合いながら、プラスもマイナスも含めて、回っていくのだと知った。

きっとこの話を、誰にもすることはない。けど、私はずっと忘れないし、胸に秘めたまま生きていくと思う。

リカと一緒に、傷だらけになりながら、全速力で駆け抜けた、東京の夜を。

◇　◇　◇

暦《こよみ》は、六月に入った。

あれから、珠美と伊達は一度も直接話していない。相変わらず、伊達は世界中を飛び回っていて、オフィスに顔を出すことはほとんどなかった。

彼にとって珠美は完全に、以前の嫌われ者に逆戻りしてしまった。いや、嫌われ者ならまだいい。嫌いという負の感情も一切なく、珠美は存在しないものとして扱われた。

彼はこれまで以上に固く心を閉ざし、きっちり鍵を掛けてしまった。珠美も同じように、伊達は存在しないものとして、黙々と日々仕事をしていた。

伊達さんに、謝りたい。

もう、話すこともできないのかな？

そんな思いを残しながらも、どうすることもできない。メッセージを送ろうかとも考えたけど、なにをどう書いていいかわからなかった。

そうして煮え切らないまま、とうとう伊達がブラジルへ駐在に行く日を迎えてしまったのだ。

月花のオフィスの、伊達のネームプレートはもう外されている。彼のデスクも整理され、新人のデスクになる予定だ。送別会に珠美は参加しなかった。最後の挨拶《あいさつ》のときも、珠美は別のフロアへ避難していた。以前から、伊達にとことん厳しくされている、嫌われ者のタマちゃん、として皆に認識されているから、不審《ふしん》がられることもなかった。

珠美は虚《うつ》ろな気分で、キーボードを弱々しく叩いていた。

仕事、もう辞めようかな……

無気力感が尋常《じんじょう》じゃない。どうにか日々のタスクはこなしているけど、それだけで精一杯で、家に帰ったら倒れて寝るだけ。ひと月ちょっとで、五キロ近く痩《や》せた。なにを食べても美味《おい》しくないし、そもそも食欲がない。

「小椋さん、生きてる？　なんか、ここのところずーっと、ゾンビみたいになってるけど？」

言葉の割には心配そうな顔で、二階堂が言う。

「大丈夫です。ありがとうございます。これ、入力終わりました。チェックお願いします」

珠美は力なく言った。もう仕事以外の、余計な話をする気力もないレベルだ。

私、どうやって毎日生きてたんだっけ？

本気で首を傾《かし》げてしまう。失恋の痛手が凄《すご》すぎて、以前の記憶があまりない。

珠美は虚《うつ》ろな目で、壁時計を見つめた。時刻は十三時を、少し過ぎた。

伊達さん、そろそろ準備してる頃かな……

伊達は十七時ちょうどのヒューストン経由の便で、リオデジャネイロまで飛ぶ予定だ。

珠美は懲《こ》りずに離着陸の時刻とフライトナンバーを、ちゃっかり記憶していた。手荷物検査や出国手続きもあるから、二時間前には成田空港に到着しているはずだ。

「小椋さん、ちょっといいですか？」

聞き慣れた声に驚いて振り向くと、リカが書類を手に立っている。

「この間出された勤怠《きんたい》データの件で、聞きたいことがあるんですけど、ちょっと来てもらっていいですか？」

「あ、はい」

リカがついて来いと手招《てまね》きする。珠美が後に続くと、リカは小会議室に入って、鍵を掛けた。

「勤怠《きんたい》の件？　って、なんだろう？」

珠美が首を傾《かし》げて聞くと、リカは凶悪な顔でこう言った。

「アホか！　勤怠《きんたい》の件なワケ、あるか！　今回ばかりは、そのボケがなんかムカつくわ！」

「え。じゃ、なに？　どうしたの？」

「いいの？　伊達のこと。今日を逃《のが》したら、次にいつ会えるのかわかんないよ？」

「いいって言うか……。よくないけど、だってもうしょうがないし……」

「もう、いい加減イライラしてきたわ。全然よくないじゃない！　新しい恋どころじゃないじゃない!!」

「そりゃそうだよ」

「もう、珠美っ！　しっかりしなよ!!　あんた、そんなんでいいの？　失恋さえ、してないんだよ？　はっきり伝えてないんでしょ？　なにも」

「伝えたくても、シャットアウトされてるし……」

「あんたもシャットアウトしてるんでしょーが！　このままじゃ、いつまでたっても次へも行けないよ？　伊達のことをぐちゃぐちゃ悩みながら、三十になり、四十になり、そんなんでいいの？」

「……嫌です。それだけは、絶対に」

「これはあたしの勘だけど、伊達が駐在へ行く前に会えれば、絶対まだ取り戻せるって！　けど、もうリオに行っちゃったら、アウトだよ。完全に！」

リカの言葉に思わず、ドキリとした。

リカの勘は、ずっと当たってきたのだ。

珠美の中の、眠っていたなにかが目を覚ます。伊達のためならなんでもできた、あの無限のパワーが。

「Rホテルでルームキーを叩きつけた勇気を、思い出せ！　珠美は、そんなにヘタレじゃなかったはずでしょ？　いつもヘタレでも、ここぞってときに、とんでもないことをやってのけたじゃない!!」

「伊達さん……伊達さんに、謝りたい。もう、うまくいかなくてもいいから、土下座して、ちゃんと言いたい……」

言いながら、珠美の声は震えていた。

「今すぐ出れば、ぎりぎり間に合う！」

リカは素早く腕時計を見て、さらに言う。

「体調不良で早退しな！　二階堂さんには、うまく言っといてあげるから！」

「けど、でも……」

「つべこべ言うな！」

「わ、わかった!!」

「もう、課長に怒られようが、二階堂さんにディスられようが、あきらめな！　我を通すってのは、要するにそういうことなんだから。あたしの言ってる意味、わかるよね？」

「うん。わかる」

「誰にも迷惑を掛けず、嫌われないで、幸せになろうなんて、無理なんだと知りなさい！」

「リカちゃん、ありがとう！　後で、課長と二階堂さんには、全力で謝る！」

「よし、その意気だ。もう一度、伊達にぶつかってこい！　そんで、散ったら、骨拾って埋《う》めてやるから」

リカが珠美の両肩に、がしっと手を載せる。二人は見つめ合い、うなずき合った。

「じゃ、早く行きな！　伊達の搭乗機《とうじょうき》は、第一ターミナルの南ウィングだから、忘れないで。後は、あたしに任せて！」

「リカちゃん、本当にありがとう！」

珠美は心から言って、小会議室を飛び出した。そして更衣室から財布だけ掴《つか》んで、エレベーターに乗り、一階のロビーを駆け抜ける。裏口から月花のビルを飛び出した。

「たまみーっ！」

上空から声がして、珠美は空を見上げた。見ると、リカが外の非常階段に立ち、ぶんぶん手を振っている。

「リカちゃん？」

珠美は眩《まぶ》しくて、目を細めた。リカは制服姿のまま、柵《さく》から身を乗り出している。風で巻き髪があおられ、太陽をバックに、やたら格好よく見えた。

「たまみー！　頑張れーっ！」

リカはすごい形相《ぎょうそう》で、さらにこう叫んだ。

「ちゃんと、ほしいもん、ほしいって、言えーーーーっ！」

その言葉がなぜか、珠美の心を打った。

喉の奥が熱くなり、涙が込み上げる。

背中を押された気がした。許された気がしたのだ。いつも失敗して、人を傷つけ、後悔してばかりの、ダサダサの珠美のままで行けと。

「リカちゃん、あり、ありがとうっ！」

珠美が必死に叫ぶと、リカはサムズアップを決めてみせた。

リカちゃん、パンツ見えてるよ……と、珠美は密《ひそ》かにツッコむ。

珠美は近くの駅へ向かって、猛然《もうぜん》とダッシュした。……間に合わないかもしれないけど、これがラストチャンスだ！　ダメでもこれに賭《か》けてみたい。

ＩＣカードを取り出しながら、階段を二段飛びで下り、風のように改札を通り抜けた。

伊達さんには、本当にひどいことをした。これが弱点だろうと知りながら、ぐさりと刺したのだ。あの瞬間は生涯《しょうがい》忘れないし、きっと後悔し続ける。

ごめんなさい。どうか、許してください。こんな方法でしか伝えられない、臆病《おくびょう》な私を笑ってください。

伊達さんに、許されなくてもいい。拒絶されて、罵倒《ばとう》されてもいい。ただ、伝えたいの。今も変わらず、あなたが大好きだと。あなたなしでは生きていけないと。

そういうことなんだと、走りながら、涙を拭《ぬぐ》う。やっと、わかった。自分の気持ちに素直に生きるというのが、どういうことなのか。

涙がとめどなく溢《あふ》れて、止まらない。

それは、一人ぼっちになることなんだ。これから私は、伊達さんに正直な気持ちを伝えにいく。彼が私を受け入れても、拒絶しても、間に合わなかったとしても、変わらず私は一人なんだ。相手がどう思おうが、世界がどんなに変わろうが、私は私の気持ちに沿って、ずっと歩き続ける。空《から》っぽでダサい自分のまま、たった一人で、最後まで。

それでいいんだ。

しがらみが解けてゆき、自由になる。硬いサナギの殻《から》が割れ、羽を思い切り伸ばしたように。

電車が轟音《ごうおん》を立てながら、ホームに滑《すべ》り込んでくる。

扉が開くと同時に、珠美は電車に飛び乗った。

◇◇◇

搭乗機《とうじょうき》のチェックインを終えた伊達は、小さなボストンバッグを片手に、国際線出発ロビーを見渡した。

広大な敷地には、スーツケースを転がす人々がひしめき合っている。見上げると、巨大な天井はびっしり幾何学模様《きかがくもよう》で覆《おお》われ、これを建てたのが人の業《わざ》とは信じられないほど、圧倒的な迫力があった。

いつも空港なんだ、と伊達はしみじみ思う。世界中の都市を巡《めぐ》り、風光明媚《ふうこうめいび》な景色をどれだけ見ても、深く印象に残っているのはいつも空港だ。世界中の人がやってきて、やがて去ってゆく場所。これから旅が始まる期待感と、これまでの土地を去る寂しさが、共存している場所。

なぜ、こうも印象に残るんだろうか？

腕時計を見ると、十五時少し前だった。そろそろ出国ゲートに入ったほうがいい。手荷物検査場も、混み合っているようだし。

伊達はボストンバッグを持ち直し、『出国』の垂《た》れ幕《まく》がかかっている方向へ足を踏み出す。出国と同時に、日本の思い出はすべて置いていこうと決めていた。

小椋さんには、本当に悪いことをした。

ずっと後悔している。あの瞬間、彼女が深いところまで距離を詰めてきたとき、俺は彼女の言葉を受け取って、自分自身を深々と刺してしまった。それが、彼女までをも刺してしまうとは、気づかずに。しまったと思ったときは、すでに遅かった。彼女のハートが粉々に砕ける音を、聞いた気がした。そのとき、ようやく気づいた。自分が傷つけば、相手も同じだけダメージを負うんだと。

小椋さんを、傷つけるつもりなんてなかった。

笑って流せばよかったんだ。君の言うとおりなんだ、ダサいだろ？　と。俺はもうすぐ三十で、彼女より五つも年上なのに、情けない話だ。

手荷物検査場の手前で、立ち止まる。なんだか名残惜《お》しくて、もう一度振り返った。たくさんの人々がパスポートと搭乗券《とうじょうけん》を片手に、カウンターに並んでいる。家族や恋人らしき人と、別れを惜《お》しむ姿もちらほらあった。過去の自分の分身みたいな、若いバックパッカーの姿もある。

人生は、どこまで行っても牢獄《ろうごく》だというのは、誰の言葉だったか。

これまで何度も、月花を辞めようかと本気で悩んだ。増えるばかりの重圧と、笑えるほどの理不尽さと、時に下さねばならない非人道的な決断に、押し潰《つぶ》されそうになった。正義は絶対に勝つわけじゃないし、デマだらけの世の中で、へらへら笑って手を抜き誤《ご》魔化《まか》しながら、どうにか回してきた。

それでも時折、考えてしまった。もしかして、この世界のどこかに、真の自由があるんじゃないかと。

だが、今の俺はもう気づいている。そんなものは、この世にない。仮に月花の檻《おり》を出たとしても、そこにはまた別の檻《おり》が待っているだけだ。どの牢獄《ろうごく》で過ごすかを選べるだけで、牢獄《ろうごく》であることに変わりはない。この文明社会に、身を置いている限り。

ならば、月花にしがみつこう。どうにか、やってみようじゃないか。ボコボコに殴《なぐ》られながら、時に肩の力を抜きながら適当に、どこまで行けるか挑戦してみよう。いつしか、そう決意した。

だが、ときどき、どうしようもなく崩れ落ちそうになる。

ひび割れが無数に入った心に、冷たい風が深く沁みて、バラバラになりそうになるのだ。

俺はたぶん寂しいんだと、気づいていた。

見上げた天井の白いライトが、ゆがんでにじみ、見えなくなる。

小椋さんに、会いたい。

切望が、この身を切り裂《さ》くようだ。

これで最後にしよう、と決意する。情けなくメソメソするのは、これが最後だ。これから後は、鋼鉄《こうてつ》の仮面を被り、曲芸師みたく器用にこの世を渡ってやろうじゃないか。

これで、弱い自分とも、さよならだ。

そのとき、メッセージの着信音が鳴り響き、心臓が飛び上がった。条件反射でスマートフォンを取り出し、画面を見る。

小椋珠美：ちょっと、待って！
　　　　まだ、行かないで!!

呼吸が、一瞬止まった。

スマートフォンを手にしたまま、思わず周りを見回す。

遥《はる》か遠くから走ってくる、小さな影が目に入ったとき、一瞬で君だとわかった。君は、走っては立ち止まり、きょろきょろしながら必死で俺の姿を探している。

いつだって俺のほうが先に、君を見つける。今日もそうだ。

君は、目を覆《おお》いたくなるような、ひどい格好をしていた。どこかで転んだのか、膝小《ひざこ》僧《ぞう》には血がにじみ、ストッキングが派手に伝線している。制服のリボンはほどけて首に巻きつき、スカートは捲《まく》れて皺《しわ》だらけだ。髪は乱れてあちこち撥《は》ねて、紅潮《こうちょう》した顔は、涙と鼻水でぐちゃぐちゃだ。過ぎゆく人が君を見て、くすくす笑っている。そりゃそうだろう。俺だって、笑ってしまう。

だけど、それだけで君がなにをしにきたのか、わかった。

捨て身で、会いにきてくれたんだと。

君は、俺の姿を見つけると、こちらへパタパタと走ってきた。目の前で立ち止まると、大きな瞳で、俺を見上げた。

本当に、ひどい顔だった。涙で頬《ほお》は濡れているし、鼻水は垂《た》れているし、唾液《だえき》で口紅までにじんでいる。それがやけに滑稽《こっけい》で、笑おうとした。君のボケに俺が噴き出した、いつかみたいに。

「あ……はっ……」

けど、込み上げてきたのは、熱い涙だった。

両目から、どんどん涙が溢《あふ》れてくる。俺は口を押さえながら、馬鹿みたいにボロボロ泣いていた。君は驚いたように、目を大きく見開く。

「伊達さん、急に、ごめんなさい。私、謝りにきたんです！」

君は息を弾ませながら、言葉を続ける。

「私の実家、実はド貧乏なんです。市内から何時間も電車に乗った超山奥で、大昔に建てたオンボロのあばら家で、たぶん、伊達さんが見たらドン引きする実家なんです」

俺はうまく声が出せず、ただうなずく。

「私、ずっと伊達さんに嫉妬《しっと》してました。うらやましかったんです。仕事もできて高学歴で、頭もよくて格好よくて、ご実家は裕福で。こんなスーパーマンが、私みたいに、ハケンで低学歴で、特技もなにもない人間を、好きになってくれるわけないって、ひがんでたんです」

君は鼻を啜《すす》り上げ、一気にまくし立てた。

「あなたを、傷つけてやりたいと思いました。ダサい自分を許せなくて、あなたに八つ当たりしたんです。貧乏で馬鹿でなにもできない癖に、それを全部あなたのせいにして、あなたを傷つけるような、最低最悪の人間なんです。実は弱くて臆病《おくびょう》なのに、見栄《みえ》張って、嘘吐いてました。本当に、ごめんなさい。許してくださいなんて、言う資格もないんです」

言いながら君は、深々と頭を下げた。

「そうなってしまったのは、あなたに死ぬほど憧《あこが》れていたから。本当は、あなたのことが大好きだし、あなたのセックスも大好きです！　嫌だなんて思ったことは、一度もないし、もっといっぱいしたいです！」

俺は口を押さえながら、咳払《せきばら》いした。すぐ横を通りすぎたカップルが、物珍しげに眺《なが》めている。

うん。まぁ、周りにどう思われようが、しょうがない。緊急事態だし。

「私、変われないいんです。伊達さんみたく、格好よくなれない。どうあがいても、ずっと未熟で、なにもできないダメ人間のままです」

しばらくうつむいてから、ふたたび顔を上げた君の表情が、美しいと思った。少し眉《まゆ》根《ね》を寄せ、真剣な瞳で、まっすぐこちらを見ている。

……鼻水が垂《た》れていたけど。

「そんな私ですけど、あなたが、大好きです。誰よりも、あなたのことを、愛してます。あなたがいないと、たぶん生きていけない」

ここで君は、はぁ、と肩で大きく息を吐く。

俺は、なにもできないまま、立ち尽くしていた。

「私が、あなたと、ずっと一緒にいたいんです。どうか私と、結婚してください!!必ず、あなたを幸せにします！」

君は挑《いど》むような目で、そう言い切った。

なぜかその場が、シン、と静まりかえる。

身の内に、深い感動が、染み渡っていった。

まったく、君には敵《かな》わないなと思う。

なにもできないダメ人間だって？　俺の前にルームキーを叩きつけたり、公衆の面前で逆プロポーズしたり、これのどこがダメ人間なんだ？　きっと怖かっただろう。恥ずかしかったに違いない。俺に断られたら、どうする気なんだろう？　すごい勇気だ。

俺は口を押さえたまま、笑ってしまった。笑うと、涙がボロボロ落ちてくる。俺は器用にも泣いたまま笑い、うんうんとうなずいた。ごめん。情けないことに、声が出ないんだ。けど、俺も君と結婚したい。ずっと一緒にいたいんだ。俺は何度も何度も、うなずいた。

すると君は腕を伸ばし、俺を抱きしめ、よしよしと慰《なぐさ》めてくれた。

君の前では、まるで俺は小さな子供みたいだ。俺も君が逃げないように、しっかりと抱き返す。

君は変わった、と思った。

うまく言えないけど、君はこれまでの自分を捨て、新しく変わったんだ。このときの君は、俺がイエスと言おうがノーと言おうが、二本足でしっかり歩き続ける、そんな感じがした。もしここで俺が拒否したら、君は静かに俺の下を去り、どこか遠くへ飛んでいってしまうのだろうと思えた。まるで、自由な蝶《ちょう》みたいに。

だから、しっかり捕まえておかなければ。君の背中を見つめながら、一生ついていきたい。そう思ったんだ。

「俺も、愛してる。ずっと、愛してた」

君を抱きしめながら、やっと言葉が出た。

「私もずっと愛してました」

「俺のほうこそ、ごめん。君を傷つけて」

「大丈夫です」

「俺も、君と結婚したい。俺には、君しかいないと思ってる。君と一緒に、山奥にあるオンボロの実家へ行きたい」

「……はい」

小さく言った君は、肩を震わせて泣き崩れた。

俺はようやく男らしい気分で、君の背中を撫《な》でてやる。

「よかった……。あなたに拒否されたら、もう死んじゃうかと……」

君は、息も絶《た》え絶《だ》えに言う。

「拒否されると、思った？」

「五分五分《ごぶごぶ》だと、思ってました」

少し体を離して、二人は照れたように微笑み合う。

天井まである窓ガラスから差した日の光が、二人を眩《まぶ》しく包んでいた。

「よかった」

君がポツリと言う。

「え？」

俺が聞き返すと、君は泣き笑いでこう言った。

「夜が終わって、よかったって言ったんです。あなたと一緒に、昼の世界へ戻れて」

二人は、ひさしぶりの口づけを交わす。

珠美の手首に止まった青い蝶《ちょう》が、輝きを放った。

◇◇◇

それからの四か月、珠美は目が回りすぎて気絶しそうなほど忙しかった。

東京の珠美は珠美で、リオにいる伊達は伊達で、やるべきことが山のようにあった。二人は、真冬の山で風雪に晒《さら》された地蔵のように、じっと忍耐強くタスクをこなしていった。

珠美は生まれて初めて退職願を書いた。インターネットで書き方を調べ、書式どおりに丁寧に。月花商事と派遣元の会社宛てに二通必要だったりと、契約期間中の退職手続きは少々ややこしかった。……とはいえ、そんなことは重要じゃない。

珠美は、人事の言うとおりに書類を作成し、後任の派遣社員へ引き継ぐためのマニュアルを作成し、お世話になった人たちに挨拶《あいさつ》をして回った。実家に電話して伊達のことを話し、部屋にある服や荷物を整理し、初めてパスポートを申請し、引越し業者へ連絡して見積もりに来てもらった。

伊達とは、インターネットのテレビ通話を使って、毎晩のように顔を合わせた。リオと東京の時差は十二時間。珠美が帰宅して十九時にパソコンを立ち上げると、画面の向こうに伊達の眠そうな顔が映り『ちょうど朝の七時だ』と言った。それから珠美は夕食を食べ、伊達は仕事に出掛け、余裕があれば二十三時頃にもう一度回線を繋《つな》ぐ。このとき伊達はちょうどランチタイムで、野外にある騒々《そうぞう》しいカフェをバックに、ブラジル産のマンジョカ芋を頬張《ほおば》る彼の姿を見ることができた。

伊達は異国の地にいても、強く独立し、とても成熟して見える。なぜか伊達は日本にいるときよりも、遥《はる》かにエネルギッシュで、くつろいでいるように見えた。そう言えば彼は学生の頃、バックパッカーをやっていたらしい。

いつかその辺のことも聞いてみたいな、と珠美は思う。さまざまなことが急展開だったから、お互いをじっくり知り合う時間が必要なんだ。

パソコンの画面越しでも、伊達は非常に頼りになった。彼の仕事はいわゆるコンサルタントだし、頭も切れて知識も豊富だから、わからないことは伊達に聞けばほぼ即答してもらえた。月花のことだけでなく、失業保険や住居移転の手続きについても、よく知っていた。どの本を買えば効率よく語学が勉強できるとか、どの通販サイトならスーツケースを安く購入できるとか、そんなことも。

　そして、退職の準備が整ったところで、伊達の口から珠美との結婚が月花の人たちに知らされた。予想通り、鉄鉱石資源部の島は上を下への大騒ぎだ。

「ぜんっぜん気づかなかった！　てっきり、小椋さんは嫌われてるんだとばっかり。あたし、勘がいいほうだと思ってたのに……」

　二階堂は言った。驚きや怒りを通り越し、呆然《ぼうぜん》としている様子だ。

「騙《だま》してたみたいで、すみません。けど、本当に嫌われてたんですよ。以前は……」

　珠美が言い訳すると、二階堂は半眼になってこう言った。

「まったく。罪滅《つみほろ》ぼしに、リオのお土産《みやげ》はちゃんと買ってきてよね！　あと、結婚式には招待すること！」

　珠美は笑って「もちろんです」と、請《う》け合った。

　しかし、なんと言っても一番喜んでくれたのは、リカだった。リカは一度、伊達がブラジルへ渡ってから珠美の部屋へ遊びにきて、パソコン越しに彼と話をしたことがある。

「あたしがいなければ、珠美があなたを誘うこともなかったし、空港にも現れなかったんですからね！」

　リカが恩着せがましく言うと、伊達は明るく笑ってこう返した。

「とても感謝してる。一条さんが小椋さんと仲がいいの、以前は不思議だったけど、今ならわかるような気がするよ」

伊達と珠美は、先に籍だけ入れることに決めた。書類上の夫婦となった後、珠美がリオへ移住して一緒に暮らす。そうなるように伊達は仕事のかたわら、さまざまな手続きを進めていた。

こうして人生は、音もなく次の段階へと進む。一つの軌道《きどう》が終わり、次の軌道《きどう》へと移ってゆく。それは万人に、訪れるべくして訪れる。そのとき自分たちにできることは無駄な抵抗はやめ、多少の衝撃に耐えながらも、粛々《しゅくしゅく》と事を進めるのみだ。収まるべき、着地点へ向かって。

そして、十月に入り、季節は秋になっていた。

◇◇◇

リオデジャネイロの国際空港に降り立った珠美は、高い天井を見上げた。

アントニオ・カルロス・ジョビン国際空港。人口約六百万人を擁《よう》する都市、リオにある最大の国際空港だ。大勢の人たちがスーツケースを転がしながら行き交い、その肌の色や人種はさまざまだ。珠美は生まれて初めて国際線に乗り、はるばる一人でやってきた。

空気が、全然違う！　日本より、ずっと暖かい。あと、馴染《なじ》みのない香水とかスパイシーな体臭の匂いがする。

珠美は鼻をひくひくさせながら、新鮮な驚きを持って辺りを見回した。コートを脱いで、ゆるいニット一枚でちょうどいいぐらいだ。十月のブラジルは、春だった。南米の国際空港は、光と活気に満ち溢《あふ》れている。人々は大声で言葉を交わし合い、楽しそうな笑い声やラテン風の音楽など、雑多な音が耳に入ってきた。

Bem-vindo ao Rio de Janeiro!!（リオへようこそ!!）

ポルトガル語で大きく記された垂《た》れ幕《まく》の横を通り、ターンテーブルから回収したスーツケースを押して出口へ向かう。幸い、標識はすべて英語だったので、辞書を引きながら翻訳《ほんやく》できた。入国カードの書き方は伊達にしっかり教わったし、入国審査も英語だったのでどうにか事なきを得た。飛行機に乗るのが初めてで緊張や不安もあったけど、好奇心のほうが勝《まさ》った。フライト中は興味津々《きょうみしんしん》で機内誌を読んだり映画を観たり、機窓から見える雲海の写真を撮ったり、ブラジルワインを試飲したり、ワクワクしっぱなしだった。

『Ｅｘｉｔ』と書かれたゲートをくぐるとすぐに、長身の伊達の姿が目に入った。

ひさしぶりに見た彼は、以前より精悍《せいかん》な顔つきになっていた。よく日焼けした浅黒い肌に、サントスＦＣのＴシャツとラフなジーンズがよく似合っている。剥《む》きだしになった筋肉質な腕に、スポーティーなごつい腕時計が巻かれ、まるで学生みたく若々しかった。すでに珠美の存在に気づいていたらしく、こちらをじっと見つめる涼しげな目元だけは変わらない。

珠美は思わず足を止め、左胸をそっと押さえる。彼を見ていまだに胸がときめくなんて、馬鹿みたいだと自分に呆《あき》れながら。もう付き合い始めて、半年以上経っていうのに。

伊達は珠美に視線を向けたまま、颯爽《さっそう》と歩いてくると、黙ってスーツケースを持ってくれた。さらにショルダーバッグも、代わりに肩に掛けた。彼はいつもさりげなくエスコートしてくれ、その紳士的な振る舞いが、いい意味で日本人離れしている。

「あ、あの、おひさしぶりです。元気そう、ですね」

珠美がはにかみながら言うと、伊達はとてもうれしそうに微笑んだ。白く美しい歯が、形のよい唇の間から少し覗《のぞ》く。

「君も、元気そうだ」

「はい」

二人の間に、もじもじした空気が下りる。固いハグをするとか、熱烈なキスを交わすとか、もっとしっかり近づきたいのに恥ずかしくてうまく表現できない。毎日のように液晶の画面越しに話をしていたのに。

「毎日、テレビ通話してたのにね」

珠美の内心を代弁するように、伊達が言った。

「そ、そうですよね」

「やっぱり、実物は存在感があるよな……」

「よくわかります」

伊達は大きな手で、小さな子にするように珠美の頭を撫《な》でた。もうそれだけで、珠美はその場にバッタリ倒れて気絶しそうになる。

「お腹、空《す》いてる？」

伊達が気遣うように聞く。

「あ、はい。もうなんでも食べられそうです」

「なら、車、待たせてるから。夕飯でも食いに行こう」

そう言って伊達は、珠美の腰を抱いて歩き始めた。普段しないような仕草に、珠美はドキドキしながら足を踏み出す。しかし、周りを見ると、カップルたちは皆しっかりと腰を抱き合っていた。

なんか、情熱の国って感じだなぁ～。

しみじみと南米の空気を胸に吸い込む。空港の外には、緑地に黄色のブラジル国旗が誇らしげにはためいていた。

「最初に言っとくけど、とにかく治安が悪いから。日本に比べて遥《はる》かに、という意味だが。基本、移動はすべてドア・トゥ・ドアだ。自宅マンションの駐車場から車に乗り、目的地のエントランス前で車を降りる。慣れるまで、街中を一人でフラフラ歩いちゃダメだ。買い物はメイドがやるし、運転はドライバーがやる」

伊達は歩きながら説明した。

「かと言って、家の中に閉じ込めるわけじゃない。観光には俺が連れて行くし、ガイドを連れて近所の公園を散歩してもいい。昼間なら、海水浴にも行ける」

すべてあらかじめ聞いていたことだけど、珠美は神妙にうなずいた。ファヴェーラと呼ばれるスラム街は特に危険で、万が一足を踏み入れたら命はないらしい。

空港の外に出て、月花の社用車だと紹介されたセダンは、日本製のものだった。年式が少し古い気がするけど、よく知っている車種だ。リオにも日本の車があるんだな、と珠美は感心する。

スーツケースをドライバーに任せ、二人は後部座席に乗り込んだ。車内はエアコンがよく効いていて、少し寒いぐらいだ。嗅《か》いだことのない、妙なレザーの香りがする。

ドライバーは真っ黒に日焼けし、厚い唇を密集した口ひげに覆《おお》われた、初老のブラジル人だ。彼は珠美を見ると「Ｏｌａ！」と声を上げ、にっこりした。

珠美も覚えたてのポルトガル語で「はじめまして。私は珠美です」と言うと、どうやら通じたらしく、ドライバーはうれしそうにうなずく。伊達が流暢《りゅうちょう》なポルトガル語でなにか言うと、車は少々荒々しく発進した。

「彼は、アンデルソンって言うんだ。運転は荒いけど、じきに慣れる」

伊達がそう言うと、アンデルソンはバックミラー越しにウィンクした。伊達とは気心が知れている感じが伝わってくる。

「ポル語、うまいじゃないか」

伊達に褒《ほ》められると、珠美は謙遜《けんそん》してこう答えた。

「いえ、まだまだ。はじめましてと、私は珠美です、しか言えません」

それを聞くと、伊達は快活《かいかつ》に笑った。つられて、珠美も微笑んでしまう。

伊達は、やはり日本にいるときより、遥《はる》かにリラックスしていた。ありのままで、悠々《ゆうゆう》としている。これは思い過ごしじゃないぞ、と珠美は実感した。

日本にいるときの伊達も堂々としてはいるが、いつもどこか身構えていた。リオは日本より治安が悪いと彼自身が口にしているのに、すごくのびのびしている。現実に、彼はここの空気にとても馴染《なじ》んでいて、まるでここが彼の故郷なのかと錯覚《さっかく》しそうだ。本物の彼は思ったよりずっと無邪気《むじゃき》で、子供っぽい人なんだと、新たな一面を発見した気分だった。

車は、リーニャベルメーリャと呼ばれる幹線道路を南へと走ってゆく。車窓に映る街並みは、ガソリンスタンドもコンビニも、街路樹や壁の落書きさえも珍しいものばかりだ。途中、道路が海の上を走っていて、遠くグアナバラ湾が見渡せた。

赤道直下の日差しは、とても力強い。

渋滞《じゅうたい》に巻き込まれながら、四十分ぐらい走っただろうか。突然、アンデルソンが大声を出し、しきりに窓の外を指差す。見ると、斜め右前方に丘があり、頂上の切り立った崖《がけ》の突端《とったん》に人の形をした巨大な影が見えた。

「あれが、コルコバードのキリスト像……」

珠美は息を呑んだ。

「リオの市内からだったら、大体どこでも見られるよ」

伊達がうなずきながら言う。

神秘的な光景だった。頭上に垂《た》れ込めた雲間から光が差し、その下に堂々たるキリストが街を抱えるように両手を広げている。守護神としてこの街の人々を見守り、祝福を与えている……そんな感じがした。宗教に興味のない珠美でも、あれが神様なんだなぁ、と素朴《そぼく》に理解できる。

「同じキリストでも、あれはヨーロッパ的じゃない。やっぱり、ブラジルのキリストなんだ。ずっと雄々《おお》しくて、エネルギッシュで、力強い。まるで、この国そのものみたいに」

伊達が熱心に言う。

まるで伊達さん自身を形容しているようでもあるな、と珠美は思う。雄々《おお》しくて、エネルギッシュで、力強い。

リオのことが好きになれそう、と珠美はうれしい予感がした。伊達の気持ちが、わかる気がした。珠美も東京にいる間は、学歴だとか身分だとか、やりたいことやら彼氏の有無《うむ》やらを、人と比べては落ち込んでいた。自分は普通じゃないとか、平均以下だとか、周りの目を気にしてばかり。馬鹿にされるのが怖くて、必死で流行《はや》りを追いかけようとしていた。

だけどここでは、すべてがどうでもよく思える。

私はアジア人という大きなくくりに入れられ、細かいメイクや髪型なんて誰も気にしない。さまざまな年齢、ジェンダー、人種が入り乱れている場所で優劣も欠点もない。すべてはただの個性に過ぎないとわかる。たぶん、私が感じているこの解放感と同じものを、彼も感じているんだ。

意外な気がした。彼と自分はなにもかも違うと思っていたのに、根本の部分を共有できるなんて。不思議と、彼の感じているものが、珠美にも自然に理解できた。

車に乗っている間、二人はずっと手を繋《つな》いでいた。伊達さんの手の握《にぎ》り方はすごく優しい、と珠美は思う。いつかのタクシーで、手を握《にぎ》られてドキドキした夜を、懐《なつ》かしく思い出す。

あの夜がまるで何十年も前の出来事に思えた。あれから随分《ずいぶん》、遠く明るい場所まで来た。あのときと同じときめきは、少しも色褪《いろあ》せずこの胸に宿したまま。今もこうして触れられるのが、奇跡みたいだ。あの憧《あこが》れの伊達さんと、婚約者として手を握《にぎ》っているだなんて。本当は全部長い夢なんじゃないかって。

ディナーは、リオデジャネイロ港にほど近い、シーフードレストランに連れていってくれた。元々は市場だった建物を改装したとのことで、窓からは夕日をバックに行き交う漁船がすぐそこに見えた。さっとグリルした、新鮮なタコやイカやムール貝は驚くほど美味《おい》しく、ブラジル産の白ワインにぴったりだった。二人はお互いの近況をポツポツと語り、見つめ合っては気恥《きは》ずかしくて目を逸《そ》らす、ということを繰り返した。よくよく考えたら、彼の実家の帰り道で喧嘩《けんか》して以来、まともに会ったのは今日が初めてだ。成田空港でお互いの気持ちを確かめた後、珠美は『行ってください』と伊達の背中を押し、定刻通りの便に搭乗《とうじょう》させたから。

やがて窓の外はとっぷりと日が暮れ、暗闇に漁船の灯火が明滅し始める。ワインでほろ酔いの上に、少し蒸し暑かった。デザートと一緒に出された、カジューと呼ばれる南国フルーツのジュースが、舌に心地よい。太陽と大地のエネルギーをそのまま凝縮させたような、力強い味がした。

「お酒、強いね。前から思ってたけど」

伊達が言った。

「そんなことないですよ。伊達さんには、敵《かな》わないです」

珠美は答える。

——きっとうまくいく、と珠美は確信していた。東京では、やりたいことさえ見つけられなかったのに、なぜかこの地ではやりたいことが山ほどある。ポルトガル語を早く覚えたいし、いろんな町へ行ってみたいし、ビーチでサーフィンもやってみたいし、なにより彼のことをもっと知りたい。そして、彼を支えられる人間になりたい。

二人は、離れていた時間を埋めるように、心ゆくまで熱く見つめ合った。

夜が深まるにつれて、沈黙の濃度が増してゆく。彼の眼差《まなざ》しが官能的な色を帯《お》びているのに、気づいていた。

こんなことが以前もあった、とぼんやり思い返す。どこだったっけ？　そうだ。いつかの、地下にあるバーだ。あの夜もこんな風に、だんだん鼓動が速まっていた。

ひさしぶりだから、今夜の彼は今までと違うかもしれない。それだけじゃなく、このブラジルという国が、赤道直下の日差しに焼かれた大地が、彼をより解放するかもしれない。より本能に忠実に、彼の抱えるエネルギーがすべて放たれるような……

「そろそろ、出ようか」

そう言う伊達の声は、少し上ずっていた。

珠美はうまく声が出せないまま、椅子《いす》を引いて立ち上がる。これから始まる長く熱い夜に、甘い期待を抱きながら。

——もしかして、私は見たいのかもしれない。しがらみから解き放たれた、彼の真の姿を。南米の地が燃え立たせる、彼の業火《ごうか》のような欲望のエネルギーを。

伊達に腰を抱かれながら、珠美はチラリとそう思った。

◇◇◇

二人のマンションは、リオの市内でも有数の高級住宅街、コパカバーナ地区にあった。市の東端の海に面し、白砂の美しいコパカバーナビーチはリオでも有数の景勝地《けいしょうち》だ。

マンションの間取りは、二人で住むには広すぎるほどだった。洒落《しゃれ》たヨーロッパ風のインテリアが揃《そろ》えられ、リビングの南側の窓は南大西洋に臨《のぞ》む、オーシャンビューだ。

書斎《しょさい》やウォークインクローゼットもあり、キッチンは珠美の部屋より広いし、ダイニングの床は総大理石で、リゾートホテルのスイートルームみたいだ。

「すごい！　こんなに素敵な部屋に住めるなんて、夢みたい！」

珠美が感激して言うと、伊達は意地悪そうに口角を上げた。

「どうかな？　いくら見かけはよくても、あちこち虫は出るし、排水はしょっちゅう壊れる」

「田舎育ちなんで、虫は大好きです！　排水管もぜひ直してみたいな」

「君と二人なら、どんなトラブルも楽しそうだ」

はしゃいで話しながらも珠美は、まとわりつくような伊達の視線を感じていた。

皮膚《こ》が焦げるような、熱い眼差《まなざ》し。

彼は、私をほしがっている。これまでにないほど、とても強く。そのことは、火を見るより明らかだった。

二人が寝室に入った瞬間、珠美は乱暴に抱き寄せられた。

有無《うむ》を言わさず、伊達に唇を塞《ふさ》がれる。それは急《せ》くような、情熱的なキスだった。

伊達の荒い息だけが、薄暗い室内にこだまする。

珠美は目を閉じ、深く挿し込まれた舌を懸命《けんめい》に受け入れた。彼の舌は熱く、なかば暴力的に、珠美の口腔《こうこう》をぐいぐい蹂躙《じゅうりん》する。腰に回された彼の腕に強く引き寄せられ、二人の下半身がぶつかり合った。彼の勢いが激しすぎて、珠美の上体は弓なりに仰《の》け反《ぞ》る。

まるでドラマの主演女優になったみたいだ、と頭の片隅で思う。伊達に力強く掻《か》き抱かれ、奪うようなキスをされると、自分がとんでもなくセクシーな美女になった錯覚《さっかく》に陥《おちい》る。いつも自分で自分のことをオクテで冴《さ》えない子供だと思っていた。けど、伊達を前にすると私は女なんだと強く自覚する。体の奥底に眠っていた、雌の部分がゆっくり目を覚ますような。伊達の存在があって初めて、自分の中にそんな部分があったんだと、驚きを持って発見するのだ。

だけどこうして、自分の肉体が雌に生まれ変わる瞬間は、いつも心地よい。サナギが羽化《うか》するみたいに、こうだと思い込んでいた自分という殻《から》を脱ぎ捨て、本来の姿に戻るような。

ああ、これが本当の私なんだ、と。

伊達という伴侶《はんりょ》を得て、初めて真の珠美になれる。一人だけでは不十分なんだ。そんな風に感じた。

「ごめん。ずっと、会いたかったから、俺……」

唇が離れると、伊達が息を乱しながら言う。

「自分でも焦《あせ》りすぎだとわかってるんだけど、俺、ずっと我慢してたから……」

伊達はそう言うと、引きちぎるように自《みずか》らのTシャツを脱ぎ捨てた。下から、見事に隆起《りゅうき》した筋肉が現れる。オレンジの間接照明に照らされ、胸筋が深い影を作っていた。腰骨に引っ掛けただけのジーンズに向かって、三角のビキニラインの筋《すじ》がセクシーに盛り上がっている。

ひさしぶりに見る肉体美に、珠美はドキドキした。よくサーフィンに行く、と言っていた伊達の肌は、美しく小麦色に焼けている。珠美の視線に伊達は気づかず、蹴飛《けと》ばすようにジーンズも脱いだ。ボクサーショーツに包まれた彼自身は、硬く勃《た》ち上がっている。珠美は下腹部が引きつる感じがするとともに、息苦しさを覚えた。

伊達は珠美を素早く抱え上げるとベッドまで早足で行って、そっと横たえた。お姫様みたいに扱われ、珠美はどぎまぎしてしまう。伊達は両手を珠美の顔の横につき、まるで宝物でも眺《なが》めるように、じっと珠美を見下ろした。

伊達さんの目の形って素敵だな、と珠美はぼんやり思う。目尻が切れ長で、すごく凛々《りり》しくて。

伊達の手が、するりとニットの裾《すそ》から入り込んできた。乱暴に破りたいのをかろうじて我慢している手つきで、伊達はニットとブラジャーをようやく外す。珠美の視界の下のほうで、白く膨《ふく》らんだ乳房が、ふるり、と姿を現した。

それを見た伊達は、ゴクリ、と唾《つば》を呑んだ。

「ご、ごめん。今夜は、全然余裕がないんだ」

伊達は、見ているこちらが切なくなるような瞳で言う。

珠美は「大丈夫です」と、二、三度うなずいた。

伊達は部屋の灯りを落とすと突然、両手で珠美の乳房を鷲掴《わしづか》みにし、倒れるように覆《おお》い被さってきた。ベッドが大きく軋《きし》み、珠美は衝撃に耐えながら、大きな背中に腕を回す。

そのときふと、ガゼルの喉笛に食らいつく敏捷《びんしょう》なヒョウのイメージが、脳裏《のうり》をよぎった。

よく日焼けした肌は、シルクのようにするりとし、うっとりする触り心地だ。

珠美は五本の指を、伊達の屈強《くっきょう》な背中に滑《すべ》らせる。肩の膨《ふく》らんだ三角筋から、背骨に沿って尾根のように膨《ふく》らむ僧帽筋《そうぼうきん》は、変わらぬ滑《なめ》らかさだ。

伊達は丸い両乳房の間に鼻先を埋め、子犬のようにむしゃぶりついてきた。荒い息が谷間にかかり、温かく肌を湿らせた。珠美が伊達の頭をそっと抱くと、指先にごわごわした黒髪が絡まる。すると伊達は、肉に食らいつく野生獣のように、パクッと乳房にかぶりついた。

伊達の口が、乳房の先端を貪欲《どんよく》に吸い上げる。ぬるぬるした舌が、乳頭を舐《ねぶ》り、転がした。珠美の四肢《しし》はわななき、たちまち胸の蕾《つぼみ》が、きゅっと硬く尖《とが》る。同時に伊達は左手の指で、もう一方の乳房の先端を淫《みだ》らに弄《いじ》り回した。

だ、伊達さん、すごい。がっついてる……

両乳房の先端から、じわじわと甘い刺激が下腹部へ流れる。珠美はたまらず、はあっと、吐息を漏《も》らした。

伊達は乱暴に乳房を揉《も》みしだき、夢中で舐《な》め回す。息を荒らげながら、両方の乳房へ交互に口をつけ、噛みつくように吸い上げた。蕾《つぼみ》はますます硬くなり、腫《は》れて膨《ふく》らむ。ちゅ、じゅぅう、という微《かす》かな吸引音が、薄闇に響く。それを、伊達の乱れた息の音が掻《か》き消した。

勢いが、すごい……。む、胸が……

絶《た》え間なく、乳首からお腹へ快感が流れ、珠美は太腿《ふともも》をもじもじさせた。重なる腰の間に挟まった、彼の怒張したものが気になる。それは石のように硬く、温度がひどく高くて、表面がぺとぺとしていた。見えないけれど、以前より大きく膨《ふく》らんでいる感じがした。それがちょうど珠美の股間に当たり、先端から溢《あふ》れた液が、陰毛を濡らしてゆく。それが時折、カリの部分をなすりつけるように、珠美の肌に擦《こす》りつけられる。その、小刻みで卑猥《ひわい》な動きに、もう我慢できない心地になった。

あ、あ、早く……。中に……

バストを蹂躙《じゅうりん》されながら、珠美は眉をひそめて懸命《けんめい》に耐えた。温かい肉膣は充分に受け入れる準備ができていて、とろとろ愛液を染み出させている。ゆるゆると肉襞がとろけて、時折、きゅっと、なにもない空隙《くうげき》を締めつけた。そこに収まるべき、熱い異物を待ちわびているように。

だ、伊達さんっ、早くっ……！

珠美の心の声が聞こえたように、不意に伊達は身を起こした。そして、珠美の両脚を掴《つか》み、局部に挿入しやすいよう、M字に曲げてぐっと押し開く。珠美が視線を落とすと、全裸の伊達の肢体《したい》が視界に入った。

珠美は、小さく息を呑む。

やはり彼は、はっとするほど美しかった。

鋼鉄《こうてつ》のように鍛《きた》え上げられた肉体には、無駄なものがなに一つない。その体が、窓から差し込む月光に晒《さら》されている。精悍《せいかん》な頬《ほお》に、伏せたまつ毛が長い影を作り、そこへ無造作な黒髪がかかっていた。まるで美術館に展示されている、精巧《せいこう》な彫像《ちょうぞう》みたいだ。美しさも醜《みにく》さも、純愛も猥褻《わいせつ》もすべてを合わせて一つに完成させた、完璧《かんぺき》な芸術のような。

伊達さん、とっても綺麗《きれい》……

こんな瞬間、不思議な感覚に囚《とら》われる。彼の肉体美も、洒落《しゃれ》たベッドルームも、淡い月光も、なにもかも現実離れしていて。すごく非現実的な……自分が絵画の中に、するっと入り込んでしまった気がするのだ。

伊達の発達した胸筋は汗で濡れ、荒い呼吸とともに上下している。見事な大腿筋《だいたいきん》が浮き出た太腿《ふともも》の間から、巨大な男根が塔《とう》のように勃《た》ち上がっていた。それはギッチギチに膨張《ぼうちょう》し、太い血管が浮き上がり、先端へ向かって艶《つや》やかにそり曲がっている。

そこを中心にして、伊達の肉体は完璧《かんぺき》だった。人間の男性性の美を、そのまま体現しているかの如《ごと》く。

たらり、と男根の先端から溢《あふ》れた液が、伝い落ちる。まるで、獲物を前にした野獣が、涎《よだれ》を滴《したた》らせるように。

珠美は、ぼんやりそれに見惚《みと》れる。そのとき膣口から、とろり、と愛液が花弁を伝い、くすぐったい心地がした。飢餓《きが》か、渇望《かつぼう》のようなものが、下腹部をよぎる。

男根が、ひくっ、と前後に揺れた。

その刹那《せつな》、伊達がギッと睨《にら》み上げる。その鋭《するど》く刺すような眼差《まなざ》しが、シャッターを切るみたいに珠美の網膜《もうまく》に刻まれた。

伊達さんは、一瞬の視線だけで女の子を虜《とりこ》にしてしまう、と珠美は思う。いつも、彼が視線を少し走らせるだけで、おかしなほどドキドキするのだ。

伊達は自《みずか》らの男根を握《にぎ》り、つるりとした亀頭を秘裂にあてがう。そして、ぐいっと腰を前に押し出し、ひと息に貫いた！

ずるずるずるっ、と硬いものが膣道を滑《すべ》ってゆき、最深部をズン、と突く。気持ちよくて、珠美は小さく「あっ」と声を漏《も》らした。

うわ、伊達さん、すごくあったかい……

生温かく、大きなものを、お腹《はら》いっぱいに孕みながら、珠美は目を細めて恍惚《こうこつ》とした。ずっと欠落していた空隙《くうげき》が、みっしりと隙間《すきま》なく埋まる充溢感《じゅういつかん》。深く息を吸うと、二つの乳房の高さが微《かす》かに上がる。そのまま息を吐くと、下腹部が自然と収縮し、きゅうう、と優しく彼を締めつけた。

「んぐっ……」

快感を堪《こら》えるように、伊達が目を閉じてうめく。膣に包まれた彼自身が、どくどく脈打つのを感じた。

おもむろに、伊達の腰が前後に動き始める。

伊達は乱暴すぎるぐらいに、珠美の両腿《りょうもも》を押し広げ、より結合部を密着させた。引き締まった腰が、いやらしく律動《りつどう》し、深く、最奥まで、何度も穿《うが》つ。

男根の張り出た傘の部分が、じゅるり、と力強く膣襞を擦《こす》った。

ゾクゾクッと、快感が下腹部から脳天まで突き上げる。たまらず、珠美は片目を閉じ、歯を食いしばった。

あ、あっ、あぅっ、うあっ……す、すごく、きもち、よくて、ダメッ……

前後に運動しながら、男根が引き抜かれるたび、愛液が派手に飛び散る。

びちゃっ、ぴちゃ、ぶちょっ。

結合部が立てる音と、伊達の荒い息が、重なった。

「はっ、はぁ、はぁっ、んっ……はっ」

伊達は両目を閉じ、交尾に没入する動物みたいに、股間に意識を集中している。だんだんストロークが短くなり、カリの部分を膣奥になすりつけるように、小刻みに腰が揺れた。その、ひどく猥褻《わいせつ》な動きに、珠美の胸はドキドキする。

い、嫌っ……。あっ、で、でもっ、すっごく、や、やらしいのに、お腹とろけそうっ……！

小刻みな動きに合わせ、白い乳房がゆさゆさ揺れる。膣襞から愛液がどんどん分泌《ぶんぴつ》され、擦《こす》りつけてくる男根を、とろけさせるような感じがした。

視界が上下に揺れ、だんだん霞《かす》んでゆく。天井のシーリングファンが、どこかからくる微風で、ゆっくりと半周した。それを見て、珠美はあることに気づく。

あ……エアコンが……

ベッドルームに入るなり事に及んだせいで、冷房もつけていない。ねっとりした熱帯夜の空気が、肌にまとわりつく。伊達の鋼鉄《こうてつ》のような肉体は汗で光り、気づけば珠美も全身汗を掻《か》いていた。

股の間の結合部が、ひどく熱い。

ズン、ズン、ズン、とリズミカルに、二人の体が揺れる。触れ合う素肌は、汗でぬるぬる滑《すべ》った。汗だくで激しいセックスをしていると、いつもよりずっと淫《みだ》らな気分が増す。暑くて、暑くて、だけど気持ちよくて、どうにかなりそうだ。

息を吸うと、湿った空気が気道を通り抜けてゆく。

灼熱《しゃくねつ》の男根に突き上げられ、全身が上下に振動して、浮いた汗の雫《しずく》が次々と脇腹へ流れた。

伊達は汗だくで、射精を堪《こら》えるように一瞬、動きを止める。

「すごく、したかったんだ……」

切なそうな顔で、伊達は告白した。それから腰がふたたびゆっくり動き始め、言葉は続く。

「ずっと……ずっと、んっ……我慢、してた。毎晩、君のことを思い出して……くっ、おかしくなりそうだった」

伊達の言葉に、珠美の頬《ほお》は燃えるように熱くなった。

「君の唇とか……」と言いながら、伊達は珠美の唇にそっと触れる。

「滑《なめ》らかな肌とか」

そうつぶやいて今度は、珠美の頬《ほお》から顎《あご》を通り首筋まで、手の甲を滑《すべ》らせた。

「ここも……」と言って、珠美の乳房をむにゅっと掴《つか》み、桃色の蕾《つぼみ》をきゅっとつまんだ。

甘い刺激に、珠美は「んっ」と声を漏《も》らす。同時に、膣がすぼまり、男根に吸着する感じがした。強く吸着したまま、男根の茸《きのこ》のような凹凸《おうとつ》を、中で感じる。ずずっとした摩擦《まさつ》に、ぞわりと鳥肌が立った。

「ああんっ……！」

珠美の甘い啼《な》き声が、響く。

「うくっ……」

伊達も堪《こら》えるように、腹筋に力を込め、顔をしかめる。珠美が気持ちいいと感じるとき、伊達も同じように感じている気がした。

「君のキスとか、君の体……君とのセックスを、思い出して、一人で慰《なぐさ》めてた……」

そのとき、ずぶりっ、と深く貫かれ、甘い刺激が背骨を駆け抜ける。珠美は「あっ……」という声とともに、息を止めた。

き、気持ちよすぎて、ヤバイかも……

「ごめん、いけないって、わかってたんだけど……。だから、この日をずっと待ってた……」

そ、そ、そんなことで、謝らないでー！

しかし内心の絶叫は、伊達のキスによって封じられた。恥ずかしすぎて、体中が熱くなる。彼の首に腕を回し、口腔《こうこう》いっぱいに舌を受け入れながら、下腹部の刺激に耐える。

伊達は、濃密なキスをしながら、珠美の尻を両手で抱え、より結合を深めてきた。陰毛と陰毛が絡み合い、それは愛液に濡れそぼり、ぐちょぐちょと音が漏《も》れる。腰の動きは、どんどん激しさを増して、動きの幅とスピードが上がってゆく。

あっ、ああ、ふ、深くて、す、すごいっ……。今夜の伊達さん、す、すごいっ……！

膣内にあった、異物感が消失してゆく。びちゃびちゃと、愛液を掻《か》き出されながら、膣がとろとろに溶けて、硬い熱棒と馴染《なじ》んでいく。つるりとした三角の先端が、膣内のあちこちを擦《こす》り回り、暴《あば》れまくりながら、それと一体になるような感じがした。溶けて、包み込んで、一緒に躍動《やくどう》するような。

珠美は懸命《けんめい》にキスに応《こた》えながら、されるがままに激しく揺さぶられた。口腔《こうこう》は彼の舌と唾液《だえき》でいっぱいになり、もう自分の舌なのか、彼の舌なのか、わからない。唇の端からこぼれ落ちた唾液《だえき》の雫《しずく》が顎先《あごさき》で止まって、ぷるぷる震えた。

怒涛《どとう》のような腰のストロークに、ベッドが深く軋《きし》む。何度も何度も、ずぼっ、ずぼっ、と真正面から精確に貫かれた。激しく運動する伊達の筋肉から、汗の雫《しずく》があちこちに落ちてくる。珠美は舌を絡めながら、両脚を大きく開き、行き来する熱棒に思うさま擦《こす》られた。

あう……、も、もうっ……おかしくなる！

下腹部の快感が、風船みたいに膨《ふく》らんで、張りつめてゆく。

不意に、伊達が唇を離した。二人の荒い息の間に、唾液《だえき》の細い糸が引く。それはぷつりと切れ、珠美の顎《あご》の上に落ちた。

「君が、好きだ」

伊達の熱い眼差《まなざ》しが、珠美のハートを一直線に貫いた。

次の瞬間、伊達はまた焼けつくようなキスをしてきた。そのまま尻肉を強い握力で掴《つか》まれ、ひと息で深く挿し込まれる。カリの凸《とつ》部分が、粘膜を擦《こす》ってゆき、ずるりっ、と甘い火花が弾けた。珠美はつい、嬌声《きょうせい》を上げる。

「……イ、イクッ……！」

ずん、と最奥を突かれると同時に、珠美は絶頂に達した。ぶわっ、と張りつめていたものが途切れ、快感が稲妻の如《ごと》く全身を打つ。

あ、あああっ……

その瞬間、伊達がたくましい体躯《たいく》を痙攣《けいれん》させながら、射精した。下腹部の奥のほうに、びゅーっ、と温かい精が注《そそ》がれてゆく。伊達の腰の振動が伝わり、珠美の腰もガクガクッと震えた。射精のときにする、彼の身震《みぶる》いは、すごく動物的で雄々《おお》しい。

あっ……あ……ああ……

気持ちよさに意識が遠のきながら、何度も精子が放たれるのを感じた。びゅぅーっ、びゅっ……と、だんだん間隔が短くなる。

伊達が色っぽく喘《あえ》ぎながら、気持ちよさそうに顎《あご》を振り上げる。乱れた前髪がパサッとうしろへ流れ、汗の飛沫《しぶき》が散った。

あ、ああ、出てる……。すごく優しくて、あったかい……。

乾《かわ》いた大地に、しっとりと雨が降るみたいだ。珠美は恍惚境《こうこつきょう》にいながら、微《かす》かに笑みを浮かべる。射精は、濃く、回数も多かった。精液は子宮を満たし、やがて溢《あふ》れる。伊達は、尖《とが》った喉仏を突き出し、すべてを出しきった。

珠美は満足して吐息を漏《も》らす。その音が我ながらやけにセクシーに響き、まるで交尾に陶酔《とうすい》しきった雌猫《めすねこ》みたいだと思った。

力尽きた伊達が、覆《おお》い被さってくる。果てた彼のものは、まだ珠美の中に挿入されたままだ。

「……まだ、君の中に入ったままで、いい？」

伊達が甘えるように、つぶやく。

「いいですよ」

珠美は恥《は》じらいながら、小さく答えた。

二人は至近距離で、視線を合わせる。

「……このまま、この部屋に君を閉じ込めたい」

伊達が、冗談なのか本気なのかわからない顔で言った。その瞳にはまだ、情欲の炎が揺らめいている。

とても澄んだ目だな、と珠美はぼんやり思った。

「ここに君を閉じ込めて、ずっとこのまま……俺と二人で……」

そう言いながら、伊達は珠美を抱きしめ、髪を優しく撫《な》でる。

珠美は、たくましい胸筋に鼻を寄せ、うっとりと目を閉じた。

それも、いいかもしれない。この部屋に、彼と一緒に引きこもって、ずっと二人で……

遠くでさざ波が砂浜を洗う音を、聞いた気がした。

◇◇◇

……暑い。暑くて、頭がおかしくなりそうだ。

伊達俊成は、両腕の間に横たわる白い肢体《したい》を見下ろした。激しい性交で珠美の肌は、ほんのり桜色に染まり、汗が艶《なま》めかしく光っている。艶美《えんび》な曲線を描く乳房は、ふっくらと膨《ふく》らみ、その先端はよく熟したひと揃《そろ》いの苺《いちご》みたいだ。何度も吸い上げたせいで赤く腫《は》れ上がり、ひどくいやらしく尖《とが》っていた。珠美が呼吸するたび、『もっと吸って』と誘うように上下する。

口腔《こうこう》に唾《つば》が溜まり、ゴクリ、と呑み下す。

自然と腹筋に力がこもり、エネルギーが股間に集中してゆく。じわじわと睾丸《こうがん》に、精子が充溢《じゅういつ》する感じがした。食欲によく似た強烈な飢餓《きが》が、臍《へそ》の下辺りをよぎる。

……食いたい。食らい尽くしたい。もっと挿入《はい》って、犯して、むちゃくちゃに擦《こす》りつけたい！

「あ……あぁ……」

珠美が、小さく声を漏《も》らした。

絶頂の余韻で、彼女の目はトロンとし、意識もはっきりしないようだ。だらしなく太《ふと》腿《もも》が開かれ、今さっき男根が引き抜かれた状態のまま、割れた秘裂が晒《さら》されている。

「き、気持ちよすぎて、私……。あっ……」

ぱっくり割れた秘裂の奥から、白濁《はくだく》した液が溢《あふ》れ出た。それは、次々と流れ出て陰毛を伝い、雫《しずく》となってポタポタとシーツに落ちる。ベロリとめくれた花弁の奥に濡れて覗《のぞ》く、膣の粘膜の鮮やかな赤と、和合液の薄い白のコントラストが、伊達の網膜《もうまく》に刻まれた。

その猥褻《わいせつ》な色彩に、雄の本能が掻《か》きたてられる。

珠美が恥ずかしそうに身をよじると、いやらしい乳房の苺《いちご》が、ぷるり、と揺れた。

内臓を締めつけるような飢《う》えが、限界に達する。いつの間にか、ガッチガチに勃起して、のっぴきならない状況になっていた。

両手が自然と伸びていって、二つの乳房の膨《ふく》らみを、ぐわっと鷲掴《わしづか》みにする。気づくと、飢《う》えた狼《おおかみ》みたいに乳房を口いっぱいに含み、夢中で吸い上げていた。甘い果実の種のような乳首に舌を絡ませ、ころころ転がす。

珠美が、悶《もだ》えるように声を上げた。伊達はそれを無視し、乳首を舐《な》めしゃぶりながら、素早く男根の先端を秘裂に当てる。二枚の花弁がびらりと亀頭を挟むのを感じてから、ずぶっ、と膣奥まで突き立てた。

「ああぅっ……！」

「うっ……ぐっ、クソッ……!!」

二人は、同時に喘《あえ》ぎ声を漏《も》らした。

くっ……。か、彼女の膣内《なか》、ぐちゃぐちゃのとろとろだ……。こ、こんなに気持ちイイと、まずいっ……！

伊達は身を硬くし、歯を食いしばって、射精感をやり過ごした。そうしている間も、珠美は伊達のものを深く孕《はら》んだまま、にゅるにゅると締め付けてくる。じっと静止している硬い熱棒に、なすりつけるように膣が蠢《うごめ》き、カリ首の敏感《びんかん》な部分を、にゅるっと擦《こす》った。快感が、ぶわっと一瞬でせり上がる。

「う、うわっ……！」

伊達は声を出し、パッと目を見開く。

マズイ。今、一気に達しそうになったっ……！

無垢《む く》な白いお腹は、ゆっくり上下していた。その皮膚の内側では、伊達にひどく淫《みだ》らな仕打ちが行《おこな》われているのに。彫刻刀でそっと削《けず》ったような臍《へそ》から、大きく膨《ふく》らんだ乳房へのラインが、実にエロティックだ。珠美に温かく包まれた男根に、ますます力がみなぎってゆく。

なんて淫《みだ》らな体なんだ……

伊達は、恐る恐る腰を動かし始めた。精子はパンパンに溜まり、我慢汁を溢《あふ》れさせながら、硬く膨張《ぼうちょう》したものが膣道を滑《すべ》る。腰を引くと、男根の根元から裏筋をとおり、亀頭の先端まで、ずるずるっと甘い火花が弾けた。伊達は口をわずかに開け、恍惚《こうこつ》となる。

あ、あっ、ああっ……なんて、気持ちイイんだっ……！

だんだん、ピストン運動が深く、長く、速くなってゆく。粘膜と粘膜が、直《じか》にぬるぬる絡み合い、卑猥《ひわい》な摩擦《まさつ》を起こす。擦《こす》るたびに、濡れた襞がどんどん吸いついてきて、いやらしく締めつけられ、伊達は喜悦《きえつ》の声を上げた。

「あっ、あんっ、あっ……あっ……」

伊達の律動《りつどう》に合わせ、珠美の声が刻まれる。彼女の顔はまだあどけなさが残っているのに、肉体は熟した雌のそれで、そのギャップが伊達をおかしくさせるのだ。

お、小椋さん、あったかくて、ぬるぬるで、こんなに締めつけて、ヤ、ヤバイ……！

珠美の粘膜に淫《みだ》らにしごかれながら、無我夢中で腰を振りたくった。伊達の律動《りつどう》に合わせ、重みのある乳房が、ゆさゆさと淫靡《いんび》に揺れる。もう一度それを鷲掴《わしづか》みしつつ、男根を突き立てた。珠美が発情期の雌猫《めすねこ》みたいな声を上げ、それにますます煽《あお》られる。背を丸めて顎《あご》を落とし、硬くなった苺《いちご》を深く味わいながら、むちゃくちゃに男根を擦《こす》りつけた。珠美はもう、色っぽいよがり声を、隠そうともしない。

一気に、射精感が這《は》い上がってきた。制止する間もなく、どろりとした熱が、精管を駆け抜ける！　伊達はたまらず、顔をしかめた。

……で、出るっ……！

生温かい肉窟に、根元まで深く挿し入れる。ふるふると腰を震わせながら、すべてを放った。ドバーッと、尿道口から精子が噴き出す。

あ、ああっ……くっ……気持ちイイ……

快感が脳天まで突き抜け、一瞬、気が遠くなった。股間から、甘い痺《しび》れが泡みたいにしゅわしゅわと全身へ染み渡ってゆく。

「うぁ……あぁ……」

我知らず、声が漏《も》れてしまう。

何度も何度も射精しながら、解き放たれる悦楽《えつらく》に酔いしれた。ぬるぬるした彼女の膣は、淫《みだ》らに収縮し、貪欲《どんよく》に精子を吸い上げていく。搾《しぼ》り取られるような感覚に陥《おちい》りながら、すべてを吐き尽くした。

「……いっぱい、出てる……」

珠美が目を潤《うる》ませ、吐息のようにささやいた。

「嫌だった？」

伊達が心配になって聞くと、珠美は微《かす》かに首を横に振る。

「……大好きです」

珠美は小さく言って、頬《ほお》を染めた。

その表情が愛しすぎて、伊達は胸を掻《か》きむしりたくなる。

「……い。いいですね、すごく」

珠美のつぶやきがうまく聞き取れず、伊達は「なに？」と、彼女の唇に耳を寄せた。

「匂い。甘い、ココナッツみたいな……」

「匂い？　ああ、たぶんサンオイルだ。ここのところ、週末はビーチに行ってたから」

「すごく、いい匂いです」

「うん」

「……好き」

たぶん、サンオイルの香りが好きだと言ったんだろう。

だけど、その言葉に伊達の胸はひどくドキドキした。まるで、あなたのなにもかもが好きだと言われたみたいで。心も体もセックスも、すべてが。

『好き』と言った丸い形の唇は、ピンク色でつやつやし、ふっくらしている。無性《むしょう》に奪いたくなり、かぶりつくようにキスをした。ぷるんとした唇を吸い上げ、強引に舌をねじ込む。彼女は少しためらってから、舌を口腔《こうこう》に受け入れた。もう何度もキスをしたから、二人の舌の温度は同じだ。混ざり合う唾液《だえき》も、ざらざらした感触も、馴染《なじ》み深いものに感じる。

唇を離すと、珠美がうっとりと「好きです」とつぶやいた。伊達が「うん」と言うと、珠美はさらにこう続ける。

「伊達さんに強引にされるの、好き」

「キス？　それともセックスの話？」

「どっちもです」

「うん」

「私、変ですか？」

「変じゃないよ」

伊達はそう答えると、不意に甘えたくなり、乳房の谷間に鼻を埋《う》めた。セックスの後の乳房は、大きく張りつめていて、頬《ほお》に当たる丸みが心地よい。胸の谷間は温かく、幼児になった気分で、むにむにした柔《やわ》らかさに溺《おぼ》れた。珠美が、そっと後頭部を撫《な》でてくれる。力を失った男根は、彼女の中に残したままだ。

だが、今夜はこのままじゃ終わらない。

伊達は目を閉じ、乳房の丸みに頬《ほお》ずりする。滑《なめ》らかな肌は、甘い、清純な花の香りがした。甘え下手な伊達でも、珠美の前では素直に甘えられた。彼女は母性が強いのかもしれない、と伊達は思う。聖母のような優しさと、処女のような純粋《じゅんすい》さを、合わせ持っている。さらには伊達にしか見せない、発情した雌のような淫奔《いんぽん》さに、完全に虜《とりこ》にされていた。

甘えたい、守りたい、セックスしたい……そんな相反する情動が渦巻《うずま》き、狂おしい。

今夜は、とことん貪《むさぼ》り尽くしたい。彼女のすべてを、本能の赴《おもむ》くまま。

そんな思いを抱えながら、伊達は静かに目を閉じた。


ややあって、伊達はふと目を開けた。

セックスの後、ほんの一瞬、寝てしまったようだ。珠美も、伊達の頭を抱きしめたまま、うとうとしている。

ふと、視線を横に遣《や》ると、大きな姿見が目に入った。そこには、薄闇の中、ベッドの上で絡み合う二人の姿態が映っている。

伊達は思わず、ドキッとした。

まぶたを開き、見入ってしまう。

それはこれまで見たことがないほど、艶《なま》めかしかった。硬く筋肉の発達した褐色《かっしょく》の肉体と、柔《やわ》らかく優美な曲線を描く白い肉体の、白黒のコントラストがひどく卑猥《ひわい》で。その真逆の二体が、脚や腕や局部を複雑に絡め、一つになっている。二体が結合して初めて、完璧《かんぺき》な一《いち》になる……そんな気がした。それは強い月光に照らされ、一種の神々しさを帯《お》び、浮かび上がっている。

伊達の両腕は珠美の胴体に回され、逆に珠美の腕は、伊達の背中にまとわりついている。立派な大臀筋《だいでんきん》の浮いた尻は、彼女の腰に乗り上げ、さらに彼女のすらりとした脛《すね》が巻きついていた。白い女神に巻きついた、黒い大蛇のイメージが脳裏《のうり》をよぎる。

まるで、自分の体じゃないみたいだ。

——目が離せない。そのエロティックな美に、胸がドキドキする。

自《みずか》らの脈音を感じながら、エネルギーが股間に集中してゆく。

気づくと、珠美の中に潜《もぐ》り込んだものは、ふたたび力を取り戻し、硬く張りつめていた。

「あんっ……」

覚醒《かくせい》した珠美が、色っぽく啼《な》く。

にちゃ。

珠美の膣が、微《かす》かに収縮する。濡れた肉襞に、ふにゃりと包まれ、伊達は腰が抜けそうになった。

あっ……。くっ……くそっ！　また……

男根をなすりつけるように、自然と腰が前後に動き出す。両手で大きな乳房を掴《つか》み、セックスに意識を集中した。足腰の筋肉に力を入れ、男根で蜜壺をぐちゃぐちゃに掻《か》き回す。

「あっ……あっ、あんっ、いいっ……あぁ……」

動きに合わせ、珠美の甘い声が漏《も》れた。それが伊達の血を、たぎらせる。

……小椋さんが、好きだ。

手や口や男根で、珠美の肢体《したい》をむちゃくちゃに犯しながら、伊達は思う。

精神的に、彼女が好きだ。彼女とは、深いところで繋《つな》がっていると感じるし、内面や性格も大好きだ。清純なところも、勇気があるところも、素直なところも、全部。とても可愛らしいと思うし、彼女と一緒にいると、温かい満たされた気分になれる。

だがそれ以上に、彼女とセックスしたくてしたくて、たまらない。

そのことで、彼女に嫌われても構わないと思うほど、やってやってやりまくって、おかしくなるほど激しいセックスをしたい。彼女の中に何度も射精して、彼女を何度も絶頂に導き、二人で毎日引きこもって淫行《いんこう》に耽《ふけ》り、猥褻《わいせつ》の限りを尽くしたい。仕事も、生活も、社会も、なにもかも忘れて、理性なんて叩き壊して、二匹の獣になりたいんだ。

俺は少しおかしいのかもしれない、と伊達は気づいていた。もう、恋なのか愛なのか、欲望なのか執着《しゅうちゃく》なのか、わからない。その、どれでもないし、すべてであるかもしれない。

柔《やわ》らかい乳房を揉《も》みしだくと、手のひらでふわふわして、苺《いちご》の先端が指の間からはみ出た。しっとりした乳房の皮膚が、指の腹に吸いついてくる。やわやわと弾力があり、伊達をたまらない気分にさせた。汗だくになって、乳房をこね回しながら、荒々しく彼女を突き上げる。

「あっ、あっ、ああんっ、きっ、きっ、気持ちいいっ……」

上下に揺れながら珠美が、うわ言のように言った。

ずぶぶっと、膣奥の敏感《びんかん》なポイントを精確に突く。すると珠美は、大きく目を見開き、はっと息を呑んだ。きゅっと膣がすぼまり、ひくひく痙攣《けいれん》する。

……イッたのか?

しばらくした後、力尽きたように珠美の四肢《しし》は、脱力した。膣が艶《なま》めかしく収縮している間も、伊達はピストン運動を続ける。男根を引き抜くとき、結合部から大量の愛液が、びちゃっと噴き出た。

強烈な飢餓《きが》感が、ずっと消えない。

彼女を深く愛《め》でて守りたい想いと、むちゃくちゃに犯して壊したい衝動が、ずっとせめぎ合っている。

食欲、性欲、独占欲、支配欲……あらゆる欲望が、荒縄《あらなわ》みたいにより合わされ、まっすぐ彼女に向かってゆく。彼女を前にすると、身の内に眠っていた欲望が、なかば強制的に引きずり出されるのだ。獰猛《どうもう》な野生獣が、檻《おり》から放たれるみたいに。

伊達は、珠美のつるりとした小さな尻を抱《かか》え上げ、自《みずか》らの腰に引き寄せ、ふたたび密着を深めた。伊達のものは、珠美の膣深くに潜《もぐ》り込み、奥のほうでぐちゃぐちゃと擦《こす》れ合う。粘膜と粘膜がとろけて境界線がわからなくなり、まるで彼女と一体になったみたいだ。

結合部から甘い電流が、絶《た》え間なく背骨を走り抜ける。彼女の中で、このまま甘くとろけて、果ててしまいたい。

伊達は、汗を飛ばしながら、懸命《けんめい》に快感を追いかけた。腰にぐっと力を込め、根元から先端までずるりと滑《すべ》らせ、グラインドを繰り返す。

小椋さんの体が、好きだ。心も、好きだ。瞳も、髪も、声も、唇も、素肌もなにもかもが……

マットのスプリングが勢いよく弾み、こめかみから汗が、いく筋も流れ落ちる。珠美は眉根《まゆね》を寄せ、唇をきゅっと引き結び、うねりに耐えている。その顔が色っぽく、可愛いと思った。

……熱い。

伊達は苦しくなって、息を大きく吸う。じっとりと湿気を帯《お》びた空気が、肺に送り込まれた。触れ合う素肌は驚くほど温度が高く、汗でぬめる。何度も彼女の太腿《ふともも》を取り落としながら、それでも突き続けた。

熱い。熱い……どうして、こんなに熱いんだ？

汗の雫《しずく》が顎先《あごさき》から、珠美の頬《ほお》へ、ポタッと落ちた。珠美は、夏の通り雨でも受け止めたみたいに、眩《まぶ》しそうに目を細める。

その表情に、ぐっときた。

ぐぐっと、張りつめた男根にさらに力が入る。底のほうから、射精感がどんどん上がってきた。膣の粘膜と一体となり、ぐちゃぐちゃ摩擦《まさつ》を起こしながら、腰をズンと前に押し出した。

身悶《みもだ》えた珠美が、はっと息を呑んだ。

カリ首の敏感《びんかん》な部分に甘い火花が散り、電流が臀部《でんぶ》を走り抜ける。衝動に任せて、ガクガクと突き入れ、一気にフィニッシュまで畳み掛けた。

「ああんっ……！」

珠美の胴体が反《そ》り、魚のように跳ねる。

ぶるりっ、と己の腰が震えた。寒気でもしたみたいに。

先端から白い精が、勢いよくほとばしり出る。強く食いしばった歯の間から、シィッと息が漏《も》れた。
ヤ、ヤバイ……。気持ちよすぎて……
稲妻みたいな快感に打たれ、恍惚《こうこつ》となった。びゅう、びゅっ、と次々に噴き出す精子が、温かい子宮を満たしてゆく……。射精を繰り返しながら、頭が朦朧《もうろう》とした。

「伊達さん……」

「あ……」

珠美にキスをせがまれた気がして、伊達は唇を重ねる。彼女の中に射精しながらキスをするのは、最高の気分だった。

射精し尽くした後も、そのまま口づけを続ける。舌を絡めているうちに、男根は彼女の中で徐々に力を失っていった。口腔《こうこう》の中に、珠美の満足げな声がこもる。

唇を離し、見下ろした彼女の顔は、美しかった。セックスの後で頬《ほお》は上気し、唾液《だえき》で濡れた唇は膨《ふく》れ、長いまつ毛に囲まれた瞳は潤《うる》んでいる。彼女にこんな表情をさせたのが自分なのかと思うと、スーパーヒーローにでもなった心地だ。手が自然に動き、人差し指で彼女の頬《ほお》を撫《な》でる。

「……大好き」

珠美はうっとりして言った。

「俺が？　それとも、セックスが？」

伊達が聞くと、珠美は可愛く微笑んだ。

「どっちもです」

「ん……」

温かく、濡れた彼女の肢体《したい》を、胸に抱きしめる。華奢《きゃしゃ》な体は腕にすっぽり収まり、そっと触れた髪は柔《やわ》らかく、愛しさが溢《あふ》れた。涙腺《るいせん》に熱いものが込み上げ、唾《つば》を呑んで堪《こら》える。

こんな幸福感は、生まれてこのかた味わったことがない。

ずっとずっと待ち焦《こ》がれていた恋が、成就《じょうじゅ》した奇跡。

そんなことが起こるはずはないと思っていた。そんなものはただの理想で、お伽噺《とぎばなし》に過ぎないと。だが今、現実にこうして起こっている。日本から遠く離れた、異国のリオで。彼女はすべてを犠牲《ぎせい》にし、俺のためにここまで来てくれた。

珠美を抱きしめ、遠くさざ波の音を聞きながら、伊達は静かに決意を固めていた。

俺は、この幸せを守るためなら、なんでもやる。君がすべてを捨てて、ここへ来てくれたみたいに、俺もいつでもすべてを捨てて、君を守る。

君との幸せのために、俺のすべてを懸《か》けたいんだ。

伊達はまぶたを伏せ、珠美の小さな耳にキスを落とした。

◇　◇　◇

「どうした？」

伊達に言われて初めて、珠美は自分が泣いていることに気づいた。

横を向いていると、涙の雫《しずく》が目頭からこぼれる。それが鼻の根元を水平に横切り、くすぐったい。

「……ごめんなさい」

珠美の口から、謝罪の言葉が出る。

その言葉に、伊達は困ったように眉尻を下げた。

少し開けられた窓から、真夜中の潮風が吹き込み、汗ばんだ肌を乾《かわ》かしてゆく。シーリングファンは音もなくクルクル回り、湿った空気を循環《じゅんかん》させていた。

伊達が本能の赴《おもむ》くままにぶつけてきた劣情を、すべて受け止め尽くした珠美は、へとへとに疲れきっている。体中の関節がギシギシと軋《きし》み、胸の先端はひりひりし、下腹部が絶《た》えずぐちゃついている感じがした。それでも不思議と、深い充足感と、温かい幸福感に包まれている。

二人は全裸のまま、熱帯の空気だけまとい、抱き合っていた。珠美は、伊達に腕枕される形で、ぴったりと肢体《したい》を沿わせている。伊達の膨《ふく》らんだ三角筋に頬《ほお》を寄せ、胸や腹に当たる熱っぽい筋肉の弾力が、頼もしく思えた。大きな手が珠美の腰を抱き寄せると、彼のものに付着した精子の残滓《ざんし》が、珠美の陰毛を微《かす》かに濡らす。

甘いココナッツに混じり、彼の肌のいい香りがした。

さっきより大きくなった波の音を聞きながら、珠美は小さくつぶやく。

「ずっと……ずっと、消えないの」

あなたを傷つけた、あの瞬間が。ご両親に紹介された帰りの車中で、あなたの心に踏み込んでしまった、あの感触が。

「……ずっと残ってるの」

あなたの心を叩き割った瞬間の、すごく嫌な衝撃も。

そして、まだ後悔し続けてる。あの日から、ずっと。

「もう気にするなって、言っただろ?」

そう言って伊達は、珠美の髪を撫《な》でた。彼は、珠美がなんの話をしているのか、わかっているようだ。

「俺は、逆によかったと思ってるよ。思いっきりぶつかり合えて」

伊達は微笑み、親指で珠美の涙を優しく拭《ぬぐ》った。

そう言われても、うまく懺悔《ざんげ》の気持ちが消せないまま、珠美は告白する。

「……好きだったの。あなたが。すごく」

「うん」

「好きになりすぎて、あなたを手に入れたくて、おかしくなっちゃったみたい」

「うん。わかってるよ」

「ごめんなさい」

「いいんだ」

本当にごめんなさいと、珠美は心の中でもう一度謝る。

いくらあなたが好きでも、私はあんな風に振る舞うべきじゃなかった。わかりきったことなのに、一線を越えてしまった。

人には、愛する者を傷つけたいという衝動が、心の奥深くに隠れているのかもしれない。そんな考えが、チラッと脳裏《のうり》をよぎった。

「不思議ね、すごく」

珠美は思わずつぶやく。

「え？」

と言って、伊達が目を開けた。

「怖かったの、ものすごく。その……あの瞬間。もう顎《あご》が震えて、心臓が爆発するぐらい」

「体が本能的に、知っている気がしたの。誰に教わったわけでもないのに」

なにが本当にやっちゃいけないことなのかを。

「なのに、無理矢理やろうとして、心臓がドキドキして震えて……。ＳＴＯＰをかけられた気がしたの、この体に。理性がどんなに強がっても、体が拒絶反応を示すっていうか」

「そういうことは、あるかもしれない」

「うん」

「俺も、体とか心とかって、俺が思ってるよりもっとずっと深くて、広いんだと驚くことがあるよ」

「そうなのかも」

「難しいことはなにも考えなくても、体の欲求とか心の赴《おもむ》くままにすると、うまくいくことがよくある。と言うか、そのほうが、うまくいく」

「うん」

「俺は、君にもっと踏み込まれたいよ」

そう言いながら、伊達は珠美の額《ひたい》に唇で触れた。

「傷つけられるなら、君がいい。俺を叩きのめせるのも、君だけだ。君にブン殴《なぐ》られたおかげで、君のことをより深く知れた気がするし」

「……はい」

「それに俺、うれしいんだ」

「えっ？」

「優しい君がずっと後悔し続けてくれれば、ずっと俺のこと忘れないだろ？」

その声が真剣に響き、珠美は頬《ほお》が熱くなる。胸の微《かす》かな痛みとともに。

「もっと、踏み込んでよ。俺を、めちゃくちゃにして」

そう言ってから伊達は、唇を重ねてきた。

熱い舌が入り込んできて、ねっとりと絡み合う。深く、官能的なキスに、珠美はお腹がとろける心地になった。

私も、めちゃくちゃにされたい。伊達さんに、もっと深く。

糖度の高いキスに酔いながら、珠美はそう思う。

伊達さんは、強くなった。前も強かったけど、どこか憂《うれ》いがあり、頑《かたく》なだった。しかし今の彼は同じ強さでも、柔軟《じゅうなん》なしなやかさと明るさがある。そんな彼は頼もしいし、憧《あこが》れの気持ちは強くなるいっぽうだ。

唇を離すと、伊達は焦《あせ》った様子で「明後日《あさって》から、仕事が手につくか自信がない」と言う。珠美が首を傾《かし》げると、伊達はこう続けた。

「帰ったら、君が待ってるのかと思うと、そわそわして落ち着かない。帰ったら君となに食べようか、週末は君となにしようか、妄想《もうそう》が止まらないんだ」

「そんな……」

「しかも毎晩、夜になったら君とベッドに入るのかと思うと……興奮しちゃって……」

そこで伊達は口をつぐみ、さっと顔を紅潮《こうちょう》させた。

それを見た珠美まで恥ずかしくなり、全身の体温が上がる。

「俺、思ったんだけど、な、なんか、結婚って、ものすごくエロくないか？　毎晩セックスするってことだろ？　世の中の人は皆、よく平気な顔でいられるよな……」

「そ、そんな風に考えたことありませんけど……」

すると伊達は「と、とにかく」と、威厳《いげん》を保つように咳払《せきばら》いしてから、こう言った。

「仕事は超頑張って、なるべく早くやっつけるから。君はここにいる二か月で、これからの生活の準備をして、少しでもリオに慣れてほしい」

「はい。二か月後に、一緒に日本へ戻って、私の実家へ行くんですよね？」

「そう。緊張するけど、すごく楽しみなんだ。なにもかもが。君と一緒なら、毎日がお祭りみたいだ」

「いろいろ大変なんだろうなって思うけど、すごく楽しみで。私も」

二人は未来に期待を膨《ふく》らませ、微笑み合う。珠美は、身の内からふつふつと力が湧いてくるのを感じた。伊達のためなら、どんな困難でも乗り越えられる、あのパワーが。

この力を信じよう。

やりたいことが見つからなくても、夢も資格もなくても、誰にどう思われても、この気持ちだけを大切にしよう。空《から》っぽでなにもない私の中にある、ただ一つの小さな種を。

他の誰でもない、私が、私を、信じてみよう。

たくさんのものはいらない。私にはこの種があるだけで、充分だから。

「あなたのことを、愛してます」

想いが、自然と口をついて出る。

「俺も愛してる。珠美」

彼が初めて呼んでくれた私の名前は、とても素敵に響いた。

書き下ろし番外編

プロポーズから時が流れても

「ねぇ。ママはなんでパパとけっこんしたの？」

真珠《まじゅ》のくりくりした瞳に見上げられ、伊達珠美は思わず笑顔になる。

「真珠、可愛いなぁ。その真っ黒なお目々、パパそっくりだよ」

質問そっちのけで珠美が褒《ほ》めると、真珠はうれしそうにニコニコした。

真珠は今年、三歳になる。珠美は日本で里帰り出産し、難産の末にようやく真珠が生まれた。そのあと、初孫にデレデレする両親のもとで過ごし、産後一年ほどで夫の待つリオデジャネイロのコパカバーナに戻ってきた。

慣れない異国で初めての子育て。想像していたよりは、うまくやれていると思う。

夫の俊成いわく「珠美は誰よりも肝っ玉が据《す》わっているし、いざってとき強い」ということらしい。そんな自覚はなく、臆病だしドジだし、相変わらず頭もよくないけど、尊敬する夫が一目置いてくれるなら、それはそれでうれしかった。

真珠が非常に育てやすいおかげもある。真珠は珠美に似てのんびりおっとりして、あまりぐずらず、よく眠りよく食べ、幼児にしてはどんとした貫禄《かんろく》があった。

真珠は本当に可愛らしく、愛おしく、ただそこに生きてくれているだけで充分だ。

こんなにピュアな生き物が、笑って泣いて、ご飯を食べ、すやすや眠り、ひたむきに生きている。珠美としては、一緒にその時間を過ごせるだけで幸せだった。

「真珠さ、結婚てなんのことだか、わかってるの？」

珠美が問い返すと、真珠は偉そうに胸を張る。

「わかってるよ！　およめさんになることだって、アンジーがおしえてくれたもん」

アンジーことアンデルソンは、リオに駐在する社員のために月花商事が手配してくれた運転手のことだ。珠美がリオに来たばかりの頃、彼は日本語をほとんど話せなかったけど、最近はちょうど真珠と同じレベルぐらいまで上達していた。

リオの人たちは皆、子供にはとても優しい。真珠を抱いて歩いているだけで、老若男女問わず、笑顔で接してくれ、あれこれ世話を焼いてくれ、気に掛けてくれた。

確かに、日本と比べたらはるかに治安は悪い。強盗に襲われたとき差し出すために、ダミーのクレジットカードとそれ用の現金を持ち歩かねばならないのには驚いた。

目と鼻の先のマーケットで銃撃戦があったり、なるべく貧相な格好をしなければならなかったり。集団強盗に襲われたときの訓練を受けたのは怖かったけど、それでも親子三人で仲良く、元気いっぱい生きている。

住めば都、とはよく言ったもので、珠美はリオが嫌いになれなかった。

この街は混沌としているけれど、その分エネルギッシュで力強く、おおらかな生命力に満ちている。東京で派遣社員をやっていた頃は、灰色のビルに閉じ込められ、細かいことに疲弊し続け、狭い人間関係を気にしすぎ、毎日少しずつ窒息していくようだった。

リオの空気はまさにその真逆の極にあると言っていい。

結局、どちらか選ぶしかないのかもしれない。治安がよく秩序は守られるけど、相互監視の窮屈社会か、治安は悪く混沌としているけど、相互不干渉の自由社会か。

安心を取るか、自由を取るか、どちらかなのかな……

真珠のサラサラの髪を結《ゆ》いながら、そんなことを考える。

「ママがパパと結婚したのはね、パパのことが大好きだったからだよ」

すべては説明できないけど、珠美はなるべく本当のことを答えた。

真珠はなにやら真剣に考え込んでいる。斜めうしろからだと、頬がぷっくり膨《ふく》らんで見え、その緩やかなラインが可愛らしかった。

「じゃあね、ママのつぎはね、真珠がパパとけっこんするから」

毅然《きぜん》とした真珠の言葉に、珠美はふたたび笑ってしまう。

「そっかそっか。パパ、カッコいいもんね。パパはモテモテだなぁ！」

「パパはもてもてだなぁ」

真珠は珠美の真似をして言った。

真珠っておませだなぁ……。これぐらいの女の子は皆、そうなのかなぁ？

「なら、今夜パパに教えてあげよっか。ママと真珠とお嫁さん二人になるよって」

「おしえてあげよう。おしえてあげよう」

真珠はすごく楽しそうに体を左右に揺すっている。

よくおしゃべりするようになったな、と我が子の成長をうれしく思った。パパそっくりの黒目と黒髪で、天使のように可愛らしく、ぎゅうぎゅうに抱きしめたくなる。

俊成に恋焦《こ》がれる気持ちと、真珠を愛おしく思う気持ちは似て非なるものだけど、どちらもかけがえのないもので、今の珠美に力を与え、生きる原動力となっていた。

真珠は元気いっぱいの健康優良児で、親の目から見てもいい子に育っている。「育てている」というより、元々真珠はピカピカのものを持ちながら生まれてきて、それを少し距離を置いて見守っているだけ、という感覚のほうが近い。

むしろ、珠美のほうが真珠に教育され、気づきを与えられることが多かった。

俊成は、真珠を目に入れても痛くないほどの溺愛っぷりで、デロデロに甘やかしまくっている。いわば珠美の分身のような真珠を、猫っ可愛がりしている彼を見るのは、すごくいいものだった。真珠が愛されれば愛されるほど、産み落とした珠美までも愛されている気がして……

結婚してリオに来てから、俊成はとても明るくなった。以前あった陰の部分はなりを潜《ひそ》め、今の生活を心から楽しんでいるのがわかる。彼の中の一番はこの家族なんだな、ということが伝わってきて、珠美もうれしかった。

結婚しても、出産しても、出会った頃と変わらぬ熱量で、珠美を愛してくれているから、なにも不安はない。

結局私は、真珠と俊成さんの愛情さえあればいいのかも。それだけあれば、幸せ……

「治安が悪い」「住みづらい」「日本が恋しい」など、愚痴を言おうと思えば無限に湧いてくる。駐在員の妻たちの、日本人会というコミュニティに強制加入させられ、お茶会だのお食事会だの、少々煩《わずら》わしい付き合いもある。

けど、そういうマイナスを懸命《けんめい》に積み上げてみても、やっぱり珠美は幸せだった。

俊成に深く愛され、真珠は健康で、お金の心配もないし、食う寝るところ住むところにまったく困っていない。命に関わらない範囲のささいな面倒事は、無視すればいいだけだ。

身近にある危険が逆に、平穏の素晴らしさを、退屈な日常のありがたさを、教えてくれた。

これ以上なにも要らないな、と珠美は素直に思う。これほど満たされた生活を迎えさせてくれた、俊成にも感謝しかなかった。

人生で一番幸せな今、優しい穏やかな気持ちで、真珠と俊成の傍にいたい。

それが、今の珠美が願っているすべてだった。

「ねぇ、真珠。真珠はパパのどんなところが好き？」

そう問うと、真珠は少し考えたあと、真剣な顔で答えた。

「あのね、おーっきいところ！　脚がすごーくながいところ！　ほかにもね……」

そっかそっか、と珠美は思わず真珠をヨシヨシしてしまう。生粋《きっすい》の伊達さん推しの血がこの子にも流れているわ、なんてことを思いながら。

「わかる。パパ、かっこいいよね！　顔もいいし、声もいいし、ママもパパ大好き」

珠美が同意して言うと、真珠はうれしそうに頬《ほお》を染めた。

「あとねぇ、やさしいところも好き。つよーいところも好き！」

「わかるー！　いつまでも若々しくてさ、スリムなマッチョだし、うっとりしちゃう」

まさか、実の娘と愛する推しメントークをできる日が来るとは思わなかった。

そのあとも、ひとしきり推しメンがどんなに素敵か、という話で盛り上がる。

「じゃあ、真珠。今夜はお客さんが来るから、そろそろ準備しよっか」

日が傾いてきたので、珠美はそう言ってエプロンを着ける。

「うんうん。パパのこうはいの人でしょ？　ナカムラくん」

「そうそう、中村さんね。よく憶えてるねぇ。今日は簡単な和食を作ります！」

「なら、真珠もお手伝いするー！」

元気よく声を上げた真珠の小さな頭を、珠美は微笑みながら優しく撫《な》でた。

◇　◇　◇

そうか。俺が三十四歳ってことは、珠美は来年もう三十歳なのか……

エプロン姿で甲斐甲斐《かいがい》しく働く妻を見ながら、伊達俊成はふとそのことに気づく。

今、ちょうど六月だ。昔、成田空港まで追いかけてきた珠美に、体当たりのプロポーズをされたのも、確か六月だった。あまりにも印象が強すぎて忘れられない。

まったく、あれは……。本当にすごかったよな。あんなことできる奴、いるか？

当時はかなり驚いたし、強く心を動かされた。あの一幕が自分の人生にとって重要な局面だったし、珠美のすべてを表している気がして。

ドジで純真で臆病な癖に、芯が強くまっすぐで、いざってときに真価を発揮し、誰もできないようなことを大胆にやってのける。なりふり構わず欲しいものを取りに行く。ハートが強く、勇気があり、愛情深いのだ。そんなところに惚れている。

あれから、五年経った。いろいろあったが、リオに赴任し、珠美と結婚し、真珠が生まれ、三人家族で仲良く異国の地でどうにかやっている。

仕事のほうは孤軍奮闘《こぐんふんとう》しつつも充実していた。綺麗《きれい》なオフィスでキーボードを叩くより、ヘルメットを被って泥臭い現場に出て、荒々しい鉱山労働者たちとやいのやいのするほうが性《しょう》に合っているし。

珠美は出産してからますます綺麗《きれい》になった、と俊成は実感する。

以前は幼さが抜けず、女の子という感じだったが、最近ドキリとするほど色っぽくなった。たとえるなら咲き誇る花のようで、見る者を美しさで惹《ひ》きつけ、近づく者をかぐわしい香りで酔わせる、成熟した魅力的な女性だ。

聖母のような清らかさも持ち合わせていた。真珠を見つめる眼差《まなざ》しが、はっと胸を衝《つ》かれるほど、慈愛に満ちて優しい。

そのどちらの性質も愛してやまなかった。大人の色香には性的に惹《ひ》かれてやまないし、慈母のような優しさには精神的に甘えたくてしょうがない。

日々、珠美の新たな魅力を発見し続けている。現在進行形で、今もずっと。

……なんか俺、死ぬまで自分の嫁さんに、片思いし続けるのかな……

そんな気がしてならない。珠美に対する飽くなき渇欲《かつよく》も、結婚すれば治まると思っていたが、そんなことはなかった。どんどん美しく変わっていく彼女にますます惹《ひ》きつけられ、いまだ病的に恋焦《こ》がれている。

人混みにいようが遠くにいようが、すぐ彼女を見つけられるのは変わらなかった。

毎晩帰宅して真珠と珠美の顔を見るたびにホッとし、日中もふと珠美を思い出しては、胸がジリッと焦《こ》がれ、切なくなる。もう結婚して五年も経つというのに。

そうして夜は、昔よりも激しい情熱で、何度も彼女を求めていた。

「今夜はご馳走《ちそう》様でした。珠美さん、すみません。遅くまで長居してしまって……」

「ううん、いいんだよ。こっちこそ、真珠が途中で寝ちゃってごめんね」

キッチンのほうから、珠美と後輩の中村の会話が聞こえてくる。

中村は同じ鉄鉱石チームで、俊成がいろいろ世話をしてやった後輩だった。リオに短期出張で来ているところを、家で食事をしないかと俊成が誘ったのだ。

「伊達さん、うらやましいなぁ。珠美さんみたいな美人の奥さん、嫁にできて」

中村のしみじみした声が聞こえる。

グラスを下げにきた俊成は、なんとなく身を潜《ひそ》め、二人の会話に耳を澄ませた。

「お世辞はいいんだよ。派遣時代はそんなこと言ってくれなかったじゃん！」

「いやいや。珠美さん、めっちゃ綺麗《きれい》になりましたよ。びっくりしました。今、話してもちょっとドキドキしてますもん。すごい美女と会話してるぞみたいな……」

妻を褒《ほ》められたにも拘《かか》わらず、なぜか気分はよくならず、俊成は思わず眉をひそめる。

「中村さん、リオに来ておかしくなってるんだよ。東京に帰ったら正気に戻るって」

珠美の言うことも一理ある。独り身で慣れぬ海外出張は、より孤独が際立つものだ。なんてことのないやり取りだった。いちいち目くじら立てるほどでもない。中村は珠美が派遣社員の頃から、よく知っている仲なんだし。

「そんなことないです。珠美さん、マジ色っぽいです。伊達さんがうらやましい……」

「そんな……。は、恥ずかしいから、そんなこと言わないで……」

珠美が恥ずかしそうに頬を染め、うつむく姿が目に浮かぶようだった。

そのとき、ガラスのようなものが砕け散る音がし、俊成ははっと我に返る。

気づいたら、手の中のグラスを粉々に握りつぶしていた。

けたたましい音に驚いて飛び出してきた珠美が、俊成を見て悲鳴を上げる。

「と、俊成さんっ……！　その手、いったいどうしたの？　大丈夫？」

ああ、もう五年も経つっていうのに。いまだに俺は、こんなにも彼女を……

どう言い訳しようか考えつつ、大人げない苛立《いらだ》ちを抑えきれずにいた。

◇　◇　◇

「あっ……。ま、待って……。とっ、俊成さんっ！　ダメッ、あ、あぁっ……！」

珠美が必死で懇願するのに、俊成は攻める手を休めない。

その夜、一糸まとわぬ姿の二人はエアコンのよく効いた寝室のベッドにいた。

仰向けに横たわって脚を開く珠美に、俊成が半身を乗り上げる形で覆《おお》い被さっている。

彼の長い腕は下へ伸び、その指は珠美の秘裂をせわしなく弄《いじ》っていた。

グチャグチャッ、ビチョッ、と指が蜜壺を抜き挿しし、派手な音を立てる。

「やっ、やんっ。ダメ、またイッちゃう……。あぁっ、んふっ……！」

黙れよ、とばかりに唇を唇で強引に塞《ふさ》がれ、珠美の嬌声《きょうせい》は封じられた。

舌を舌で絡め取られ、舌根ごと引き抜かれそうなキスに、たまらず珠美はうめく。

かすかな酸味のある、雌の香りが強く立ち込め、自分で恥ずかしくなった。

なんか、今夜の俊成さん、おかしくない？　いつもよりすごく強引で……

激情に駆られるように、指は容赦《ようしゃ》なく快感を送り込んでくる。秘裂の花びらは大きくめくられ、花芽は剥《む》かれて充血した芯を晒《さら》され、蜜壺の奥まで指を突き込まれていた。

珠美の敏感なところを熟知している指は、的確にそこを捉《とら》えて攻め立て、緻密《ちみつ》に蠢《うごめ》いては、淫《みだ》らな火花を弾けさせる。

「……んんっ！　んふっっ！」

ビクビクッ、と我知らず腰が痙攣《けいれん》し、また絶頂が訪れた。

もう何度目になるかわからない。彼の熱い舌を口いっぱい頬張っていると、股関節からゆるゆると力が抜け、泡のような余韻が広がっていくのに任せた。

ああ……。また……。こんなに何度も打ち上げられて、どうして……

とろり、とふたたび蜜が流れ出す。こんなに何度もイかされ、蜜壺から蜜がとめどなく氾濫し、体中の水分が抜けきって、干からびてしまいそうだ。

媚肉は熱くただれ、蜜壺は絶え間なく収縮し、もっと硬いものを求めて疼《うず》いていた。剥かれた肉芽は硬く膨張《ぼうちょう》し、いじられすぎてヒリヒリと疼《うず》き、なにかが掠《かす》めるだけで、すぐにイってしまうほど敏感になっている。

珠美のそんな状態をわかっているはずなのに、彼はそれを与えてくれず、わざと焦《じ》らし続けていた。

もう、ツライ……。と、俊成さん……早くっ……！

いつもの彼は前戯も丁寧で優しく、珠美が少しでも欲しい素振りを見せたら、すぐに察して与えてくれるのに、やっぱりおかしい。今夜の彼は、快感の鞭《むち》をめったやたらに打ちすえ、珠美を罰しているみたいだ。

ふたたび蜜壺に指が挿入《はい》ってきて、珠美は落胆のあまり泣きそうになる。もう、充分身体は仕上がっているのに、おあずけを繰り返され、狂おしいほど欲しくなる……

「……珠美。欲しいって、言えよ」

色っぽく響く低音に、耳の裏がゾクッとした。

彼自身の怒張もギリギリまで硬く膨《ふく》らみ、先端から透明な汁がこぼれ落ち、珠美の太《ふと》腿《もも》を温かく濡らす。

「あ……。ほ、欲しい……。俊成さんの、ください……」

こちらをのぞき込む漆黒《しっこく》の瞳に、強烈な飢餓《きが》がよぎるのが見え、本当に余裕がないのは自分なのか彼なのか、わからなくなった。

「……どうやって欲しい？」

そう言う彼に、ベロリとわきの下を舐《な》められ、ぞわりと肌が粟立《あわだ》つ。

「あぁうっ……！」

「ちゃんと言えよ。どうして欲しい？」

なんでこんな意地悪するの？　と泣きたくなりながら、震える声で乞《こ》うた。

「う、うしろから……して……」

すると、彼は妖艶《ようえん》に口角を上げ、珠美を四《よ》つん這《ば》いの格好にさせる。

間髪容《い》れず、俊成の熱く硬いものが、うしろから押し入ってきた。

あっ……あぁあっ……。と、俊成さん、熱いっ……

ずぶずぶと蜜壺が巨棒を呑み込んでいき、やがて根元までしっかり咥《くわ》え込んだ。

待ちわびた充溢感《じゅういつかん》。おのずと四肢《しし》がふるふると打ち震え、密かに達してしまった。

あ……。わ……私、挿れられただけで、もう、こんなっ……

「……あっ、珠美……膣内《なか》、すごい。とろとろで……」

やにわに腰が抽送を開始する。ひりひりと敏感になった媚肉に、剥《む》き出しの男根が力強く擦《こす》りつけられ、淫《みだ》らな摩擦《まさつ》に衝撃が走った。

んんっ……。きっ、気持ち……イイッ……！

思わず息を呑み、シーツをギュッと握りしめる。

引き締まった腰が荒々しく前後し、珠美はふたたび追い込まれた。

「あっ、あぁっ、ダメッ、私っ、また、いっ……イッちゃ……あぁっ……！」

巨槍《きょそう》の矢じりが、最深部を繰り返し穿《うが》ち、前後に揺らされながら絶頂を迎える。

んんっ……。きっ、キモチよくて……死んじゃいそう……。あぁぁ……

くたりと脱力した珠美の上半身を、彼の腕が優しく抱え起こした。

挿入したまま背中を彼に向け、座位の体勢にさせられる。

「このほうが、深く届いていいだろ？　じゃあ、二人目も、作ろうか……」

朦朧《もうろう》とした意識に、ささやかれる美声が心地よい。色っぽくて、鼓膜までとろけそう。

そうする間も、下から力強く突き上げられ、奥の深いところで甘い刺激が弾けた。

「……なぁ。中村に色っぽいって言われて、奴のこと、どう思った？」

珠美は思わず目を見開く。まさか、今夜の一連のこれは……嫉妬《しっと》？

しかし、両方の乳房をいやらしく揉《も》みしだかれ、もう吐息しか出てこない。

「あぁ、あん……。わ、私は、俊成さんだけ……。あっ、まっ、待って……」

珠美は彼の膝の上でお尻を弾ませ、熱棒に蜜壺をぐちゃぐちゃと掻《か》き回された。

あっ、あぁっ、きっ、気持ちよすぎてっ、おかしくなっちゃうっ……！

「珠美、愛してる……。俺には、君だけだっ……」

荒い息交じりの告白は、どこか真に迫るものがあり、うれしくてドキドキした。

解放に向け、彼はラストスパートを掛け、灼熱《しゃくねつ》の巨槍《きょそう》が怒涛《どとう》の如《ごと》く突き上げてくる。

生のままの男根が、とろけるような摩擦《まさつ》を起こし、腰から背筋がビイィンと痺《しび》れた。

「あああっ……！　とっ、俊成さんっ……」

「好きだっ……！　た、珠美っ……」

あっ、あっ、すごいっ……。このまま溶け合って、あなたと一つに……

深く繋《つな》がったまま、うしろから抱きすくめられ、彼の腰がかすかにわななく。

すると、膣内で熱い精が勢いよく噴き出すのがわかった。

あああ……。あったかい……。俊成さん、大好き……

はぁ、はぁ、と肩で息をしながら、彼は断続的に精を吐き出していく。

「珠美、愛してる……。死ぬまで、ずっと……」

熱い息が耳たぶを掠《かす》め、愛おしい気持ちが溢《あふ》れ出す。

「私も。俊成さんと真珠が、私のすべてなの。私もずっと愛してるよ……」

少し体をひねってうしろを向くと、待っていた彼の唇と唇を重ねた。

「嫉妬《しっと》したの？」と聞くと、彼は「ごめん」と眉尻を下げ、すまなそうな顔をする。

実は嫉妬《しっと》されて気分がよかったのは、内緒にしておくことにした。

本書は、2017年5月当社より単行本として刊行されたものに、書き下ろしを加えて文庫化したものです。


この作品に対する皆様のご意見・ご感想をお待ちしております。

おハガキ・お手紙は以下の宛先にお送りください。

【宛先】

〒150-6008 東京都渋谷区恵比寿4-20-3 恵比寿ｶﾞｰﾃﾞﾝﾌﾟﾚｲｽﾀﾜｰ8F
（株）アルファポリス　書籍感想係

メールフォームでのご意見・ご感想は右のＱＲコードから、
あるいは以下のワードで検索をかけてください。

アルファポリス　書籍の感想　検索

ご感想はこちらから

エタニティ文庫

ラスト・プロポーズ

吉桜《よしざくら》美《み》貴《き》

2020年9月15日初版発行

文庫編集－熊澤菜々子・塙綾子
発行者－梶本雄介
発行所－株式会社アルファポリス
〒150-6008 東京都渋谷区恵比寿4-20-3 恵比寿ｶﾞｰﾃﾞﾝﾌﾟﾚｲｽﾀﾜｰ8F
TEL 03-6277-1601（営業）　03-6277-1602（編集）
URL https://www.alphapolis.co.jp/
発売元－株式会社星雲社（共同出版社・流通責任出版社）
〒112-0005 東京都文京区水道1-3-30
TEL 03-3868-3275
装丁イラスト－敷城こなつ
装丁デザイン－ansyyqdesign
印刷－株式会社暁印刷

価格はカバーに表示されてあります。

落丁乱丁の場合はアルファポリスまでご連絡ください。

送料は小社負担でお取り替えします。


ISBN978-4-434-27865-5 C0193